骆驼草丛书

刘水作品精选

刘水 ○ 著

华夏出版社
HUAXIA PUBLISHING HOUSE

图书在版编目（CIP）数据

刘水作品精选 / 刘水著. —北京：华夏出版社，2016.1
（骆驼草丛书）
ISBN 978-7-5080-8616-3

Ⅰ．①刘… Ⅱ．①刘… Ⅲ．①散文集－中国－当代②短篇小说－小说集－中国－当代③长篇小说－小说集－中国－当代 Ⅳ．①I217.2

中国版本图书馆 CIP 数据核字（2015）第 240097 号

刘水作品精选

作　　者	刘　水
本书策划	刘　晨
责任编辑	刘　晨　罗　云
出版发行	华夏出版社
经　　销	新华书店
印　　刷	三河市万龙印装有限公司
装　　订	三河市万龙印装有限公司
版　　次	2016 年 1 月北京第 1 版 2016 年 1 月北京第 1 次印刷
开　　本	720×1030　　1/16 开
印　　张	19.5
字　　数	240 千字
定　　价	36.00 元

华夏出版社　地址：北京市东直门外香河园北里 4 号　　邮编：100028
　　　　　　网址：www.hxph.com.cn　电话：(010) 64663331（转）
若发现本版图书有印装质量问题，请与我社营销中心联系调换。

目录

散文

表姐 / 1

二妹 / 12

奶奶 / 19

约定今生 / 26

永远的冰树 / 34

命若胡杨 / 41

小城剪影 / 47

短篇小说

红灯·绿灯 / 53

寻找小白 / 71

下岗以后 / 83

老马传略 / 100

孙家院 / 118

碰拜大 / 139

鸡味店主人 / 146

一锅宽心面 / 154

昨天的婚事 / 161

长篇小说(节选)

逃难 / 174

刘背锅的丧事 / 183

少女丁香 / 199

离婚 / 223

杨二旦吃豆 / 257

恋狱 / 270

杨大旦与秋儿 / 291

骆驼草丛书

散文

表　姐

　　表姐生肖属牛,长我两岁。她住梨花镇,我家苦瓜湾,相距四十里,山路十八弯。我们本不相识,更无往来。可就因姑姑嫁到了梨花镇,又因其母与姑姑是妯娌,这么节外生出的一条枝,她成了我的表姐,成了我生命中重量级的人物。

　　我记不清是何时何地以及怎样和她认识的,就像我生命意识中,我天生就双腿瘫痪一样,表姐在我的记忆首页,并不是有点面熟,或者好像在哪儿见过,而是亲切得仿佛和我与生俱来。她出生在那个全中国人都吃不饱肚子的年代,身子瘦小,脑袋硕大,脖子特细特长,稀稀疏疏的头发像久旱的小草委靡不振,但一双眼睛却格外的大而亮,水灵灵地展示着她活泼的天性。

那时,失去了奶奶,也就意味着我的生活起居失去了专人照料。爸爸妈妈忙不过来,就把我送到了姑姑家。于是,表姐就带着她的小伙伴们——一群花喜鹊般的小姑娘——叽叽喳喳地欢笑着走进了我单调、枯燥、乏味的世界。

桃花开了,表姐撷来一枝,艳艳地插在我窗口。

石榴熟了,表姐挑最鲜最甜的颗粒放进我手心。

雪花飘了,表姐背着我踩着厚厚的积雪,去寻找鲜艳夺目的红梅。

锣鼓响了,表姐背着我挤进熙熙攘攘的人群中看革命样板戏。

梨花镇通车了,表姐背着我,在人山人海中引颈顾盼着传说中神奇的东方红拖拉机。那是一个晴空万里的天气,炎炎烈日下,没有一丝儿风,蝉儿躲在树叶下扯着嗓子嘶叫,路两旁不多的几片树阴早被捷足先登的人牢牢占领,有钱的孩子吮着二分钱一根的冰棍,我口干舌燥地舔着嘴唇。

表姐背着我,从清早到晌午了,拖拉机还仿佛遥遥无期,迟迟不肯露面。表姐不断倒换着两腿,她稀疏的发间和长长的脖颈上渐渐地渗满了密密麻麻的汗珠,飞快地滚动着。她的衣服潮了,湿了,水淋淋的,和我的衣服粘在了一起。从她身上散发的阵阵热气冲透衣服,不断地传送给我,使我燥热异常。她吃力地喘息着,脖子深深地勾了下去,咬着牙,憋着气,硬是一声不吭地站稳脚跟,使我终于第一次亲眼目睹了东方红拖拉机风驰电掣的气势。

回到家里,别的小伙伴和我眉飞色舞地大谈特谈观后感,表姐一脸茫然地沉默不语。别人问她,她竟然说没看见拖拉机的模样,引起一阵哄堂大笑。

我背着虎子……表姐表情认真地解释。

虎子好吗?表嫂诡笑着问。

好。表姐坦荡地答。

那你就给虎子当媳妇吧。表嫂笑得更欢了。

行！表姐爽快地一口答应。

不准反悔！表哥笑着插嘴。

反悔是小狗！表姐一脸坚定。

满屋子人顿时笑得前仰后合。

姑姑好像显得异常高兴，她一把搂过表姐，脸贴在她头上，喜极而泣地叫了声:好孩子！……

姑姑从箱底翻出了那时并不多见的一个生苹果，小小的，仿佛小孩拳头，绿莹莹的果皮上泛出一片淡淡的红晕。姑姑在衣襟上擦擦，递给了表姐。

表姐跑进厨房，切成薄薄数片，现场人手一片。孩子可不像大人们那样贪嘴，三下五除二就吞进了肚子。我们一个个都把薄薄的苹果片儿久久地、眼馋地把玩着，先用舌尖轻轻地舔着，用鼻子轻轻地嗅，然后再一点一点地从边缘开始转着圈儿咬，含在嘴里贪婪地品味着那淡淡的甜和微微的酸。

表姐匀出自己的一半，在众伙伴羡慕不已的目光中慷慨地递给了我，接着又伸出攥得紧紧的拳头满脸神秘地叫大伙儿猜。众伙伴交头接耳地议论着，争先恐后地解答着，可都被表姐微笑着摇头否认了。最后，她在大伙儿面面相觑中猛然展开手掌，手心里竟然是四粒水淋淋的苹果籽儿。

表姐在众人迷惑不解的目光中，找来锄头，在院子中央挖了起来。众伙伴恍然大悟，一哄而上，虚土的虚土，施肥的施肥，舀水的舀水，欢天喜地地将苹果籽儿埋进土中，又扯来一丛荆棘罩在上面，以防鸡呀狗呀猪或个别坏小子捣乱。

我坐在台阶上，羡慕地看着众伙伴的忙碌劲儿，心痒痒的，手也痒痒的。表姐一边指使伙伴们干这干那,一边想象着不远的将来,院子里苹果树长过了房顶,春风吹来,满院鸟语花香,落英缤纷,秋风送爽,满树金灿灿的、红彤彤的苹果一嘟噜一嘟噜地压弯了枝条,大伙儿想吃多少就吃多少,想什么时候吃就什么时候吃,想怎么吃就怎么吃。

不过,最大、最红的一树,是虎子的,谁也不准打坏主意!表姐话题一转,口气严厉起来了。

我痴痴地、呆呆地望着荆棘笼罩的那个地方出神,揣度着苹果籽儿在土层下面该发芽了,芽儿嫩嫩的,线条一样细细地延伸开来,两瓣鹅黄的嫩叶悄悄地探出土皮,很快就长出了荆棘罩儿,长过了表姐的头,迎风招展地摇曳出满院欢乐的童趣。

可整整一个晚上过去了,荆棘罩里静悄悄的,苹果籽儿仿佛贪睡的小懒虫,忘记了风儿的召唤,忘记了我们的期盼。酥软的地面上干干净净的连一株小草也没长出来。我急得不行,众伙伴更急不可耐,七手八脚地掀开荆棘,火烧火燎地刨根问底,令人失望地翻出了四粒浑身是土、浸泡得有些发涨的苹果籽儿。大伙儿轮流着观赏一遍,又重新埋进土中,罩上荆棘。不一会儿,又叽叽喳喳地按捺不住好奇,再次翻开土层,寻找那四粒充满神奇、希望的苹果籽儿。如此三番五次地下来,几天过去,苹果籽儿仿佛忍不住我们顽皮的折腾,无影无踪地消失了。我们苦苦地寻找着、叹息着,少不了互相埋怨,人人心中充满了深深的失望。

不过,我们的兴趣很快就转向在孩子间风靡一时的口吹肥皂沫了。不知怎么的,野马河两岸九十九个村子千百年来借助皂角、草木灰去污的妇女中间,极少数的有钱人竟然使用上了肥皂,在湿衣服上抹抹,石板上揉搓几下,便泛出两手雪白、漂亮的泡沫,在阳光下变幻出五颜六色的梦幻,吸引着一颗颗天真烂漫的童心。

我们这群小伙伴中没有能买得起肥皂的家长,可又都不甘落后。于是，不知谁找来一个妈妈装过廉价珍珠油的蚌壳，人人嘟起嘴来，蓄满口水，蠕动着嘴唇，让口水在嘴里翻江倒海地来回激荡。时辰到了，表姐一声令下，众伙伴一齐噗的一声，将满嘴丰富的泡沫吐进蚌壳。满盈盈的一蚌壳泡沫闪烁着缤纷多彩的世界，我们在欢天喜地中人人匀出一点，盛在手心，美滋滋地在脸上抹着。

最开心的莫过于表姐别出心裁，先用锅墨给我重重地画上一对浓浓的、犀利的剑眉，再画上两撇漂亮的八字胡，在众伙伴铃子般响亮的笑声后，大伙儿齐心协力地自制出一蚌壳高质量的泡沫，给我洗出一张白白净净的脸。

表哥刮着脸羞我。

表嫂抿着嘴一个劲地笑。

我越加得意地向大伙儿炫耀着抹满姑娘们芳馨的脸，招来更加热闹的开怀大笑。我不觉得这有什么害羞或难堪，倒感到了一种淋漓尽致的痛快，忘记了病痛带来的苦恼，忘记了瘫痪的双腿，也忘记了孤独的忧伤，尽情地挥洒着友情带来的刺激和兴奋。

然而，这欢乐、美妙的时光并没有维持多久，爸爸就来接我了。一切都很突然，连姑姑也没有思想准备。爸爸就着姑姑端上来的一碗水啃了半块干馒头，便急匆匆地赶路了。四十里山路，不允许他有丝毫地耽搁。姑姑含着泪花把她专为我做的那个厚墩墩的棉垫子放在背篓口上，叮嘱我回家后千万不要坐在冷地上，让腿受凉。我懂事地点着头。我心中有成千上万条不回去的理由，可我喉头哽咽着，一句话也说不出口。我忧心如焚地左顾右盼着，我不知道往日与我形影不离的表姐和她的小伙伴们都去哪里了。在那一瞬间，我唯一的念头就是向表姐、向伙伴们告个别，再看表姐和小伙伴们一眼。

爸爸背着我，走出了姑姑家的院子，走过了热热闹闹的梨花镇街道，蹚过了深秋野马河冰冷的河水,渐渐地走上了弯弯曲曲的山间小路。我不甘心地一遍遍回顾着,可始终没看见表姐那瘦弱的身影。我心中的热望,像眼前飘零的秋叶,充满了悠长的惆怅。

回到苦瓜湾,度日如年的贫困家境,使我失去了过去在家庭中独享关爱的优越势头。磨盘般沉重的生活磨砺尽了母亲对儿女们天生的善良与慈祥,只留下她对孩子们一日三餐中半饥半饱的责任。她变得异常暴躁的脾气,常常把生活的苦难、无奈,化为无名之火,不需任何理由地撒向她的儿女们——对我更甚。我心中充满了无尽的痛苦和长长的失落,忍不住一遍遍回想着梨花镇那段美好的时光,想念着天真无邪的表姐。

我已断了今生今世再去梨花镇一趟的念头,我觉得唯一现实的就是姑姑转娘家时带上表姐,可姑姑每次都说表姐年纪小,走不了这么远的山路。我幻想爸爸去梨花镇赶集回来时,背篓中除了家中急需的日用品外还有表姐。可每隔十天一个的梨花镇逢集日,鸡啼头遍,民兵们就警惕地把守了各个路口,严防社员们偷偷地溜到梨花镇投机倒把,耽误抓革命,促生产。爸爸常常求爷爷告奶奶地给队长说尽了好话,才获得赶一趟集的恩准。每次去时都背得满满的,来时也背得满满的,没一回落空。好在爸爸善解我意,每次都不等我开口,就给我捎来表姐的消息。

我见你姐啦。

哦!

爸爸:她说她好想你。

我热泪盈眶:我也很想她!

爸爸:她一直跟我走出了街,她要来看你!

我:那她为啥子没有来?

爸爸:她走不动,我又背得这么重,我怕摸黑路,耽搁我……

我的头沉沉地垂了下来。大失所望之后,接踵而来的就是更加殷切而强烈的期盼,我扳着手指,一天天一月月一年年地数着漫长的日子,暗暗地为表姐使劲,焦急地盼望着表姐像雨后竹笋那样迅速地成长起来,像姑姑那样每隔一段日子就来我家一次,哪怕是当日返回。我一遍遍地追问爸爸,表姐长多高了,表姐胖了还是瘦了,表姐都说什么啦。可爸爸每次的回答都满足不了我的需求。

于是,我就萌生了模仿大人们给远方亲友写信的念头。我有时跟着二妹读她一年级的课本,有时跟着三弟读他三年级的课本,有时还跟着邻居更大的孩子读他们四五年级,甚至是中学的课文。闲下来,我就使用非常有限的文字,吃力地给表姐写信。在信中,我说我的日子是多么地苦,我说她是天底下最好的人,我说我是多么地想念她,我说我的梦是多么的长,多么地美,我说我要永远和她在一起……

信,写得很慢很慢,也很短很短,我满腹的话儿总是被一个又一个生字挡道。书,却使我认识了一个全新的世界,冲淡了命运笼罩在我心头的阴影。漫漫长夜中,苦苦煎熬中,殷殷期盼中,我下意识地把书中我最钦佩的英雄女孩的色彩蒙在了表姐身上。我觉得面向敌人铡刀临危不惧的不应是刘胡兰,而应是表姐;高举红灯,立志"打不尽豺狼决不下战场"的不应是铁梅,而应是表姐;而草原英雄小姐妹,分明就是表姐的化身。我想象着表姐高挑的个子,白里透红的脸蛋,穿着李铁梅那件深红色的衣服,油光发亮的独根辫梢上像绑着半截炮仗样鲜艳的红头绳,精神抖擞地向我走来。她会像这些英烈们一样,潇洒地一挥手,将我救出人间苦海。

春去秋来,秋来春去。我给表姐的信怎么也收不了尾,我对表姐要说的话越来越多。梨花镇那段时光渐渐地升华为我记忆中美好的天堂,表姐成了我孤独心灵中唯一的一缕温馨,从而竟使我忽略了不知从什么时候开始,每次从梨花镇回来的爸爸口里已断了表姐的音信。是爸爸没见到表姐,还是表姐没有给我捎话?是爸爸忘了给我提表姐?还是……我苦思冥想着,百思不得其解。多少次鼓足勇气想问爸爸,多少次话到嘴边又害羞地咽回了肚子。我蓦然发现,不知从何时起,表姐已成了我心中一个巨大的秘密。

我长大了。

表姐当然也长大了。她一定能独自一人来一趟苦瓜湾了。她可以跟上爸爸来,也可以给姑姑做伴。但她杳无音信,像流星一样,如昙花一般悄悄地从我的生活中消失了。我心中充满了深深的怅惘,一种我不愿承认更不能接受的感觉,冰冷地爬上了心头。

我的心隐隐发痛了,而表姐的音容笑貌却在我心中越来越清晰,位置在我的情感中越来越重要。小人书中或村子里与表姐年龄相仿的女孩,都会使我情不自禁地联想到表姐,引得我泪水涟涟。我痴痴地、固执地成千上万次地设想着我们久别重逢时激动的场面。设想中的我,已不再是现实中那个蓬头垢面、邋里邋遢地在地上用手爬行的残疾人,而是一个英俊潇洒、风度翩翩的美少年,以两条修长而健壮的腿笔直地与她站在一起,我们是在花丛中追逐着翩翩起舞的蝴蝶,是杨柳依依的野马河畔,那清澈的水面中倒映出的一对快乐的俊男靓女……

我深深地陶醉在浪漫的、美妙的幻想世界中,不堪重负的灵魂以此挣脱沉重的精神枷锁,自由而轻松地飞翔。我已不指望在现实中见她一面了,我逃避现实中的表姐,我生怕现实中任何一丝风吹草动惊破我梦幻的泡沫。

但是,就在这梦幻般美不可言之际,那年七月的一个午后,正在地上爬来爬去忙忙碌碌地干家务的我,突然间感到身后有人在看,不容我转身,就响起一声轻轻的:虎子!

我震惊地抬起头来,看见了眼前亭亭玉立的少女,满月般的脸盘,两撇黑压压的眉毛,一双大而黑的杏仁眼清澈、幽深、俊美,闪着粼粼波光,泛着凄楚、辛酸,深情地望着我。表姐!我心灵深处呻吟般地响起一声呼叫。我不假思索地想到了她,我一眼就认出了她。我傻乎乎地,在梦幻似的恍惚中久久地与她相视着。

这是你姐!这孩子!平时不合口地念叨,可……妈妈在一旁怨我。

这时,就在这时,我忽然鬼使神差地想起了儿时表嫂、表哥的那句玩笑,我的脸立即火一样地烧起来了。而她也仿佛猛然想起了什么,脸顿时红成了一朵玫瑰花。我们几乎同时飞快地避开了对方的目光,一阵尴尬深深地横在了我们中间。接着,又是一种深深的自惭形秽,使我垂下了沉重的头颅。

表姐坐在炕沿,喝着妈妈端来的水,与妈妈说话。我在旁边默默不语地听着。她说她秋后即将上高中,今天是去翠竹寨,绕道来看我。她的伙伴还在三岔路口等着她,她得赶紧走。她从竹篮里取出一片旱荷叶折成的小船,小船盛着满满一舱熟透的鲜莓子,她有些害羞地看了妈妈一眼,递到我手里,就匆匆忙忙地走了。

我手捧小船,心中北风萧萧,雪花飘飘,泪水打湿的目光穿过窗棂,望着身穿粉红色的确良短袖的表姐,很慢、很慢地走出了院子,很慢、很慢地走进了巷道,又很慢、很慢地走出了我的视线。我多么希望她停一停步子啊!但她没有。我多么期望她回首一顾啊!但她也没有。

我的美梦,就这样被她这猝不及防的出现无情地击成了碎片,在飓风中七零八落地飘散着。比冰还冷、比死亡更残酷的现实,深深地刺穿了我的心,淅淅沥沥的血珠,斑斑点点,如瓣瓣梅花,凄美地落在冰天雪地。我恨自己衣衫褴褛,蓬头垢面,丢了她的面子,增加了我的自卑。我感到了天上人间遥不可及的差距。

我泄气了,但很快又开始了另一个遥遥无期的梦想——一个消灭与表姐天壤之别的梦想。我雄心勃勃地在崎岖坎坷的文学之路上跋涉着,我要以对社会的贡献体现我的人生价值,夺回我失去的一切。多少次,透过雪花般纷飞而来的退稿,我看到表姐远远地站在太阳升起的巅峰,在一片灿烂的霞光中,晓风轻轻地吹动她那粉红色的确良短袖,她以清澈、幽深、俊美的杏仁眼深情地召唤着我,使我一次又一次地产生了强烈的飞翔愿望,使我一遍遍暗暗地对她也对我说:等着我吧,我一定要奋力追上去,要与她并肩站在那太阳升起的巅峰!

我极力把我们相逢时那难言的尴尬,假设成一场倒霉的梦境。我仍然让她退回到梨花镇那段天真烂漫的童年时光,只是这个时期的她,已成了我想象中的相府千金王宝钏,抛弃荣华富贵,为等心爱的倒霉鬼薛平贵在五典坡挖荠菜。我让她成为痴情于贫民孤儿许相公的白素贞,让她成为爱上人间牛郎的天仙女,让她成为化为蝴蝶的祝英台,让她成为苦白了头发仍爱着贫农王大春的喜儿,让她成为千百年来文学作品中钟情于贫苦少年的美丽少女。我苦苦地想念着她,苦苦地盼望着她,但我又不希望在眼前处境中与她再度相逢,我把我们的相逢设想在了一株桃花盛开的树下,我踩着一地青草健步如飞走向她,把我印成铅字的作品骄傲地递给她,让她那双清澈、幽深、俊美的杏仁眼闪动着惊喜的波光。

但现实中的表姐,自那年那天走后,就像展翅的小鸟一样,杳无音信了。这又不能不使从沉湎中回过神来的我常常感到一阵阵心酸。整个心境像荒原上一株凄艳的枫树,孤零零地站在瑟瑟秋风中,片片滴着血珠的枫叶,带着浓浓的寒意,打着旋儿,凄凉地漫天飘零着。

我再也不敢向爸爸、向姑姑,向这两个唯一能传来她信息的人提及她,可我内心又是多么渴望了解她的一切情况啊!但快嘴的姑姑,还是在一次闲聊中,无意间透露了表姐高考落选后嫁给一位在县城工作的干部,近日就要坐月子的消息。我心中拉响了悲愤的汽笛,一种被人背叛的恼怒,使我歇斯底里地恨起了她的薄情,她的势利,她的卑微。

为什么？这到底是为什么？我心底一遍遍不依不饶地质问的同时，还在固执地怀疑姑姑是否发现我心中的秘密在故意试探我。我怎么也不相信她是这么俗不可耐。在我心中，她可一直是一个超凡脱俗的美丽偶像啊！

　　我期盼着姑姑的诡谲一笑。

　　然而，现实就是现实，表姐就是表姐。她以自己的生活方式走上了一条与我臆想截然相反的人生道路，如一声霹雳，彻底惊破了我绵长、绚丽、天真的美梦，恢复了她现实性、生活性、自我性的真实形象，使我在死去活来的痛苦之后，成熟起来的感情，像雪线冰迹上一朵含苞的雪莲花，在凛然严霜中，一瓣一瓣地，次第开放……

散文

二　妹

　　过去,二妹是一支轻松自由、热情奔放的青春圆舞曲,给我快乐,给我激情,更给我无限憧憬。

　　如今,二妹却是一曲凄凉哀婉、柔肠寸断的苦音慢板,如泣如诉地低回在我心灵深处,使我痛苦,使我伤感,更使我遗恨绵绵。

　　二妹天生丽质。二妹光彩照人。

　　二妹落落大方。二妹侠风浩然。

　　二妹兰心蕙质。二妹……

　　世上所有妹妹的优点,天下所有赞美妹妹的词汇,送给二妹,都不足以表达我对二妹深厚的情意。但这一切,都是二妹在那个秋雨绵绵的季节,在瑟瑟秋风中,像一片血红的枫叶,无声无息地飘落在大地怀抱之后,我才感受到的。

二妹性格开朗，在一所职业技术学校学得了厨艺的同时，也学会了无数优美动听的歌曲。她每个周末都是哼着歌儿一路快乐地回家的。

那时的我还没有轮椅，只能用手在地上爬行。那时的野马河两岸还是原始的空旷、静谧。村子里为数不多的几台录音机、电视机，都与我无缘无分。二妹的歌，为我填补了生活的空缺，给我吹来了一股清新的时代气息。《黄土高坡》、《小草》、《热情的沙漠》、《大约在冬季》……在苦瓜湾那间除了书以外什么也没有的农舍斗室，多少个宁静的夜晚，月亮在白莲花般的云朵中穿行，白杨树在夜风中轻轻地舞蹈，野马河和着轻缓的节拍。二妹以她那或清脆嘹亮或柔美轻舒的歌声，冲淡了岁月的艰辛，吹散了命运的乌云，为我那孤独、苦闷的心灵，打开了一扇温馨而明亮的窗口。

我常常听着、听着，心儿就长出了翅膀，随着二妹的歌声冲出小小的窗口，飞过崇山峻岭，在一个没有疾病、没有贫穷、没有苦难、没有歧视的天空自由飞翔。

然而，苦难总是那么无情。它很快就发现了我这点幸运，立即挥动利剑，把二妹的歌声从我的生活中斩断——爸爸的病越来越重了，束手无策的妈妈筷子里面拔旗杆，技校刚刚毕业、刚刚过了十六岁生日的二妹，要到遥远的新疆库尔勒市去。那里有我们的一个亲戚，开了家饭馆，需要个打下手的女孩。穷人的孩子早当家，懂事的二妹二话没说，就默默地做着起程准备。

那时，野马河两岸还没有外出打工的习惯。一个在父母身边长大、从未走出过家人视线的女孩儿，孤身一人千里迢迢的，全家人心里都很沉重。可二妹好像小鸟向往蓝天，仿佛船儿渴望大海，对茫茫前程充满了极大的热情。她说她不怕苦不怕累，她说她去了那里，要扑下身子好好干，挣好多好多的钱，但她自己不乱花一分钱，她要全部寄回家来，送爸爸去县城,去兰州,去北京,去上海的大医院,她一定要治好爸爸的病。她还说她要给我买好多好多的书,她要给我买一辆轮椅,让我像县城她见过的那位革命伤残军人一样,穿着干干净净的衣服,她推着我去看电影,去看县城美丽的夜景……她说了很多很多,她乐观的态度感染了全家人的情绪。她笑声朗朗地为这个贫困的家庭描绘了一幅幸福美好的生活画卷。

二妹临行前那天晚上,端着一盆热气腾腾的水来到我的房间。她说千里迢迢之外,她最放心不下的是我,她要把我的头洗得干干净净的,让我乌黑的头发抹了层油般的光滑发亮,清清爽爽地为她送行。温热的水流浸湿了我蓬乱的头发,二妹纤长的手指缓缓地、慢慢地,像是试探地、一点一点地,由前到后,又由后到前地在我发间来回游弋着。

屋子里一片宁静。

没有月亮的夜空,萤火虫挑着绿莹莹的灯笼,星星点点的,悄然无声地飞行着。

二妹轻声地哼起了歌。是《少年壮志不言愁》。

我流泪了。一种深深的愧疚袭上了心头。身为兄长,我不能为她遮风挡雨,不能给她幸福快乐,只能在无可奈何的痛苦中眼巴巴地看着她以柔嫩的女儿肩膀挑起了属于我的家庭的那副生活担子,去搏击风雨。可她竟是那么的从容自若,那么的义无反顾,那么的信心百倍!

二妹哼着《黄土高坡》走出了苦瓜湾。初秋的晨风中,路两边广袤的田野上,粉红色的荞麦花开得热烈而烂漫。二妹身穿一件洁白的连衣裙,手提一只小巧的红皮箱,迈着轻盈的步子,渐行渐远,隐没在艳美的花海之中。

二妹走了,但二妹的歌声却一直留在我耳边。二妹的每一封家书都要不厌其烦地询问我的情况,并时不时将她碰到的旧书、旧杂志便宜买来,打成包裹千里迢迢地寄回。《林海雪原》啦、《青春之歌》啦、《人民文学》啦……这些我平时梦寐以求的书籍,让二妹变成了现实。是二妹使我第一次知道并拥有了《当代》、《芙蓉》、《小说界》这些国内很有影响的大型文学期刊。每次收到二妹寄来的书，我的心情就异常沉重。

二妹在那里每月仅仅挣一百五十元工酬——好在食宿不掏钱，她常常寅吃卯粮，把下月甚至下下月的工酬提前领出寄回家来，给爸爸看病。但爸爸还是没等到二妹送他去兰州去北京大医院治疗的那一天。家里向千里之外的二妹隐瞒了这一噩耗，用二妹给爸爸看病的钱安葬了爸爸。全家人都害怕独在异乡、孤身一人的二妹经不住这沉重的一击。全家人都觉得无法向二妹交代这一残酷的事实。

雪花又飘白了千山万岭，红梅又在冰天雪地绽放出鲜艳夺目的花朵。我坐着轮椅走进了人生最为艰难的转折点。二妹也结束了三年的打工生活，回到了生她养她的野马河。还是那只小巧的红皮箱，还是爱说爱笑爱唱歌爱做梦的二妹。只是个子长高了，身段苗条了，长长的黑发，瀑布一样飞流直下，红色风衣火焰般的在寒风中燃烧着，潇洒自如地张扬着青春的活力。

我……对不起爸爸……二妹沉沉地垂下头，双目含泪，哽咽着只说了这么短短的一句，接下来就是一阵愧疚的饮泣。

二妹这寥寥一语，鞭梢一样抽痛了全家人的心。而二妹脱下风衣，身上仍是走时带的旧毛衣、旧线衣，脚上仍是补丁重叠的旧袜子，诉说着一个少女在外的艰难困苦。漫漫三年，二妹少说也挣了不下四千元钱，可她回家时，只给自己买了件装饰门面的风衣和一双廉价的高跟鞋。

我视线模糊了，二妹在我的泪光中虚幻地摇晃着……

我们像小鸟一样团聚在妈妈身边，过完了一个热闹的春节后，我摇着轮椅走出家门，像一叶失去风帆的小船，在茫茫的海洋上漂流着、颠簸着、挣扎着，当疲惫不堪地爬上彼岸——在县城有了一处容身之地——时，二妹已出嫁到梨花镇两年有余。我没喝她的喜酒，没为她置办一件哪怕是仅仅具有纪念意义的嫁妆。

但,二妹没怨我半句,她推着轮椅,接我去看她的新家。梨花镇距县城十里路程,她一路上愉快地哼着歌,并说起了许多年前她见过的那个坐轮椅的伤残军人,她说那时她就暗暗地想象着我坐在轮椅上的样子,想象她推着轮椅兴奋、激动的心情。

二妹的新家坐落于梨花镇老街,长长的六间老式房子被分隔成三家,二妹居于中间的两间。斑驳的墙壁,陈旧的门扇,与新换的玻璃窗显得极不协调,但却使得整个屋子亮亮堂堂。我有些失望地叹了口气。我觉得我的二妹应该拥有一座像模像样的砖房,瓷砖墁地,墙壁雪白,宽敞明亮。

怎么样?可比王宝钏的寒窑阔气多啦!二妹笑着说。

我勉强地点着头。

我们娘家穷,嫁给他,门当户对,谁也不嫌谁。二妹坦然地说。接着又莞尔一笑,转了话题:不过,穷不扎根,富不生芽,五六年后我就把你接进我青砖红瓦的新房子……二妹总是能从泪水中找到欢笑,从黄连中品出甘蔗。她说她要下苦力修一座漂亮的平房,台阶上有轮椅坡道,屋里有卫生间,有浴池,有书桌,让我方便自如地住上一段日子。她还说……二妹说了很多、很多,她那双黑葡萄般水灵灵的大眼睛充满了对美好生活的憧憬。

修一座像样的新房子!成了二妹努力的方向,成了二妹不懈的追求。她带着哺乳的孩子种菜卖菜,她让妹夫外出打工,她一人独揽了全部的家务,并一年出栏两头猪。她每见到我,就兴奋地告诉我她已有五千元了,一万元了,两万元了……她的梦越来越近了。

但苦难的恶魔却扇动着险恶的翅膀扑向了她。一趟医院出来,她除了切掉二分之一的胆囊外,还花了近乎一半的积蓄。望着她消瘦的面容,我轻声安慰:房子的事,你别愁,我帮你!她拢拢有些凌乱的长发,淡淡一笑,反过来安慰我:没事,真的没事!我可以重来,我还年轻,我……她低落的情绪又渐渐地兴奋起来了,她说在医院的病床上就想好了,她把孩子留给婆婆,她要去广州、深圳一带打工。她那两间房子是原来的老街门面房,虽然集市搬迁了,但地理位置还是很不错的,她要建成小二楼,一楼留成铺面,开一家日用品超市,还可以带上压面机,也可以发挥她的特长,开家饭馆。接着她又话头一转:不过,别生气,你来了,我背你上二楼,登高远望,可以好好地观赏一下梨花镇全景。她眼睛调皮地一眨,苍白的脸上泛起一层幸福的红晕。

震惊中外的5·12汶川大地震,使天府之国多少美丽的家园一瞬间化为废墟,多少条鲜活的生命顷刻间撒手人寰,多少个幸福的家庭眨眼间妻离子散,灾难也波及了我的家乡陇南山区。远在内蒙古的我,闻讯首先揪心的就是二妹,她家房子本就不堪重负,怎能经受得了如此强烈的震动?电话不通,路途遥远,音信杳然,我急得彻夜难眠。

两天后的一个中午,我终于打通了妈妈的电话,老人家告诉我兄弟姐妹都平安无事,接着又重点说起了二妹,老街一溜排房子倒的倒、塌的塌,唯独二妹家那两间早就摇摇欲坠的房子却安然无恙!我长长地舒了口气,默默地,由衷地替二妹庆幸。

但是,没过几天,二妹来电了。她一改往日的豁达、乐观和浪漫,语气沉重地告诉我:灾后重建,她家的房子没有列入计划。可与邻居连体,两边的一拆,就成了真正的危房,全家人将无处栖身。而报批重建的,政府直接补贴两万元,再贷三万元款。她要我想办法帮她争取争取。她说如果将屋后的一块空地利用起来,加上她的积蓄,便可建一座六间平房。我面有难色地沉默着。凭我在当地的影响,这事本不难办。可问题的关键是,我如何开这个口?开了这个口,社会将怎样评价我?

哥!……二妹急了。声音里充满了焦虑、无奈、痛苦。我心猛然重重的一沉,咬咬牙,答应了她。

美丽辽阔的科尔沁大草原秋意阑珊时,百灵鸟的歌声渐渐稀落时,传来了二妹出事的噩耗。我来不及收拾行李,就匆匆忙忙向机场赶去。二妹!你一定要挺住,要等着我。我就是上天入地,也不让你离开我!二妹!你连汶川地震这么大的灾难都侥幸地躲过了,何愁迈不过这个坎?二妹……

但,二妹还是匆匆地走了。

她静静地躺在主体刚刚完工,墙壁仅仅粉刷一半,门窗尚未安装的新房子里。果然是六间平房,前边两间商用,后面四间人居。果然留有轮椅的坡道,果然房间有浴室、有卫生间。她苍白的面容是那样的安详、恬静,仿佛赶了很长很陡的路程,仿佛干完很多很累的活计,仿佛唱罢很多很美的歌曲后,又沉湎在她热烈浪漫的遐想之中,继续着她悠长的、绚丽的、美妙的梦幻。

妹夫说为修房子,她操碎了心,出尽了力,出事后他毫不忌讳地将她的灵堂安放在了新房子里,让她静静地、好好地睡一觉。

妹夫说正在粉刷墙壁的他,闻讯赶到出事现场——临时租赁的那间小屋——时,锅里她蒸的馒头还冒着腾腾热气,案板上她切的菜还没来得及洗,炕头放着她为孩子冲的奶粉,襁褓里的孩子还在熟睡。可她却手攥漏电的电饭煲插头,倒在地上……

苍天啊,你为何要如此绝情?大地啊,你何故要这般残忍?

灵前烛泪斑斑,纸幡飘飘,跪着她年幼的长子,围着她爱的和爱她的亲人。她乘着飒爽的秋风翩然而至,在三十八岁生日的五天之后,随着凄凉的落叶悄然而去。

野马河哽咽着,低吟着无尽的悲伤。归雁哀鸣着,飞过阴郁的天空。淅淅沥沥的秋雨,冰冷的,一滴滴,一声声,刺穿了我的心。刹那间,我猛然刻骨地感到:失去了二妹,我是多么的孤独、伶仃,又是多么的无助、无奈。天缺一块有女娲,心缺一块谁能补?

二妹!……

散文

奶　奶

奶奶不信佛，但奶奶却是野马河两岸远近闻名的大善人。她是大户人家的闺女，我家门槛也不低，嫁给爷爷可谓门当户对。她见得多，也识得广。但她就是想不通，自己连只飞蛾都没捏死过，老天怎么竟残忍地夺去她孙子的两条腿？

老天爷啊！我到底做错什么啦？奶奶不止一次地仰天长叹。

我那时脾气暴躁得厉害，心情更烦得无边。不安的情绪，像匹拴在槽头的马驹，一心向往着在辽阔的天地间驰骋。可不争气的双腿却牢牢地把我禁锢在狭小的炕头动弹不得。劲没处使，气无处撒，就在别的地方找茬儿，逆反心理达到了尽头。

一只壁虎慢慢地从我身边爬过。我一把捉住，三下五除二就掰掉它所有的腿,看着它在地上痛苦地挣扎。

罪过,罪过哟!奶奶见了,满脸怜悯地走上去,俯下身子,小心翼翼地把受伤的壁虎捧在手心,口里嘘嘘地痛惜着,手微微地颤抖着,又恨又疼地看看我,再去看痛苦地蠕动的壁虎,站也不是,坐也不是,左右为难地不知怎么才能减轻壁虎的痛苦。

奶奶满脸痛苦而又无可奈何地看着壁虎在她的手心抽搐着死去。她含着泪花,默默地糊了个小巧玲珑的纸盒子,入殓了壁虎,埋在院子的桃树下面,在它墓前献上一粒鲜红的大枣,喃喃自语着:老天爷呀,这与我的虎子无关,我的虎子不懂事,都是我没把娃管好,你要惩罚,就惩罚我吧!……

屋檐下燕巢的雏燕开始试飞了。有只冒失鬼一不小心掉在地上,扇动着无力的翅膀遍地乱跑。我奋力爬上前去,经过一番角逐,终于捉住了它。小燕子在我手中不断地挣扎着,尖叫着,柳黄色的小嘴一次次试图啄痛我的手而逃走。我当机立断,轻轻一下就折断了它娇嫩的双腿。

小燕子哀鸣着,扑棱着翅膀,绒绒的羽毛散乱开来,柳絮一样轻盈地飘着。我在一阵淋漓尽致的痛快中,感到了世道的公平。不料,正得意欣赏自己的杰作时,突然间脑后一股风,手中的小燕子不翼而飞。奶奶满脸怒气地站在我身后,一双往日充满了慈爱的目光,此时此刻,刀尖一样犀利地逼视着我。她一手掌着受伤的小燕子,一手扬得高高的,向我扇来。

我哭了。这是记忆中,奶奶唯一的一次打我,也是奶奶唯一的一次把我的哭声丢在一边,颤抖着手,把小燕子凌乱的羽毛轻轻理顺,找来一块棉布,撕成条儿,把小燕子两只断腿按骨茬对接好,用布条紧紧地缠住。奶奶低着头,满头银发映衬着她清瘦的面容。她近乎枯槁的手指一起一落,一弯一绕,竟是那么的轻,又是那么的灵。其情其景,仿佛不是侍弄小燕子,而是处理自己受伤的部位。小燕子也渐渐地从恐惧中安静下来了,它乖乖地伏在奶奶的掌心,静静地接受着治疗。

奶奶整整半天不理我。

小燕子不时地哀鸣着,挣扎着,一对小小的、薄薄的翅膀斜斜地耷拉向两边,护住了受伤的腿。奶奶找来一只蝈蝈笼,让它安家。尔后,把蝈蝈笼挂在屋檐下,自己远远地站在一边看着。小燕子的爸爸妈妈立即焦急地飞上前去,叽叽喳喳地嘘寒问暖。奶奶在一旁大声地安慰着它们:放心吧,我会像你们一样贴心地照顾它的,秋天回老家时,我保证它和你们所有的儿女一样,飞回南方去和它的爷爷奶奶团聚!

奶奶不理我,我就觉得很无聊,很失落。爸爸妈妈常年四季早出晚归,我大部分时间都和奶奶过。可奶奶如今把本该属于我的关爱都给了小燕子,把我晾在了一边。我觉得是那么的孤独,那么的凄楚,而拥有奶奶关爱的日子又是多么的美好,多么的幸福。

最终,奶奶还是宽恕了我。她照料完小燕子,又给我洗脸,拍干净我身上厚厚的土,让我坐在厚墩墩的垫子上,端来香喷喷的苞谷粥,一匙一匙舀出碗来,轻轻地吹吹,打在自己嘴边试试温度,再喂给我。喝完粥后,又是一日三次地例行服药。奶奶让我服药,和妈妈的方法截然相反,她总是耐着性子,不断地变着新花样,或一次换一样器皿或一次给同样的药起个不同的我喜欢的名字,寓乐于药,让我在快乐中减轻服药的痛苦,于是不知不觉间喝掉满满一碗苦涩的中草药。

这次,奶奶更不同于往常,她翻箱倒柜了好久才找出那盏一直藏而不露的奠杯。小巧玲珑的奠杯薄如蛋壳,剔透如玉,细腻如脂,洁白无瑕的杯身上一幅漂亮的喜鹊登梅图。听奶奶讲,这本是家道中兴时期逢年过节祭祀祖先的奠杯,与奶奶那根漆黑发亮的文明棍一样,证明着这个家庭昔日的显赫和辉煌。文明棍破四旧时,被造反派当作剥削阶级的产物没收了,这只奠杯因为藏得太深,幸存了下来。现在,奶奶把它找了出来,匀出碗中的药,倒少许于奠杯中,轻轻地荡漾片刻,在嘴边试试,满意地点点头,端着奠杯来到蝈蝈笼前,放到小燕子嘴边,轻声细气地说:喝吧,这是铁拐李配的药,有千年的红花,万年的灵芝,喝了它,你的腿就会让你跑到天边,你的翅膀就会让你飞到云霄。听话,我的乖乖哟……

小燕子果然听话地喝了一小口,接着可能也是嫌苦的缘故吧,它摇着头,扑扇着翅膀,又在笼子里挣扎起来了。哎!这可不好喽,要听话,像刚才一样,好好喝药,只有喝了药,你才能飞回蓝天,才能和你爸爸妈妈哥哥姐姐们在一起……

奶奶唠唠叨叨地哄乖了小燕子,又返身端着温凉适中的一碗药慈眉善目地走向我,她再次轻轻地吹吹,再次轻轻地用自己的嘴唇试试:喝吧,我的虎子乖,连小燕子都喝了。我的虎子可以和小燕子比赛着喝,看谁最听奶奶的话,看谁喝的药多,看谁的腿先好,看谁先在地上跑……奶奶很响很香地抿了口,贪婪地咂着嘴。

我不服输的劲头被激活了,我被奶奶美滋滋的神情感染了,二话不说地接过碗,眯上眼,看也不看地屏息一饮而尽。

奶奶个子很高,脚却很小、很窄,像一弯上弦月。瘦骨嶙峋的身子衣架般的搭着一件宽宽松松的大襟褂子,一双格外有神的眼睛,永远释放着无尽的慈祥和暖融融的春意。她当时已年逾八旬,虽然精神矍铄,但已抱不动我,她常常一高兴,就背着我满屋子转。

这天,奶奶破例背着我吃力地走出门来。我一眼便看到蝈蝈笼里的小燕子兴奋地叫着,她的爸爸妈妈轮番把捉来的小虫子放进她嘴里。奶奶猛然停住步子,生怕惊吓什么似的,慢慢地退回了屋子。

我不知道发生了什么,但我觉得奶奶对发生的事看得很神秘、很满意、很欣慰。她的心情愉快了很久,她仿佛忘记了我致残小燕子的过失,而她对死去的壁虎却念念不忘,常常一人独自立在桃树下壁虎的墓前,一脸的忏悔。每到深夜,墙角的虫子总是发出凄凉哀婉的鸣叫,吵得人久久不能入睡。我就问仿佛什么都知道的奶奶:什么虫子在叫?

奶奶:壁虎的爸爸妈妈。

我:它们为什么要叫?

奶奶:在哭它们死去的孩子!唉——

我不言了。奶奶的一声叹息,重重地落在我的心上。渐渐地,不知为什么,我的脸悄悄地发烧了。于是,我就感到不为受伤的小燕子做点什么、说点什么,心里总是过意不去。

几天过去,小燕子的情绪好多了,她每天都和我一样,在奶奶的照料下按时服药,吃着爸爸妈妈衔来的食物,不时地唱出悦耳动听的歌儿,扑棱棱地在蝈蝈笼里扇动着翅膀。奶奶常常背着我站在笼子前,小燕子安静下来,友好地瞧着我和奶奶,一双小而亮的眼睛滴溜溜地转动着,不时地发出一声细细的鸣啾,仿佛在嘟囔着什么。我不解而好奇地问奶奶:她在说什么啦?

奶奶:她说她想她的爸爸妈妈,想她的爷爷奶奶,想她的兄弟姐妹,想她南方的老家。她怨我太小气,怨我偏心你,不给她大碗喝药。

我:她为什么要喝药?苦巴巴的!

奶奶:只有喝药,她的腿才能好起来,她才能飞回爸爸妈妈的身边,才能飞上蓝天。

于是,我每次服药前都要给小燕子匀出一点,在碗底又给小燕子留一点。奶奶就高兴地夸我,就背着我长时间地站在蝈蝈笼前,给小燕子做伴,与小燕子逗乐。我觉得小燕子越来越可爱,小燕子也越来越喜欢我和奶奶。渐渐地,我烦躁的心情平静下来了,像秋天的湖泊一样波澜不兴,如晴空洁白的云朵一样娴静、自如。

终于,有天奶奶孩子般高兴地拐着小脚跑进来,不由分说地背起我一边往外走,一边兴奋地告诉我:小燕子的腿好了,她蹦蹦跳跳的,和她的兄弟姐妹一个样!果然,小燕子正两腿有力而灵活地在笼子里上下跳跃着,奔跑着,不断地碰撞着笼子。奶奶的脸乐成了一朵盛开的菊花。她让我坐在凳子上,打开笼子,双手小心翼翼地掬着小燕子来到我面前,轻轻地解开缠在小燕子腿上的布条。小燕子开始不安而焦躁地挣扎着,奶奶看看我,神色突然凄楚起来,伤感地对我说:小燕子说,她马上就要去找她的爸爸妈妈。她要和她的爷爷奶奶兄弟姐妹,还有天下所有的燕子到昆仑山,到瑶池宫去找来更多的灵丹妙药,叫你喝,叫你的腿也像她一样早点好起来。

我迷迷糊糊,半信半疑地看着奶奶。

小燕子奋力地扑棱着翅膀,更加急促地叫着。

奶奶不慌不忙地理顺小燕子凌乱的羽毛,慈眉善目地说:不急不急,他还没听懂你的意思呢。然后又转脸对我说:她说叫你别泄气,一定要等着她的药!奶奶边说边把小燕子递给了我,善良的目光殷切地鼓励着什么。我毫不犹豫地手一松,小燕子扑噜一声便飞出了我的手心,又回过头来,在我们面前画了个美丽的弧线,留下一串呢喃的燕语,不一会儿便消失在茫茫的云霄之中。我久久地望着浩渺无际的云海,心中充满了悠长的惆怅。

小燕子走了,我的心儿也随着小燕子飞向了天涯海角。在天天苦涩的中草药味中,如醉如痴地期盼着小燕子回来,期盼着她为我带来神奇的灵丹妙药,使我的腿像她那样早日康复,使我像她那样飞回属于自己的蓝天。

可是,小燕子竟一去不返,踪影飘渺,留给我无边无际的遐想和潮汐一样涌动的期盼。每听到呢喃的燕语,我总要情不自禁地张望,是不是我们的那只小燕子。每到这时,奶奶就不慌不忙地对我说:小燕子叫她的哥哥给你捎话了,她说给你的药快要找到了,她叫你一定等她!我心中沉下去的希望就又一次白帆一样地升起来了。我暗暗地发誓一定要等下去,一定要像奶奶那样学会燕子的语言,与燕子进行灵魂的对话。

一天天过去了,一年年也过去了。小燕子总是不回来,总是委托她的哥哥姐姐们给我带来口信,叫我等,叫我一定等待她归来。

终于,奶奶卧床不起了。全家人愁眉不展地出出进进着。有天黄昏,夕阳淡淡地投进小窗,落在奶奶清癯苍白的脸上。奶奶吃力地睁开眼睛,失神的目光吃力地投向我,气喘吁吁地,以微弱得令人听不见的声音对我说:小、小燕子昨晚……捎话来,她为你找、找到……神药了,她拿不动,她、她叫奶奶……去帮她,奶奶脚小,要很久……很久才能回来,你一定要等……要、要等着哟……

我使劲地点着头,鼻子酸酸的。

奶奶的声音越来越小,深深的、干枯的眼眶涌出两行浑浊的泪水,徐徐地、徐徐地向皱纹缜密的两鬓流去、流去……

屋子里一片哭声。

散文

约定今生

从记事起，婶婶们一看到我，就不厌其烦、绘声绘色地讲述着我不满两岁那年那月的那天晚上，屋外，抬头不见月牙，伸手不见五指；室内，昏暗的灯光下，母亲坐在炕边，怀抱奄奄一息的我，任凭大伙儿怎么劝说、怎么开导，始终一言不发、旁若无人地把气若游丝的我越抱越紧，越抱越紧。

门口，站着村子里几个热心老人，腋下挟着半片破席子，心情沉重地等着为我裹尸。

她那个倔劲呀，少见！

我的个天爷爷哟！那可是要冲怀的呀！

虎子是她的第一怀，要是那次没活过来，她这辈子就别想再有孩子！

是呀是呀！……

叽叽喳喳,唏嘘不已。

我木然地听着,呆呆地愣着。久而久之,就为这大惊小怪的絮絮叨叨心烦。其实,我觉得母亲一点也不爱我。她老是苦着一张脸,脾气又坏得出奇,动不动就冲我发火。发完火又涕一把泪一把地唠叨个没完没了:你这颗灾星啊,自从有了你,家里就没过上一天好日子,你爸爸从没睡过一个囫囵觉;你二弟过继给别人,你续吃了他的奶水,你三弟已是四岁多的娃了,连肉星子都没见过,家里看得上眼的家具、全家一年的收入都叫你喝了药……

当初,我好后悔哟!……这是母亲每次絮絮叨叨后的结束语。

我一边听着,一边心里不服地反驳:谁稀罕你的药啦?我宁可死,也不愿喝你的药!事实上,服药,一直是我与母亲和全家人难以调和的矛盾!

我最怕服药,更恨服药。那日复一日三餐之后接踵而来的满当当一碗中草药,黑糊糊、苦巴巴、涩叽叽,冒着难闻的热气,远远地,我就恶心。我常常背着母亲偷偷地把药泼在炕洞里,倒进枕头的荞麦皮中,灌进妹妹丢弃的鞋壳中。又为了应付母亲的检查,将碗底的少许药汤在口里涮涮。可十有八九都逃不过细心的母亲,每次都受到母亲严厉的惩罚,并深深伤了母亲的心,惹得她哭哭啼啼,唠唠叨叨数落我大半天,随后再熬一碗药汤,不由分说地强行灌服。

那可是一场力量悬殊的服药大战啊!我拼命地反抗着,整个身子缩在炕旮旯里,尖声尖气地哭叫着。母亲一声令下,全家人一齐上阵,把我摁倒在炕上,将头紧紧卡住。我停止哭声,嘴唇紧闭,牙齿紧咬。母亲找来一只小杯,舀出少许药汤,一手持杯,一手捏住我的鼻孔,我憋不住气,猛然哭出一声,母亲借机将杯口塞进我嘴,药汤便乘虚而入。情急之下,我用尽全力,一口将杯子咬了个豁口,破碎的瓷片割破了我的嘴唇和舌头,鲜血流了一脸。

母亲大怒。她干脆用碗狠狠地给我猛灌起来——在服药这件事上,母亲从没给过我半丝怜悯。

我恨服药,并转而恨强行我服药的母亲——尽管母亲常常天花乱坠,无不夸张地鼓动我:一碗碗药汤服下肚后,你肌肉萎缩的双腿就会像柱子一样坚实有力地支撑着你站起来,使你像弟弟一样漫山遍野地疯跑;尽管我朝思暮想着一觉醒来,双腿就像大树般的结实粗壮,走起来大步流星,跑起来追风逐月,跳起来伸手摘星。母亲的神态,每次都是那么认真、那么陶醉。其情其景,仿佛我已兔子似的欢蹦乱跳着,在院子里和小伙伴们踢毽子、跳方、打雪仗,抓着树梢荡秋千。她絮絮叨叨。她自言自语。她自娱自乐。她是那么的幸福,又是那么的快乐。

渐渐地,她又大梦初醒般的,神色倏然暗淡,眼泪也吧嗒吧嗒地掉下来,再次呜呜咽咽地自艾自怨:怪我!要是那天晚上我睡得不死,要是那天晚上我一声不吭,要是那天晚上我应了,不说那句要命的话,要是……那语气,那神情,活脱脱是又一个祥林嫂——当然,那时我并不知道祥林嫂。

据母亲追忆,我出生八个月就能颤颤巍巍地从门口走到院边,一岁后就像三四岁的孩子那样,骑着我家那只大黑狗,雄赳赳、气昂昂地挥舞着一把木刀,耀武扬威地冲冲杀杀。我患病,源自于充满禅机的一呼一应。

那天夜里,父亲不在家,母亲搂着我在沉沉的梦乡中挣扎。突然,隐隐的,有人推门,接着便响起一个男子雄浑的呼叫声:虎子!虎子!母亲一个激灵,迷迷糊糊中随口应了声:哎!来了!话一落音,人也彻底清醒了过来。可此时,传入母亲耳朵的却是一片此起彼伏的犬吠。母亲披衣坐起,连问几声:谁?谁呀?门外静悄悄的,使母亲沙哑的声音在空旷而寂静的夜空中变得异常恐怖。母亲一惊,一股阴森森的寒气顿时向她袭来。

　　在野马河两岸,成年夫妇和街坊邻居的平辈之间,出于尊重,称呼对方,一般都习惯以孩子的名字替代。母亲苦苦地想了好半晌,也没想起来半夜三更叫我家门的,究竟是谁。

　　母亲睡意全消,也不敢吹灯,惊魂未定地拥衾而坐。熬到后半夜,无意间听到熟睡中的我呼吸有些急促,下意识地伸手一摸我额头,像颗烧熟的土豆——烫手。吓得她面如土色,抱起我,不顾一切地就往郎中家跑。

　　怪我,都怪我!我当时就不该应声的⋯⋯母亲后悔莫及。

　　怪我,都怪我!我为什么应声后还要追加一句"来了"呢?我该死⋯⋯母亲痛心疾首。

　　要是那天晚上我睡得不死,要是那天晚上我一声不吭,要是那天晚上我应了,不说那句要命的话,要是⋯⋯母亲翻来覆去,哀哀怨怨,自思自叹。

　　母亲说着说着,把目光投向我,可能又想起了我的种种不是,尤其是我背着家里人把药泼掉的恶迹,气就不打一处来,咬牙切齿地恨不得一口把我活活吞掉,捞起笤帚,盒子枪似的对准我鼻尖,厉声责问:你今后听话不?你再敢倒药不?

　　我一边躲避着笤帚把儿,一边乖乖地讨饶。

　　你这颗灾星啊,自有了你,家里就没过上一天好日子⋯⋯终于,母亲丢下了笤帚,又哭天抹泪地开始了她的老生常谈。

　　我长长地舒了口气——总算躲过了一劫。

　　⋯⋯当初,我、我好后悔呀⋯⋯

　　有次,一直沉默不语的我,终于再也忍受不下去了,就牙一咬,头一扬,赌气地顶撞母亲:你不用哭了,不用骂了。你的饭,我吃够了;你的药,我喝够了!我这就走!

我的个天爷哟……母亲惊叫一声，被我突如其来的顶撞，击懵了头。她双手颤抖着，一把抓住我，神色紧张地追问：你、你说什么？你刚才说什么啦？你要去哪里？

是啊，我要去哪里？我又能去哪里？我自己也不知道。我被母亲问住了，也被母亲的大惊失色唬住了，呆呆地一言不发。

母亲越发紧张地左右环顾着，毛骨悚然的样子，脸色煞白，惊惶失措，声音恐惧：你说什么？你刚才说什么啦？你要去哪里？你要去哪里啊？

她声泪俱下。她泣不成声。她喃喃自语。她仰天长啸。她疯了般的，猛然向我扑来，使劲地抓着我的胳膊，越抓越紧，十指钩子一样尖锐地直往我肉中钻。随即，我被抱进了怀中，紧紧地，使我几乎喘不过气来。我闻到了一股浓郁的、久违的乳香。

母亲轻轻地饮泣着，泪珠儿一颗颗，又一颗颗，有力地落在我脸上。她哽哽咽咽地反复自言自语着：你走了，我也就不活了。你走了，我也就不活了……

我吓呆了。我怎么也没想到一句随口而出的顶撞，竟给母亲带来如此巨大的恐惧，让母亲当成谶语，化为一团不祥的阴云，沉沉地压在心头——那时，我还不知道语言的分类竟如此复杂。

我老老实实地躺在母亲怀抱里。

母亲紧紧地抱着我，一直到父亲收工回来。一见父亲，母亲忍不住大放悲声：虎子说他、他要走，他、他吃够了我的饭，他……

父亲愣了愣，接着便安慰母亲：小孩子的话，你怎么当真呢？快别哭了，这不是好好的嘛！

正、正因为他是小孩，他又说的那么头头是道，他……母亲哭得更伤心了。

行了行了！孩子明明好端端的，你却要哭。你这不是在咒孩子吗？

父亲一挥手,生气地嚷道。

母亲低头看了看怀中的我,孩子般乖乖地向父亲点头,可泪水还是一个劲地流。转眼间她又抱怨父亲的没肝没肺,又自咎她对我照顾不周,没把我像亲生孩子看待……

母亲抱着我,越抱越紧,生怕我插翅而飞,生怕我像一缕清风,如一缕轻烟,一不留神就会踪影全无。她睡觉时把我搂在怀中,做饭时用布带子把我缠在怀中,上地时把我固定在她背上。她让自己的身体随时随地都能贴切地感到我真实的存在。

虎子说,说……说他要走……母亲泣不成声地对妯娌们说。

没事的,没事的!小孩子的话,不当真!妯娌们一个个语气坚定地安慰着。

母亲认真地听,认真地点头,含着泪花,异常感激地望着妯娌们,仿佛要从妯娌们的话语中获取一种什么有力的凭证或力量。但独自一人时,她又隐隐地不安起来,忧伤的目光,久久地望着怀抱中的我,眼泪汪汪。

我静静地、乖乖地躺在母亲怀抱里,目光顺着母亲胸部上移,看见了母亲好久没洗,但仍然很白的脖颈,看到了母亲脖颈周围条条纤细的青筋,看到了母亲尖瘦的下巴,看到了母亲憔悴的面容,也看到了母亲满头长发中夹杂的缕缕银丝……

突然间,不知为什么,我心中蓦然一动,全身一阵剧烈地战栗。远远地,涌来一股巨大的、滚烫的热流,铺天盖地地从我冰冷的心头呼啸而过。我木然的心灵,一瞬间像春风中冰封的大地,如艳阳下的皑皑白雪,异常生动地活跃起来。我情不自禁地伸出小手,顺势抱住了母亲。一刹那间,我觉得母亲的怀抱是那么的温暖,又是那么的博大。我深深地感到了自己不可饶恕的过错。我把头深深地埋在母亲温馨的怀抱,哭着叫了声:妈!我哪里也不去!我要听你的话,好好喝药,再苦的药,我也不怕!

什么？你刚才说什么啦？母亲一怔，惊喜万分地睁大眼睛，半信半疑地看着我。

我哪里也不去！我要听你的话，好好喝药，再苦的药，我也不怕！妈啊……

你再说一遍！母亲摇晃着我，神情恍惚，一脸惊疑。

我哪里也不去！我要听你的话……

你再再说一遍，大声！母亲抱起了我，兴奋不已地满屋子转着。

我哪里也不去！我扯着嗓子大吼一声。

不哄我？

当然不哄你！

和妈妈拉钩！

我伸出小手，欣然与母亲的大手拉了钩——拉钩上吊，一百年不许变！我们母子齐声斩钉截铁地喊。

接下来，母亲又不放心地叮咛我：你可一定要守信用哟！今生今世，哪里也别去！妈妈在世时，你就陪妈妈；妈妈不在世了，你就陪野马河，陪八爷岭！记住了吗？

记住了！

给我说一遍。

我哪里也不去！妈妈在世时，我就陪妈妈；妈妈不在世了，我就陪野马河，陪八爷岭！

好孩子……母亲又掉泪了。

在那一刻，我懂事了。

从那以后，我变成了一个乖巧的孩子，服下了一碗又一碗苦苦涩涩、辛辛酸酸的中草药。浓浓的草药味，浸透了我苦涩的童年底片。

在后来的岁月里，尽管我没像母亲所期望的那样，双腿像柱子一样壮实地站起来;尽管人生旅途的艰难多舛,使我不止一次地心灰意冷过。但每次一想起母亲,一想起母亲怕我插翅而飞时痛不欲生的表情,一想起与母亲信誓旦旦的人生约定,我就一次次打消了轻生的念头,咬着牙,挺着胸,硬是一口气陪伴着白发苍苍的母亲走到了今天,并将如约走向遥远的明天。

散文

永远的冰树

在外婆家待久了，难免会想爸爸妈妈，想兄弟姐妹，想村子里要好的小伙伴。虽然外婆善良慈祥，对我千般疼爱，万般体贴，虽然外婆家的房子居高临下，从窗口望出去，宽敞的院坝树叶婆娑，远山含黛，岫烟袅袅，溪涧淙淙。可外婆家没有和我玩耍的小孩，一屋子神色严肃的长辈，整天对我嘘寒问暖，不能不使我有些诚惶诚恐。要不是房前屋后百鸟清脆婉转的鸣叫，我真不知该如何打发这百无聊赖的日子。

于是，我就嚷着要回家。可外婆诚心诚意地留我吃完中秋节的月饼再走，吃完月饼，又留我喝完九月九的菊花茶再走，好不容易等到喝完菊花茶，又留我吃完腊八粥后走。外婆说，我不像她别的外孙，说来就来，说走就走。我转一趟外婆家不容易……外婆说着说着，便眼圈红红的，抚摸我肌肉萎缩的双腿。我垂下头，沉默不语了。可我还是暗暗地盼望腊月八的到来。因为，过了腊月八，就近年关了，我就是赖着不走，外婆也得送我，让我与家人团聚。

果然，喝腊八粥的那天，外婆就吩咐舅舅等个好日子送我回家。外婆说的好日子，就是天气晴朗，阳光融融。她最怕我感冒，因为我每次感冒后都高烧不下，昏迷不醒的怪吓人。舅舅那时十八九岁，正逢调皮、贪玩的年龄，外婆放心不下，早早地就千叮咛万嘱咐，怕他背着我半路去疯，或者在路上欺负我，或者……但我却打心底喜欢舅舅这带有新鲜刺激的顽皮劲儿。我长期囚困的情感太需要放飞了。

也许是天遂人愿，也许是心诚则灵。反正腊月八过后，一连就是几个难得的晴天。万里碧空，一轮红红的太阳照下来，温温暖暖的仿佛阳春三月。事不宜迟，外婆当机立断，赶早就让我和舅舅吃了饭，又一直等到日上中天，她跑进跑出地站在风口试了好几回，确定气候稳定、时辰适合，才让我坐进了她垫得绵绵软软的阔口背篓，再给我披上外爷那件沉重的老羊皮袄，舅舅背着我就出发了。

舅舅走在弯弯曲曲的山间小路上，刚开始还牢记着外婆的话，老老实实的。可走着走着，漫长、寂寞的路程就使他耐不住性子了，他开始扯着嗓门面对崇山峻岭打起了长长的号子，引来群山传来经久不息的回应。后来，他可能觉得还不过瘾，就停下步子，回过头来，神秘地冲我笑笑，压低声音说：有个好景致，你看不看？

我忙说：看！生怕舅舅反悔。

算了吧！舅舅果然变卦了，并故意遗憾地叹了口气。

走吧！舅舅，我求求你！我嘴甜甜地央求着舅舅。

不是我不想去，而是怕你屁做的身子连累我！舅舅把我的胃口吊得高高的。

我:我明明好好的,咋就成了屁身子?

舅舅:谁叫你那么爱感冒!

我:我不感冒!

舅舅:你能保证?

我:感冒了,你就向我鼻孔吹辣椒面!

舅舅仍然犹豫不决。我嬉皮笑脸地挠舅舅脖颈的痒痒,揉舅舅的耳郭。舅舅便郑重其事地和我谈判:感冒了也不准发高烧!

我:不发!

舅舅:咳不咳嗽?

不咳不咳! 我不耐烦地嚷道。我不知道究竟是多么神秘多么可怕的大事,竟叫舅舅如此疑虑重重,也使我好奇心倍增,更加急不可耐。

舅舅这才满意地点点头,可接着又板起脸要求:感冒了也不准跟你爸说是看景致冻的!

我:就说是睡觉时掀开了被子!

舅舅忍俊不禁。我也跟着笑了起来。

转过一道弯,下了一道梁,路旁出现了一个山垭口。舅舅身子一转,进了山垭口,走上了一条与回家相反的羊肠小道。

这时,舅舅才告诉我,他要背着我去丢儿坡看冰景。那可是天下第一啊! 舅舅咂着嘴赞叹。早就听爸爸说过,丢儿坡是当年杨家将征西时丢失了儿子的地方,老令公蹲在那里想儿子流的泪就成了现在的想儿潭。可爸爸从没说过丢儿坡有什么天下第一的冰景!

路越来越陡、越来越窄,风越来越大,太阳被大山严严实实地遮挡在另一边,厚厚的积雪,使山这边的沟、这边的树、这边的石,仿佛生来就是白雪一族。舅舅的脚下趔趄起来,他不断地叮咛我坐稳,抓紧背篓的边缘。原来,大雪覆盖了眼前的路,使一切看起来都浑然一体,舅舅只好试探、小心翼翼地凭感觉和往日的记忆向前走了。

走着走着，就进入了一条窄窄的峡谷。两侧高高的冰山冷森森地逼来，天被挤成一条纤细而灰白的线儿，笔直地扯向远方。松软的雪，淹没了舅舅的小腿，刺骨的西北风刀尖一样怒吼着来回穿梭，掀起的雪粒儿，细砂般的，纷纷扬扬地落在身上、脸上，使我觉得自己快成了一个从里到外冷冰冰的雪人儿。

走着走着，不知从什么时候开始，被狂风主宰的声音中隐隐约约地出现了激流的奔放声，且越来越响，越来越激动人心，越来越使人情绪昂扬。舅舅兴奋地大吼一声：到了！随之，眼前豁然一亮，一个美妙壮丽的奇观一览无余地展现在我面前。

像匹奋蹄奔马的丢儿坡，顶端吼声如雷，一股巨大的水柱冲天而起，在高达数丈之际，倏尔绽放成一朵硕大、漂亮的蘑菇，优雅、潇洒地飘落下来，不巧与刚刚从谷口匆匆赶来的北风狭路相逢，难分难解地厮杀在一起，最终双双跌落在地，形成了漫山遍野美轮美奂的冰景。

这冰景有的如巨人擎天，有的像羊羔跪乳，有的似骏马奔驰，有的若玉兔惊望，有的像鹿唤同伴，有的如大鹏展翅，有的似猛虎下山，有的若鹤立雪松，有的如银蛇狂舞，有的像玉树迎风，有的似犀牛望月，有的像鱼跃龙门，还有的如珊瑚，如金钟，如飞燕……一个个惟妙惟肖，一尊尊巧夺天工，水晶般的玲珑剔透，冰清玉洁地静静地展示着各自独特的美。

舅舅说这泉水夏天一泓碧波，深不见底，不荡不漾，冷气嗖嗖，酷寒刺骨。可一进入隆冬，泉口则热气腾腾，泉水就憋足了劲儿似的激起万丈水柱。舅舅还说……可我的整个心思早已融化在这驰魂夺魄的心灵震撼中，听不进舅舅在说什么了。我静静地、好奇地、吃惊地、久久地睁大眼睛，贪婪地寻找着更富有刺激、自己最喜欢的形象。

果然，在反复的扫视中，我眼睛一亮，惊喜交集地盯住一株约尺把高的冰树。其树如虬龙腾空,扶摇直上,落净叶子的枝条纤细带绒,丝丝缕缕张扬开来,如在习习微风中婆娑起舞。这且在外,最让我动心的是树杈似一只小巧玲珑的猴子,仿佛手搭凉棚放眼瞭望。天知道,我怎么一眼就死死地认定它是只猴子,并且是那么死心塌地地喜欢它!

我求舅舅了,低声下气地求他一定帮我掰下这株树来,好让我带回家去,与兄弟姐妹们共同欣赏、玩耍。舅舅自然没有任何商量余地,一口断然回绝了。我哭了,哭得伤心伤意,哭得抽抽咽咽,哭得……最后干脆在背篓里摇晃着,使舅舅站不稳身子。舅舅没办法,终于十二分不情愿地答应了。他把背篓牢牢地窝在一个深深的石坑,用力摇了摇,觉得稳实了,又叮嘱我千万别动,然后才猴子一样灵巧地攀援而上,渐渐地接近了那株冰树。我屏声敛息,眼珠子紧紧地追随着舅舅的一举一动,心在嗓子眼上晃悠着。

谢天谢地!舅舅总算以他非凡而娴熟的技巧,完美无缺地把这株冰树举在了我面前。他仿佛比我更喜欢这株冰树,双手小心翼翼地从树根到树枝呵护着,生怕不慎碰掉一丝一毫,落个天大的遗憾。

我急不可耐地双手接过,心满意足地从不同的角度欣赏着。舅舅苦着脸,为如何向我的爸爸妈妈做出合情合理的解释才能使他摆脱干系而绞尽脑汁。

还是扔了吧!舅舅想来想去,好像别无选择。

不!我双手使足了劲儿。

我和舅舅相持了很久。最终,舅舅叹了口气,做出让步:那你回家就说是在路边捡的!

我顿时喜上眉梢,满口答应。

你要是当了甫志高,看我怎么收拾你!

我:甫志高是谁?我不认识!

甫志高都不知道！舅舅就给我讲起了甫志高。

你才甫志高呢？明白甫志高是怎么回事后，我羞红了脸，气呼呼地反击舅舅。

舅舅开怀大笑，背起我，踏上了回程。

我双手高擎着心爱的冰树，一股股刺骨的寒流源源不断地从我的手指蛇一样蹿上我的胳膊，又从胳膊传向全身。在一阵阵钻心的疼痛中，我渐渐地分辨不出手和冰树的区别了，通红的手背越来越青，越来越像一只乌龟盖儿。可我紧紧地咬着牙，硬是一声不吭地扛着。

黄昏时分，我们来到山垭口，站在了回家的路上。夕阳无力地照过来，失去了晌午的温度，抵挡不住呼呼的北风，更抵挡不住一阵阵凛冽的寒流。舅舅把背篓牢牢地靠在路边的塄坎上，一阵手忙脚乱，扑打掉他浑身的雪粒儿，在扑打我身上的雪粒时，蓦然发现了我冻肿的手，一把夺过冰树，惊慌失措地就要往地上丢。

我心中一急，惊呼一声：舅舅！

舅舅愣了愣神，只好把冰树靠在路边，抓住我的手，又是轻轻地揉，又是用嘴呵，最后干脆撩起衣襟，让我冰冷的手贴在他热乎乎的肚皮上。

舅舅后悔得不行，他恶毒地诅咒着自己，恨不得扇自己的耳光。他拉开外爷的皮袄，把我的整个身子裹了进去，让我的双手鞴在长长的衣袖里面，无论我怎么发凶地闹，他死活不带这株美丽的冰树。背起我，大步流星地就往回走。我哭着、叫着，挥动着扎在袖口里面的手，在舅舅头上死劲儿地打。

舅舅恼火了，他猛然停住步子，生气地跺着脚：你要是再闹，我就把它摔个粉碎！我顿时安静下来，心虚了。一阵沉默，只好无望地给舅舅做了让步：不带回家也行，但不能这么随便地丢在路边。干脆就找个地方栽下吧！

舅舅想了想,答应了我的要求,返身走回冰树旁边,捡起冰树,像我一样双手高高地擎起,边走边选择合适的地方。终于,我眼睛一亮,阴坡处一道结冰的溪涧边,几丛梅花盛开怒放。舅舅又一次把背篓牢牢地靠在坡边,吩咐我不要乱动,举着冰树,一步步走上前去,把冰树端端正正地栽在两株红梅中间。

最后一抹夕阳斜斜地照过来,鲜艳夺目的梅花,晶莹剔透的冰树,在北风萧萧的荒山野岭间构成了一道自然天成、妙趣横生的亮点。冰树的枝枝梢梢,丝丝缕缕,闪动着星星般莹莹的光点,仿佛轻轻地摇晃着,仿佛要柔美地舞起来。

冰树离我越来越远,越来越远,终于在大山的拐弯处,从我的视线中悄然无声地消失了。我一遍遍不甘地回顾着。深深的遗憾中,长长的惆怅里,我暗暗地期盼着冰树像十五晚上的月亮,悄悄地跟在我的身后,与我一起走进家门。可是,和我同时回家的,除了无尽的失望,什么也没有。

冰树静静地留在了那里,与漫天飞雪一起陪伴着鲜艳的红梅。

我发高烧了,昏迷不醒的又是好几天。浑浑噩噩的梦境中,总是少不了一株晶莹剔透的冰树,冰清玉洁地向我摇曳着、飘舞着,琼枝玉梢开满了朵朵冷艳的梅花,又好像是鲜艳的桃花,还好像是烂漫的樱花……

散文

命若胡杨

公元一九九九年十月九日，我倾情创作的长篇小说《胡杨树》首发式在兰州隆重举行。随即，胡杨树，以一种自强不息、英姿飒爽的精神形象和艺术形象被西部儿女传颂着。

这，对一个摇着轮椅追太阳的残疾人来说，是多么巨大的回报，又是多么巨大的慰藉啊！霎时，腾格里沙漠那一幕幕惊心动魄的往事，又一次清晰地浮现在我眼前……

那是一个烈日炎炎的夏季，为了感受筑路工人在荒无人烟的沙漠挥洒青春的豪情壮志，为了寻找西部人百折不挠的拼搏精神，我毅然决然地将我赖以行动的轮椅换为骆驼，在十几个朋友的陪伴下，向腾格里沙漠纵深进发。

我是一个两岁时双腿瘫痪的残疾人,用一双手在地上爬行了二十八个苦难的年头后,才拥有了第一辆轮椅。长期的匍匐爬行,使我双臂得到了空前的开发,练就了非凡的臂力和敏捷、灵活的双手。

　　因此,我骑在高大的骆驼上,还不显得十分狼狈。在茫茫无际的瀚海中,我们一行十二人,顶着酷暑烈日,汗流浃背地行进。在沙漠中行走的骆驼看起来虽是不紧不慢、悠闲自得,但实际上骑在驼峰里的人却如置身波谷中颠簸的小舟,既腰酸背痛,又提心吊胆。由于我双腿肌肉严重萎缩,臀部发育不均,坐不稳当,整个身子摇摇晃晃的,多少次跌下来,摔得鼻青脸肿。为了体验到沙漠上饥渴交迫的真实感觉,多少次,我饿得头昏眼花,全身无力,但就是不愿拿出随身携带的食品吃一点;多少次,骄阳似火,口干舌燥,整个身心如在熊熊烈火中燃烧,但我强忍着从没有动过把挂在胸前的水壶取下喝一滴水的念头。我热切的目光在沙漠上一遍遍地扫视着,寻找着我心中的偶像,寻找着西部人千百年来在险恶的自然环境中求生存、图发展的精神支点,寻找着我作品的灵魂。

　　白天在摄氏三十五六度的高温下,整个大漠像一只烧红了的炭炉,到处是火烧火燎的阳光,到处喷发着灼人的热浪。夜晚温度又一下子降到零下一二度,天寒地冻,冷得人直打哆嗦。我们望着天上远远的一轮孤月,听着风沙与星星的对话,感受着大漠的浩瀚、深邃,畅谈着自己的理想、信念、追求和对人生独到的领悟。

　　每到深夜,成群结队的沙狼就来围攻我们的帐篷。骆驼不安地打着响鼻。我们点起篝火,看着沙狼们在夜空中眨动的眼睛,绿莹莹的,如铺天盖地的萤火虫,从四面八方蜂拥而来,一个个寒颤不时地从我的背部滚过。

　　听向导介绍:大漠沙狼凶残、狡诈,毛色与沙漠相同,往往神不知鬼不觉地尾随着你,趁机冷不防蹿上前来,老熟人似的在你肩上用爪子轻轻一拍,待你回顾的瞬间,一口咬住喉管,直到把血液吸干才肯松开。于是,十几天来,我们全都神经兮兮,一有风吹草动,就大呼小叫,真有点草木皆兵的情景。但所幸仅仅是一场场虚惊。

两个多月的时间过去了,我脑海中全是一片杂乱无章的沙漠印象——我没有找到我作品中所需要的精神载体。一种惘然若失的惆怅不时地爬上我的心头。

一天黄昏,宿营下来,同伴们有的支锅,有的和面,有的捡柴,忙碌着晚饭。我策驼信步来到一座沙丘上,勒缰伫立,凝望着茫茫无际的沙海沉思。突然,骆驼响起一声令人毛骨悚然的响鼻,一个猛烈的蹶子,把我结结实实地摔在了地上。未等我回过神来,一道晕黄的影子便闪电般地向我扑来。

但是,沙丘的坡度并没让我老老实实地停留下来,而是让我一直向下滚去,使不失时机地向我扑来的那道影子在惯性的推动下一头撞下了沙丘。

在一阵昏天暗地的滚动后,我重重地落在了沙丘脚下。我不顾一切地马上翻身坐起,目光急切地四处张望。突然心头一惊,只见离我不远的前方沙堆中站起一只狗状的兽物,打着响鼻,摇抖着浑身的沙粒,也在急切地寻找着什么。

沙狼!

我惊慌失措的一声惊呼,无异于准确地给了对方我所处的位置。沙狼的目光立即光速似的追了过来,并立即迈步向我走来。不过,这次,沙狼好像是总结了上次的经验,不是直扑,而是仿佛有些试探性地向我靠近。

我头中轰地一响,一个寒颤滚过背部之后,只觉得全身的骨架四分五裂地瘫散开来。在一片木然的感觉中,只见那只沙狼在一步步地向我越逼越近,越逼越近……渐渐地,我的眼前一片模糊。可沙狼踩在沙地的脚步,却一声声惊心动魄,把我破裂的胆子一点一点地踏成了碎片。

我干脆绝望地闭上了眼睛,静静地等待着厄运一步步向我逼来。同时,我下意识地抓住这短暂的瞬息,尽情地享受着生命的美好。就在这一刹那间,我油然感到活着真好。即使苦难,也苦中有乐;即使不幸,也余味无穷,让人恋恋不舍啊!

一种对生命的渴望,一种对生命的热爱,一种对生命奋起保卫的勇气,使万念俱灰中的我一个激灵,猛然觉得已经散乱的身架又组合起来了。已经离我远去的力量又突然神奇地回到了我心中,并迅速传遍全身,终归如钻石之光一样聚集到我的胳膊之上,使我顿时产生了一腔力拔山兮气盖世的豪情!

一刹那间,我觉得我能力举千斤,我能移山倒海,我能一拳砸碎沙狼的脑袋!

我怒目圆睁,铁拳紧攥,做出了与沙狼决一死战的准备!天空不见了,大漠不见了,恐惧不见了。眼前只有这只渐渐地向我逼近的沙狼!

这只随着光线的明暗、随着大漠的颜色而不断地变化着自己毛色的沙狼,在离我大约两米之远的地方,犹豫了,仿佛疑心重重地停住了脚步,狗一样地蹲下了。我也更加看清了它的嘴脸。它扎煞着乱七八糟的毛,尾巴长长地拖在地上,锋利的牙齿尖刀般的龇咧开来,嘴角的腥肉松弛地垂向两边,喉头发出阵阵长长的、阴沉的低嚎,两眼凶光一动不动地盯在我的身上。

这目光凶残、贪婪,像一股寒流,冷飕飕地直扑人心窝。

这目光奸诈、阴险,仿佛在玩弄什么卑鄙、下流的花招。

这目光冷酷、狂妄,嗜血成性,充满了森然杀机!

这目光犀利、残暴,仿佛要摧毁人的某种意志。

我屏息凝神,整个身子鼓成了一个硬邦邦的石块,双目怒视着咫尺之间的沙狼。

我视死如归地盯着沙狼!

我大义凛然地盯着沙狼!

我毫无惧色地盯着沙狼!

我心中燃烧着搏斗的渴望!

我热血中奔流着厮杀的激情!

我目光一动不动地与沙狼对视着。在持久的对视中,我和沙狼进行着意志、魄力、胆子的较量!

时间在此刻凝结成了晶莹的冰块。

勇气在这时成为双方击败对手的唯一法宝。

生死存亡在这里成了扑朔迷离的魔方!

仿佛过了几十年,又仿佛是过了千百年,不,其实仅仅是短暂的一瞬间,我的伙伴们就呐喊着冲过来了。看到沙狼惊慌地站起,在向我颇不甘心地投来贪婪的一瞥后落荒而逃的一刹那间,我浑身一软,重重地倒在了地上。

躺在朋友温暖如春的怀抱中,我睁开眼来,泪眼婆娑中,目光轻轻地掠过一张张熟悉的面容,又投向茫茫戈壁。其时正逢大漠落日,辽阔、壮观的大漠被夕阳抹了层血一样鲜亮的色彩。浩浩沙海上,从远到近,一棵棵,一簇簇,一片片几十天来在我眼中其貌不扬的胡杨树,在我劫后余生的视野中,突然如一盏盏高举着的火炬,在瑟瑟秋风中的荒天老地间熊熊烈烈地燃烧着、吟唱着、舞蹈着,使数千年来死气沉沉、荒凉、凄楚的戈壁滩一下子显得是那么的温馨、美丽,生机勃勃!

霎时,豪情又一次回到了我的心中,热血又一次海啸般地沸腾起来了。哦!胡杨树,这铁一样刚强的树,火一样热烈的树,风一样潇洒的树,诗一样美丽的树！这"活着三百年不死,死了三百年不倒,倒了三百年不腐"的树！这大漠忠诚的卫士,这大漠永恒而蓬勃的生命,难道不就是西部儿女顽强拼搏、自强不息的精神风采吗！它像一股飓风卷入我的心中,久久地定格在我人生的信念中,既经久不息地熊熊燃烧着,又不绝于耳地飒飒回响着……

散文

小城剪影

清晨,沐浴着绚丽多彩的霞光,在喧嚣的市声中,从熙熙攘攘的人群中推出一辆擦得一尘不染的轮椅。轮椅随路势或迂回曲折,或直奔前方,娴熟自如地在叮当作响的自行车铃声中,在少男少女们欢蹦乱跳的间距中穿行着。

轮椅上是一位端庄的少妇,乌黑油亮的披肩发,瀑布般的飞流直下,衬托着她苍白、清瘦的鹅蛋脸,也衬托着她冷漠、哀伤、无奈、无望的表情。

推动轮椅的中年汉子,一张线条犷放、刚毅的四方脸上停泊着一湾静谧的祥和,不高不矮的个儿穿着一件洗得微微发白的中山装,骨结突兀的双手如千年古藤,粗糙、遒劲。

她是谁?不知道。

他是谁？也不知道。

行色匆匆的小城人或顾不上询问或出于什么忌讳,对这辆用自行车改制的轮椅就像是屋檐呢喃的燕子,又像是天空闪烁不定的星辰,既很熟悉,又很陌生。

轮椅随着潮水般的人流,进入马家巷道,在闻名遐迩的马记豆腐脑摊前停住,汉子端着一只热气腾腾的碗,荡荡漾漾的汤水中托起一团雪莲般洁白、娇嫩的豆腐脑,扑闪闪地颤动着。汤面上大朵大朵的油花伴随着几瓣翠绿的葱花,轻盈地游动着。汉子一边轻轻地吹着,一边蹲在少妇面前,用银匙舀出几瓣雪花似的豆腐脑,和颜悦色地对少妇说：

"你吃点。"

"不吃！"少妇没好气地说。

"少吃点嘛！"汉子耐着性子劝。

"说不吃就不吃！你烦不烦？"少妇火了。

"……"

一阵沉默,汉子换了个蹲势,舀起一匙鲜汤,仍然和颜悦色地说：

"那……你喝点吧。"

"不喝！"少妇烦躁地吼起来了。

"……"

又是一阵沉默,汉子再次试试探探地说：

"那……你想吃点什么？"

"我想吃枪子！我想喝毒药！我想跳楼！……"少妇歇斯底里,暴躁地在轮椅中扭动着、挣扎着。

汉子固执而体贴地按着她,笨口笨舌地安慰着她……远近投来几缕目光,有疑惑,有好奇,有探询,还有……

当然,这仅仅是序幕。在后来的日子里,少妇的烦躁,少妇的古怪,少妇那不近人情的举止，都像潮汐似的退了、远了，不见了。她那消瘦的鹅蛋脸渐渐地丰润起来，一脸淡淡的恬静，使她显得格外的文雅、妩媚。只是，她那双美丽的丹凤眼中一泓盈盈秋波上面总是笼罩着一层薄薄的忧戚。

"吃吧。"汉子一如既往地将汤匙中的豆腐脑吹吹，向少妇嘴边送去。

"我自己来。"少妇连碗带匙一齐接过，并向汉子莞尔一笑。

汉子欣慰地望着少妇。少妇红润的嘴唇就像一片花瓣，轻轻地在匙边嚅动着。

"你也吃点。"少妇轻轻地呷了一口。

汉子宽厚的嘴唇在碗边徐徐地旋了一转，舀起一匙汤来，又向少妇嘴边伸去。

少妇望着他，那双黑葡萄般的眸子泛起一层波光，亮亮的，柔柔的，荡漾着蜜意、热流；流淌着爱恋、缱绻……

小城的街道狭窄、仄长，青石板铺成的路面坑坑洼洼。轮椅从上面驶过，总是发出咯吱咯吱的刺耳声，车轮总是拖泥带水地一路走过大街小巷。但翌日清晨，出现在街头的又是一辆擦拭得一尘不染的轮椅，又是一个打扮入时、漂亮的少妇，来到马家巷道的马记豆腐脑摊前吃过早点，走过坎坷不平的街道，在城边那条永远不会忧愁的小河畔看婀娜多姿的杨柳，看灿若朝霞的桃花，看河面戏水的白鹅，看辉煌壮丽的日出日落，看……

有人在城郊的水泥厂看见汉子在搬运一袋袋沉甸甸的水泥。

有人在某个工地看见汉子一身泥一身水地在脚手架上忙碌。

还有人看见……

但人们常见的还是汉子每天清晨都推着轮椅向马家巷道走去，傍晚推着轮椅在河边徜徉。

小城的脚步太慢。多少年来,满街的房舍、铺面总是那么陈旧、破烂,烟熏火燎的门窗黑糊糊的如老太婆缺了牙的口,年久失修的墙壁斑驳如鳞,给人摇摇欲坠的感觉。日子在这里,如同沉重的磨盘,吟唱着一首古老的歌谣,恍惚而实在、缓慢却不息地转动着,使人如行走在历史的渊薮中。

小城的梦太长。可一旦从沉睡中醒来,睁开惺忪的睡眼,到处已充满了蓬勃的活力。当年拖着鼻涕的孩子如今一茬茬长大成人,当年鱼脊背形的石板路已变成平坦、宽阔的水泥大道,街道两旁修剪得楚楚有致的云杉、垂柳、梧桐、落叶松,风姿绰约地掩映着林立的高楼大厦。脏乱、破旧,不经意间成了对小城遥远的回忆。大街上不时地驶过一辆辆豪华的奥迪、蓝鸟、沙漠王子,驶过一辆辆干净利落的红色"出租"。在长龙般的摩托车队和色彩纷呈的自行车流中,也走着一辆轮椅。

只是轮椅已脱颖而成小巧、精致的折叠式电镀轮椅,轮圈转动,闪烁着不计其数的微型太阳。轮椅上的少妇已是一个身体微胖的老年妇女。当年那丝绸般乌黑油亮的披肩发变成了波浪翻滚的烫发,像一朵盛开的墨菊。她那张鹅蛋脸仍是那样的细腻、红润,露出衣领的一抹脖颈仍是那样的白皙、秀美。只有眼角那密密的、纤细的鱼尾纹在无声地诉说着岁月的沧桑。推动轮椅的汉子也成了一个白发老人,饱经沧桑的脸庞还是那样的黝黑、粗糙,消瘦的脸颊上点缀着几颗梅花状的老人斑。他还是那样的心平气和,仍是那样的专注、认真。推着轮椅的神情,就仿佛陶醉于一支悠扬、浪漫的抒情曲中。但那越来越显得力不从心的步履已经蹒跚了。

"你想去哪?"白发老人俯下身子,将嘴贴近老妇耳边,轻声地问。

"哪都行。"

"不,我要你说!"

"听说十字街开了家麦当劳……"

"那就去吃麦当劳,过过当洋人的瘾!"

突然,一阵欢快的乐曲中一辆洒水车洋洋洒洒地迎面而来,行人纷纷避向两边。轮椅无法躲开,更无屏可蔽。情急之下,白发老人毅然决然地往前一站,张开衣襟,死死地护住了轮椅。洒水车一路风风雨雨地近了、近了。就在此时,街两旁的行人不分男女老少,一拥而上,站成了一堵色彩缤纷的墙壁,蔚为壮观地把轮椅围了个严严实实。

"这……"白发老人感动得脸上的每一条皱纹都在颤动。他宽厚的嘴唇上下翕动着,仿佛有许多话要说,但一句也没有说出口来。

轮椅上的老妇一阵发怔之后,那张冷漠的鹅蛋脸上倏然闪过一缕久违的温柔,整个表情就像冰封的土地在骄阳下苏醒过来,顿时生机勃勃。她仰面望着一张张陌生的面容,那双依旧美丽动人的丹凤眼渐渐地湿润了,闪动着晶莹的波光,继而化为一行滚烫的泪珠夺眶而出。

晨风轻轻地吹着。

阳光灿烂地照着。

人流如潮地涌着。

轮椅沙沙地走着。

岁月如水地流着。

有天,那辆轮椅破题儿没有在小城的街头出现。小城蓦然显得异常的空旷、惆怅,每个人心中都有一种难以言传的失落。没有了这辆轮椅的小城,仿佛突然间丢失了一半的完美。人们相互询问着,默默地牵挂着……

半年之后,一个夕阳如血的傍晚,滨河马路——即当年的城边小河畔,垂柳依依,游人如织。打扫得干干净净的地面,找不到一片落叶。沿岸一只只腰鼓形的石凳上依偎着一对对打扮入时的少男少女。

夕阳如焰,点燃了半边天空。晚霞似海啸汹涌,浩浩荡荡地漫天横流,又像火山爆发,轰轰烈烈地燃烧开来,将整个天空变成了一片熊熊火海。霞光映红了山川大地,小河流淌着一河斑斓的色彩在天地间轻盈地飘舞着。

　　霞光中,人们惊奇地发现:白发老人推着一辆空荡荡的轮椅,远远地走来。他还是一脸关怀备至的神色,还是一副呵护有加的神情。他仿佛走在温馨安谧的梦乡中,又仿佛走在绵长隽永的回忆中;他仿佛走在山盟海誓的守望中,又仿佛走在赏心悦目的画卷中……

短篇小说

红灯·绿灯

十三年前的那个黑七月,江盟以 1.9 分之差,名落孙山,被严严地挡在了大学门外。仅仅是 1.9 分啊!若与人民币相等,还买不到一根冰棍呢。江盟不止一次这样悻悻地想。

江盟不想再回到野马河畔,在翠竹寨那烟熏火燎的房间碌碌无为地虚度此生。她含着泪花,哀求父母让她补习一年,但哥嫂那不满的目光使父母有苦难言。一声长叹,江盟的大学梦像风中的肥皂泡一样破灭了。

其间,杨姐又一次来找江盟。还在江盟读高二时,杨姐来一中招打字员时,一眼就看中了江盟那双纤纤秀手。可那时的江盟一心想着名牌大学,根本没把杨姐小小的打印部放在眼中。眼下,今非昔比,江盟有点含羞忍辱的感觉,来到了杨姐的打印部。

杨姐管吃管住，每月给江盟八十元工资。打印部设在东街闹市区，铝合金玻璃门，光线照亮了每一个角落，一尘不染的工作台洁白无瑕，赏心悦目。江盟端端正正地往工作台前一坐，乌黑发亮的披肩发，纯黑线衣，雪白的衬衣领子翻出来，一副小巧玲珑的近视眼镜，漂亮、潇洒。江盟灵巧地敲着电脑键盘，她把眼前的电脑想象成了一架钢琴，自己正在娴熟而淋漓尽致地弹奏一曲美妙、抒情的世界名曲。讲台上音乐老师正以欣赏的目光看着她。只有这样，江盟心中的失落、苦恼才会渐渐地减轻，她才会安心地敲出一个个字来。

江盟瓜子脸，丹凤眼，苗条、修长的身段，天生的美人坯子。何况，她爱笑，一笑，两排整齐、细碎的白牙珍珠般灿烂。有了江盟，杨姐的生意仿佛好了许多，各部门、各单位的文件，一份挨着一份，一份重着一份，密密匝匝，小山似的堆满案子，使江盟两只灵巧的手指无论怎么忙乎，都打不完。杨姐很高兴，江盟也很高兴。因为，只有生意火红，杨姐才会看重江盟，江盟才会长期在县城蹲下去。江盟常常担心有一天杨姐的打印部办不下去，她失了业，到头来，还得回到翠竹寨。她怕翠竹寨，好比怕梦魇。

很快，江盟就脱掉了一个山村少女的形象，马蹄袖的确良衬衣，背带裙。不过，肉色连裤袜，还是比较厚。头发拉得直直的，眉毛画得弯弯的，淡淡的，很清纯，也很超俗。她潜意识中还是一个农家少女，见了人，无论生疏，无论多忙，都停下手中的活儿，礼貌地站起身来，冲人家浅浅地一笑，接过东西，翻几页，看看，再放下。有时，还给顾客倒杯茶水，与顾客交谈几句。一来二去的，江盟认识了不少人，有的还成了朋友。走在街上，偶尔碰面，双方都停下步子，打个招呼。更有的，还请江盟吃饭。席间，酒热耳酣之际，开口闭口的美女，叫得江盟心口扑扑地跳着，好不自在。

这时，江盟心中就快快的，仿佛丢失了什么，惆怅得不行。今生今世，不管怎么来说，没考上大学，是她的一块心病。自己要是个大学生，要是个国家干部,坐在这里,就不会低人一等,就会像在座的一样谈笑风生。而其中的任何一个都有可能成为她的如意郎君。凭着她这身段、这气质,她不如谁啊!可她有这个心,竟没这个命!这不能不使她痛苦。

江盟眼中泪光盈盈。

让江盟怎么也没想到是,杨姐的丈夫拿着杨姐挣的钱在外面找了相好,与杨姐闹离婚。杨姐死活不肯,丈夫主意坚决,两人较上了劲,乒乒乓乓的战火不休。杨姐心灰意冷,一气之下,要把打印部转让出去。当然,杨姐念及旧情,江盟是她的首选,她要听江盟的意见。如果江盟无意,她就另外找人。

江盟心动了。可她两手空空,手里无锤打不了钎,而眼巴巴地看着叫别人接手,江盟又不甘心。杨姐看出了她的心思,干脆送佛送到西,帮人帮到底,把她苦心经营多年的打印部承包给江盟,来了个皆大欢喜。

江盟摇身一变,成了老板。她还是没日没夜地坐在工作台前,还是没日没夜地敲着键盘,还是客客气气地迎来送往,根本看不出她有什么大的变化。可感觉就大不一样了。她是给自己干活,给自己挣钱,她得更卖力、更尽心。当然,更主要的是,她从杨姐经营期间管理中存在的种种弊端入手,来了个扬长避短,使生意更加火爆。最主要的是,她当了老板,凡事都由她拍板,顾客眼中她有了分量,赢得了自己的尊严。

江盟知道前来打印部办理业务的顾客都是各单位的秘书,没有什么权力,更谈不上有什么灰色收入,全靠几个死工资度日。有时加班加点地校对文件,江盟估摸时辰,从隔壁的牛肉面馆要两碗牛肉面,再加份肉,满满当当的,口里轻轻地吹着,一路小跑进来,往对方面前一放:吃顿便饭,可别嫌寒酸哟!对方推让一番,便用筷子轻轻挑动,里面翻起片片牛肉,鲜红的辣椒汤,嫩绿的葱花,漂呀漂呀的,细细的面条鱼儿一样游动着。江盟拉过凳子,坐在对方面前,很文雅地吃着,很轻松地说着,很愉快地笑着。时不时,那双美丽的丹凤眼,给对方所开的玩笑,报以亦嗔亦娇的一瞟。一顿饭吃完,双方心情都很舒畅。结账时,对方就多算几份文件给江盟,江盟也不推辞,可又找个机会把余出的钱给了对方的私人腰包。如此的一来二去,江盟打印部的名声就越来越好,一传十,十传百,原先与江盟打印部没有业务往来的单位也慕名而来,把江盟的生意推向了一个新的高潮。

两年承包期满,江盟轻而易举地把杨姐这个打印部盘到了自己名下。她又根据行情,因地制宜,增添了几台电脑,扩大了铺子,招了两个打字员,自己不再坐在工作台前整天价敲敲打打了,而是专跑业务。一辆深红色的女式潇洒木兰,小巧玲珑,她轻轻地偏腿上去,冒一股淡淡的轻烟,这个单位出,那个部门入。同时,江盟还发现自己的打印部不仅是个打印部,而且还是个掌握第一手材料的情报部。如人事、组织、财政部门任免、调动、拨款的文件都首先经过她的打印部。于是,就有相关的部门、相关的人士前来她的打印部私下摸底。江盟也乐意为他们热情提供准确的信息,以解他们的担忧。江盟号准了这一点,她就对此格外留意,尤其是打印人事任职的文,江盟总要特意悄悄地多留一份,不等人家找上门来,她跨上摩托,脚下轻轻地一踩,一溜烟儿来到有关人士住处,轻轻地敲开门,很有礼貌地点点头,然后自报家门,以自己路过为名,随便捎带来了任命文件。对方喜出望外之际,真有些不胜感激。江盟微微一笑,立即告辞,连杯水都不喝,给人留下一个热心的美好印象。

过后,这些走上领导岗位的领导,总是常常会想起江盟,总是方便时下意识地照顾江盟的打印部。有时碰上,提及江盟这一热心肠的往事时,江盟总要睁大她那双美丽的丹凤眼,眨呀眨的,有些惊讶:举手之劳,你还记着?

江盟的事业越来越红火,她以另一种方式实现了自己的人生理想,如鱼得水地在自己的领域畅游着。

　　一天黄昏，江盟办完一笔业务，刚刚喘了口气，准备去吃饭。玻璃门吱嘎一响，一位中年男子走了进来。江盟一眼认出是劳动局马局长。不久前，他转正的文件就是由江盟亲自送上家门的。江盟起身，浅浅一笑，接过马局长手里的材料，一看，是学生高考复习资料，按照马局长的意见各复印一套。江盟就放弃了吃饭的打算，坐下来，亲自复印。这时，江盟不禁又一次想起了自己的大学梦，要是有一个像马局长这样的爸爸，她就不会流那么多的泪水、吃这么多的苦。她对马局长的孩子充满了羡慕，对马局长充满了敬重。她的手有些颤抖，她的眼眶微微发湿了。

　　这是一份高考复习资料，厚厚的，大十六开，用 A4 纸复印出来，少说也得百十元左右的复印费。一瞬间，江盟神差鬼使般的突然决定不收分文。她复印得非常仔细，每一页都要反复看几遍，只要有油斑或模糊，就立即作废。

　　复印完后，江盟又给他装订成册，装进塑料袋后，突然想起一件事，立即告诉马局长：来复印高考资料的人不少，她下次留神，要是有好的，可给孩子留下。

　　好好好！马局长显得很高兴。他拿着复印好的资料，有些不好意思地摆弄着，遮遮掩掩地透出这么一层意思：账先挂在劳动局，等下次打印文件时加进去。不好意思，实在不好意思哦！

　　江盟非常真诚地摇摇头：不用挂，算我送给小……哦，忘了问，是弟弟还是妹妹，对，就算是我送给小弟弟的。我参加高考时，就差 1.9 分，我要是有你这么一个父亲支持，我也大学毕业了。我很羡慕小弟弟哟……江盟声音有些哽咽。她转过脸去，轻轻拭去夺眶而出的泪水。

　　我今天是怎么了？送走马局长，江盟心中还是很伤感。曾经沧海难为水，除却巫山不是云啊！失去的，永远都是那么美好！江盟开始对高考复习资料感兴趣了。只要是高考复习资料,她几乎每份都要过目,凭自己的感觉,对重要的就加印一份,送给马局长家的那个小弟弟,也给前来复印高考复习资料的学生拿出来,让他们看,要是有用,就以复印成本费低价给他们,感动得这些小青年们一口一个姐姐,叫得江盟好心酸。

其实,江盟早就对大学不那么热心了。是她的大学情结,使她一看到与自己当年年龄相仿的中学生,心中就很不是滋味。她对这些小弟弟小妹妹就有了一种特殊的感情。她愿尽自己所能为他们做点什么。

小城的街道越修越宽,越宽越长,楼越建越多,越多越漂亮。多少年来绕城吟唱的野马河,被接二连三飞架的四座大桥一连,新城开发区与旧城转眼间就成了一个密不可分的整体。野马河改弦易辙,摇滚着滔滔雪浪,映照着蓝天白云、高楼、绿树,车水马龙,从城中心穿过。

城市建设步子迈得越来越大。近日,又公开叫卖城市户口,以增补城市建设费用之不足。只需三千元,就可当即变为城市居民。有了城市户口,就成了名副其实的城里人,彻底与贫困、落后的乡村挥手告别了。江盟二话没说,潇洒地抛出三十张百元大钞,把自己的户口落在了城关。

区区三千元,对江盟来说,的确是一个微不足道的数目。紧跟城市建设步伐,江盟先后在小城西、南、北,三条大街的黄金地段分别有三家连锁分部开业,近来又在新城开发区开了家更大的。总部仍设在东街老地方。她运筹帷幄,审时度势,并带上了广告设计。一幅美化、宣传城市之类的彩色灯箱广告,动辄几万甚至十几万几十万元,常年四季雪花般飞来的文件与之相比,真是小巫见大巫。

江盟仍然关心着一帮子中学生小弟弟小妹妹。每年高考下来,总有雀跃欢呼着给她报喜的,更有垂头丧气给她倾诉苦闷的。她总是很认真、很坦诚地与他们同乐,和他们共悲。

马局长的公子已连续三年名落孙山,每次都和当年的江盟一样,不是差二三分,就是志愿没填合适,磕磕绊绊地老起不了窝。马局长沮丧极了。江盟就陪着马局长黯然神伤,很贴心,像马局长的什么直属亲人。听说北京市海淀区十几个一线教师编写的辅导材料很受考生欢迎,江盟碰上了,就复印一份,趁下午没事,跨上她那辆漂亮潇洒的木兰,长发飘飘,像面黑色的旗帜在飘扬。走着走着,江盟若有所思地刹住了摩托,停在水果摊前,买上一袋水灵灵的水果,敲开了马局长的门。

江盟第一次见到了马局长的公子。小伙子人很瘦,脸很白,戴着一副银边树脂近视眼镜,文文静静的,满脸苦闷地对江盟点点头,接过江盟送来的资料,漫不经心地翻着。江盟就对他讲起了当年的自己。她讲得很动情,她又一次回想起那件刻骨铭心的伤心事,流了泪,劝局长公子珍惜这难得的家庭条件,再接再厉,成功的曙光就在眼前。马局长夫妇很感动,尤其是夫人,拉着江盟的手,看一眼江盟,再看一眼儿子,叹息着,仿佛是相见恨晚,又仿佛遗憾这么乖顺、懂事的一个姑娘怎么就不是己出。江盟觉得两层意思都有。她很适时、很礼貌地告辞了。

江盟怎么也没料到,她的一席言谈,竟给局长公子注了一针强心剂,小伙子振作精神,发起了又一轮冲刺。马局长夫妇专程来到打印部,喜出望外地告诉她这一消息,并礼尚往来,给江盟带了更大的一袋时令水果,请江盟多去他家坐坐,多开导他们的宝贝儿子。江盟一口就答应了。

江盟更没想到她对那些小弟弟小妹妹们的帮助,渐渐地广为流传开来,使她有了更好的口碑。岁末年初,她平步青云,成了最年轻的县政协委员,很显眼很自豪很大方地坐进一大批德高望重的本县社会名流中间,步入了上层社会。

开幕式后,在帝都大酒店会餐,县上四大班子主要领导依次向各位委员敬酒。来到江盟桌前,江盟有些局促地看看同席的几位老者,不知所措。县委汪书记一眼就看中了她,和蔼可亲地向她举杯:热心助学,造福梓里！可钦可敬啊！来,干一杯！

江盟从没喝过白酒,她一直只是抿口红酒。可这场合,就由不得她了。她慌乱起身,端起杯子,看看汪书记,汪书记也笑眯眯地看着她,脸红红的,肯定喝了不少。其余的领导站在汪书记身后,举杯等着。江盟脸微微发烧,举杯的手有点颤抖,急急地说:汪书记,我、我随量,你干杯……话一落音,她就恨得直咬舌尖,连忙改口:不不不,是你随量,我干杯！我干杯!! 我说错了,我自罚三杯……江盟端起酒杯,急急地连饮三杯,三条火龙烈火熊熊地在喉头奔腾着,呛得她脸红脖子粗,可又强憋着,煞是难堪。

好好好！你随量,我干杯！汪书记开怀大笑,也豪爽地一饮而尽,并亮亮杯底。

一阵开心的大笑在前后左右响起。

汪书记！我随量,你干杯。经典啊！同僚们开着汪书记的玩笑。

女士嘛,当然应该随量！汪书记很愉快地替她开脱。

江盟这一失口而出的酒场辞令,好长一段时间,作为小城酒桌上相互调侃的经典笑料反复使用。这使江盟很尴尬,觉得很丢面子。她忐忑不安了好一阵子,就慢慢地不那么计较了,后来干脆泰然处之了。

她隔三差五地请有业务往来的头儿们在飘香阁聚餐。她还是拉得直直的长发,白衬衣上一朵漂亮的蝴蝶结胸花,黑套装超短裙,薄薄的长筒袜在雪白的大腿与裙边结合部留下一道亮丽的雪练,随着她优美的动作遮遮掩掩地上下晃动。她端起酒杯,朱唇未启笑先闻,掩着嘴,染过的美甲如五朵金花鲜艳夺目,故意带着几分扭捏的率真:我随量,你干杯！

放下！放下！来宾齐声抗议,夺过江盟手中的高脚杯,泼掉血一样鲜红的葡萄酒,斟上满当当一杯白酒:咋啦？和县委书记碰起杯来是白酒,和我们平头百姓就换成红酒啦？看不起人啦？

江盟嫣然一笑,不再说什么,一饮而尽,如喝白开水一般,脸不变色,心不跳。

好酒量！众口一词，纷纷向她竖大拇指。

江盟还是嫣然一笑。

这些平时衣冠楚楚、道貌岸然的单位头头们，一阵觥筹交错，几杯酒下肚，便放浪形骸、不顾体统地相互调侃起来。一个个妙语连珠，荤的素的，虽都不是针对江盟，但都是说给江盟听的。

这不，水保局蒋书记正在编排他的老同学体委苟主任：苟头嘛，很注重身体力行，每天早上都要跑步到滨河北路，做三十二个俯卧撑。这很值得全县人民学习哟。蒋书记呷一小口酒，接着说：不料，引起了一个傻婆娘的好奇。只要苟头做俯卧撑，傻婆娘就傻乎乎地凑上去，在苟头身子底下看。苟头不耐烦，生气地呵斥：过去，傻子！傻婆娘直起身，理直气壮地反驳苟头：你才傻呢，身子底下没有人，瞎忙乎什么呢？

哄堂大笑。江盟背过脸，掩着嘴，偷偷地乐。她这一乐，来宾就放开了，一个个不依不饶，非要她也来个段子助兴不可。推辞不脱，江盟就毫不客气地清清嗓子，端起杯来，纤纤手指，指着这个：没有你，天不蓝。

哇塞——！满堂喝彩。喝酒！喝酒！！众口一词，群起而敬他们中间产生的幸运者。幸运者眉飞色舞，来者不拒，大有一醉方休的气概。

江盟莞尔一笑，指着那个：没有你，蜜不甜。

精彩——！群情鼎沸。喝酒喝酒！换大杯！来宾不约而同，纷纷以高脚杯给另一个幸运者敬酒。幸运者洋洋得意，毫不谦让，颇有千杯万盏能应承的气势。

江盟媚然一笑，又产生一个幸运者：没有你，唉——日子真难啊！

妙哇——！雅间不雅，开锅般响起一片大呼小叫。喝酒！！用大碗！刚刚登上幸运宝座的苟头，抓耳挠腮，乐不可支，面对满当当一碗碗酒，浑身是胆雄赳赳，尽逞酒场风流。

江盟诡谲一笑,一个不落地逐个一指:别美了,不是你,也不是你,是钱!

啊!!狗咬尿泡——空喜!来宾不依了:罚酒!罚酒!!众人一拥而上,拉拉扯扯。这才是最佳效果——饭吃出了气氛,酒也喝出了味道。

江盟已不再是一个保守、腼腆的女孩,当然她也并不完全开放。她已经从心理上适应了这曾经一度叫她脸热心跳的场面。短短的、窄窄的、胸口低低的时装,一着她高挑的魔鬼身材,那看得见的、看不见的优点特点一下子激活了似的,全都淋漓尽致地彰显出独特的袅袅韵味。她知道自己的优势,从不在化妆上劳心费神,不施美白霜,不打粉底液,她只匀匀地洒点养颜收敛水,使脸上永远保持着天然的鲜活;她不抹口红,只涂点唇膏,使美唇泛出一层自然悦目的光亮。她巧妙而不动声色地向世人展示着少女的美。

终于,马局长的公子不负众望,抖擞精神地挤上了大学的独木桥。虽然考了个天水师专,属二类专科,离马局长的期望值很远,但毕竟浮出了水面。马局长夫妇携爱子前来向江盟道谢。江盟显得异常高兴,激动之下,脱口而出:我明天请客,好好地喝几杯!

这、这……怎好让你破费呢?局长夫妇于心不忍。

我、我高兴……江盟触景生情,心中一阵伤感,声音哽咽着,盈盈的泪水就夺眶而出了。

局长夫人同情地叹了口气,偷眼看看局长。

马局长向四周看看,压低声音:别难过,你不是干得挺好嘛。如果你想进行政事业单位,我可以圆你这个梦,高兴点啊!

江盟一愣,有些不相信地睁大她那双美丽的丹凤眼,一声轻轻的叹息,从樱桃般的嘴中飘落,迟疑着:这、这行吗?又摇摇头:算了吧,这年头的事不好办,我不能为难你……

送走马局长一家,江盟的心情就像大海的波涛,久久不能平静下来。她坐在桌前,双手交替着不时地压压跳得厉害的心口。她又一次哭了,很伤心。直到现在,江盟才深深感到,她的大学梦一直熊熊燃烧着,她帮助那些素不相识的小弟弟小妹妹们,其实就是在慰藉自己浓得化不开的大学情结。虽然,她现在事业干得红红火火,要钱有钱,要名有名,要模样有模样,可总是有低人一等的自卑感,有一种深深的人生缺憾。要是她拥有一份固定工作,和与她进行业务往来的公职人员平起平坐,那她今生今世还有什么可遗憾的呢?

江盟后悔自己对马局长的答复。天知道,聪明一世的江盟,怎么就糊涂一时了呢?江盟哭了一夜,想了一夜。

翌日,江盟的心情又平静下来了。她对马局长的话,还是半信半疑的,有些梦幻感觉。可她临时改变主意,把原准备在飘香阁的饭局,一下子定在了帝都大酒店。她给局长夫人打了电话,提前来到208豪华雅间恭候。

局长一家应约而至。仅仅是一家三口!江盟窃喜。可她嘴里还是一个劲地对局长夫人、对局长公子、对马局长本人提醒:想想看,还有什么知心朋友需要请,打个电话,反正时间还早。我孤家寡人的,谁也没请,吃饭就吃个热闹啊!这年头谁把吃饭当饭吃啊!

没有,没有!我们四人就好,清静些……局长夫妇异口同声。

江盟上了五粮液、中华烟,当然少不了一瓶西班牙桃乐丝红酒。她先给局长公子、局长夫人斟了浅浅一高脚杯桃乐丝,晶莹剔透的杯子,红宝石般的酒液,璀璨夺目的顶灯,梦幻般飘渺的音乐中,江盟给马局长斟上酒香四溢的五粮液,最后给自己斟上满满一杯红酒,与局长公子碰碰:祝贺你!

觥筹交错间,江盟瞅空子与局长公子低语几句,从坤包里取出一个沉甸甸的信封，躲过局长夫妇的目光，轻声说：在路上买瓶饮料喝。别嫌少，听话，看不起人啊？

局长夫人敏锐地发现了江盟与儿子的小动作，赶忙起身制止：小江……

马局长喝了杯酒，坐着没动，以不满的口气：这、这……快收起，小江，你听我的。嗷……打了个酒嗝，低头舀了匙鸽子滋补汤。

这是我们姐弟之间的事，长辈就让我们来次自由飞翔吧。江盟硬是把信封塞给了小弟弟。

局长夫妇也就没再坚持。

几天后，局长夫人来电话请江盟去家里吃顿便饭。江盟愉快地答应后，就去超市鸡鸭鱼肉、各种时令菜包包袋袋地买了不少，又专门买了条软中华、一瓶五粮液、一瓶法国玛高。

你……你这、这不是就见外了吗？小江，我可没把你当外人哟！局长夫人一边接过她手里的包包袋袋，一边怨她。江盟嫣然一笑：正因为不是外人，人家才这样嘛。一闪身，进了厨房，洗手、择菜、切菜、配料，烹、炸、炒、焯，一桌色香味俱佳、冷热荤素齐全的菜端上来，头头是道地摆开。四人落座，江盟拿出自己买来的红酒白酒，还是老程序，拿出法国玛高红酒，就要拆包装。

等等。马局长摆手阻止，拿过玛高，放在一边，埋怨道：都是自家人，你这样破费，我们就过意不去喽。停顿片刻，又转脸对夫人说：小江买的红酒让她走时带上。这可不是一般的红酒哟，它产自法国波尔多区，口感很柔顺，带着淡淡的紫罗兰花香，享有"红酒之后"的美誉。我今年春节给省厅领导拜年时，杨厅长就用玛高招待我，只一盏啊。当时每瓶的市价就在一万元左右哦！

局长夫人频频点头，立即换上自家的莫高干红。

货送识家,才不算白送!江盟把法国玛高摆上了马局长家酒柜。告辞时,马局长拿出一份招工表,告诉她:得迂回一下,先想办法找个企业招进去,但不上班。他再找机会用"以工代干"的形式调江盟到行政事业单位。

你只需找接收企业,剩下的事,交给我就行了!最后,马局长这样叮咛。

这对人际资源丰富的江盟来说,不算是件难事。她不到半天时间就把事办妥了。望着华鑫矿冶集团公司鲜红的人事专用大印,她的心又虚虚地不踏实起来了,她觉得一切都像梦一样的不真实。她想来想去,为了保险,在送招工表前夕,她又一次敲开马局长家的门,把三万元放在马局长茶几上。

你这是干什么?马局长生气了。

不,这不是给你的。江盟红着脸急急地解释:我知道还有许多关节要打通,我又不认识人。你用它请个客,吃顿饭,免得你被动。

马局长这才不说什么了,但还是满脸的不高兴。

江盟松了口气。

江盟是大模大样地把招工表送进劳动局办公室的。接下来,她就开始了焦急的、苦苦的等待、盼望。她不知道那一天那一刻真的到来时,她会是怎样的激动!她现在才真正地明白过来:原来,大学并不是唯一通往国家正式职工的路径。开始时,她不敢给马局长打电话,她不好意思去马局长家里,她怕落个催促的嫌疑,她得给人家时间,不能讨人厌烦。可她又不能躲人家远远的,叫人家觉得本人并不着急就撒手不管了。江盟好为难。

但,很快,江盟就找到了突破口,她打电话给局长夫人,与她结伴逛品牌服装超市,今天逛这家,隔几日又逛那家,闭口不提自己的事,只对局长夫人瞅准的可心服装掏钱。又把局长夫人送回家。偶尔碰上马局长,就打个招呼,仿佛没事人一般。有次,江盟快走出门时,马局长叫住了她:小江,我看你的气质,很适合搞文艺工作,你就去群艺馆吧。

江盟心扑扑地跳着,忙不迭地谢马局长,并激动地等待着马局长的下文。但马局长再没说什么,倒是局长夫人送她到楼梯口,下了俩台阶,悄悄地告诉她:老马在等机会,他得等县上领导安排和你类似身份的关系户时,乘便车。江盟点着头:真是难为你们了!我心里很不过意……

半年过去了。

又是多半年过去了。

江盟一天天扳着指头数日子。马局长还在等机会,可江盟实在有些等不住了。她好心焦啊。她隐隐约约间感到马局长不是在等便车,而是在等……她这么一个漂亮伶俐的女孩子,就像是狐狸、紫貂的毛皮,猎手总是要千方百计地猎取到手。江盟打了个冷颤。她不知道万一情况像她预感的那样,她该如何是好。

然而,江盟错了。就在她惊惊乍乍、疑神疑鬼之际,文发了。白纸黑字,朱红大印,但不是打印的,而是很潦草的手写体。马局长只字不差地把她调到了群艺馆,她成了群艺馆的一名正式职工。江盟心中深深的愧疚代替了巨大的激动。她为自己对马局长的胡乱猜疑而不安、自责。

江盟去群艺馆报到。她特意买了件乳白色纤丝鸟保暖内衣,火红的风衣,瀑布般飘扬的长发,亮亮丽丽地走进了群艺馆大门。她还专门买了鼓鼓囊囊一大袋水果,沉沉地提着,准备到办公室,与同事们套套近乎。

但是,江盟又错了。群艺馆这些平时听起来就令人肃然起敬的男女老少们,一个个都很清高地、很礼貌地婉言谢绝了江盟的盛情,集体给江盟来了个不软不硬的下马威。

首战受挫。江盟沮丧极了。偌大一袋子水果,她扔不是,提又不是。

她不知是怎么走出群艺馆大门的。可在群艺馆之外,她却备受青睐,成为县城各单位、各部门单身小伙子狂热追逐的对象。是啊!江盟老大不小了,也该名花有主了。过去,她看上眼的,高攀不上;追求她的,她又不喜欢。现在,这一局面彻底改写了。江盟很快就与县委办秘书小李双双坠入爱河。

江盟结婚了。

她在新城开发区买了套140平方米的大套房子,装饰一新,过上了有家有爱的日子。她将潇洒木兰换为大地鹰王,长长的、白白的脖颈上一条精致的白金项链,红宝石鸡心坠子,在线条曲美的乳峰间忽隐忽现。她咬着牙,硬着头皮,赌着气天天上班。

二十多号人的群艺馆,名义上虽分门别类地设了文学创作组、音乐美术组,实际却集体拥挤在四间展厅改装的办公室里,有说的有唱的有笑的有读书看报的有调情骂俏的还有针砭时弊的。江盟编在音乐美术组,她明显地感到全馆人员打心底对她不服,一双双怪怪的目光明里暗里盯得她心发虚。闲聊之间,老张炫耀自己的电视剧本,张姐跟上炫耀自己一曲唱红的《大约在冬季》,小武吹嘘她的画展、她的画册,马老展示自己的书法,江滢亮自己的稿费汇款单,小杨亮她的文凭。江盟自愧不如,如锯了嘴的葫芦,形单影只地傻坐在一边,尴尬极了。

走出群艺馆,江盟的气就不打一处来。其实,江盟也有很多很多值得炫耀的东西啊。可在群艺馆,她总觉得低人一等,觉得异常压抑,异常苦闷,觉得她那些闪光的东西,是拿不上桌面的。可她又不甘落后,就气愤地骂:有什么了不起的?一个个酸得直倒牙,一个个穷得除了一张臭嘴,还是一张臭嘴!

这样一阵骂下去,江盟的心情就好多了,也愉快多了。毕竟,清高不顶饭吃,孔方兄才是走遍天下的通行证!江盟决定不再示弱。她坤包里总是装着厚厚的一叠钱,在他们高喉咙大嗓子神侃之际,有意无意地露一露。有时,她也毫不客气地插进去,很在行地讲时装的款式,讲高档商品的价格,讲各大酒店的菜肴。她这一讲,全场就静下来,虽有不屑、鄙夷,但也少不了羡慕、自卑。江盟涌上一种优越感,她轻轻舒了口长气。看看窗外,院子那株芭蕉树迎风招展得好潇洒,也好美丽!

几个月趟过去,江盟就更瞧不起这群酒囊饭袋了。原来,他们之间也并非团结得铁板一块,背过身子,互不服气,相互诽谤,搬弄是非,与乡村长舌妇有过之而无不及。老张的电视剧本没钱拍摄,已在抽屉锁了好几年;单位缺少经费,张姐已八九年没登台演唱了;小武的画册自己掏腰包出了一千册,压在墙角无人问津;小杨本就一个中专生,大学文凭是进修获得的……不闻不知道,一闻吓一跳。这些外表富丽堂皇的文化名家们,实际上竟混得如此狼狈!哼!江盟微微一耸鼻子:姑奶奶哪里不如你们?!姑奶奶拔根头发都比你们的腰杆粗!

江盟感觉好极了。她理直气壮地出入于群艺馆内外,毫不客气地与这些名人名家说东道西。偶尔,还巧妙地调侃一下他们的窘境,不动声色地杀杀他们的傲气。

但,好花不常开,好景不常在。不到一年,举国上下企业喊下岗,行政事业叫精简。小城仿佛更敏感,更惶恐,江盟又有了危机感。来到单位,果然形势不妙。这些名人名家们,又一个个神气活现地把江盟不放在眼中了。偌大的办公室,闹哄哄的,你一言,我一语,人人的自我感觉都不错,都觉得自己有充足的条件被留用。而明一句、暗一句的言下之意,群艺馆该精简的,则非江盟莫属。江盟又被冷落在一边,茕茕孑立,形影相吊了。

江盟含着委屈的泪花,走出了群艺馆。

江盟来到服装品牌楼,发狠地买了身刚刚上市的"优美轩"穿上,将前一天上午才着体的"红贝缇"套装丢进垃圾筒,在一种复仇后的痛快中,情绪渐渐冷静下来了。是啊,留谁减谁,尘埃未定!自己咋就这么沉不住气,被风声鹤唳吓乱了阵脚呢?江盟信心十足地走进了群艺馆。

不料,单位乱成了一锅粥。原来,全市第十届运动会将于下月初在小城举办。文体局强行摊来一千张开幕式门票,每张八十元。群艺馆又按人头平摊,每人四十几张,各找各的门路推销。完不成任务的,从工资扣除。这一招,的确难住了这些平日里只顾埋头涂鸦和跳跳唱唱的艺术家。整个办公室吵吵闹闹,骂骂咧咧,怨气冲天。江盟静静地坐在一边,幸灾乐祸地看着这群几天前还不可一世的所谓名流们出洋相。馆长英雄气短,皱着眉,抱着臂,一脸的苦恼、无奈。

江盟突然灵机一动,决定在这帮穷酸面前美美地露一手。可她沉住气,动观流水静观山,得让他们好好品尝一番煎熬的滋味。

一天过去了,江盟不动声色,看着他们一个个铩羽而归。

两天过去了,江盟稳坐钓鱼船,欣赏着他们各有千秋的愁眉苦脸。

三天过去了。江盟觉得时机已完全成熟,面对这帮长吁短叹的文化名流们,轻轻地撩了撩飘飘长发,走向馆长,轻描淡写地只一句:同事们的票,我一人包销。

语惊四座!江盟在馆长惊愕的神色中,在这帮名流们如释重负、弹冠相庆、感激涕零之际,拿起沉甸甸一摞开幕式门票,扬长而去。

江盟纵横捭阖,充分利用自己的人际关系,半天工夫,一千张门票便以各种渠道销售一空,大地鹰王后备厢里静静地收藏着八万元现款。同时,在售票过程中,江盟还从政府办公室获得另一重大信息:马局长即将成为副县长候选人!这对江盟来说,无疑是一个天大的喜讯。她顿时感到底气更足了,随即产生另一个念头:买个名牌大学文凭,找机会也捞个一官半职,看谁还敢再小看姑奶奶?!

在回群艺馆的路上,江盟只觉得天下的每一扇大门都为她敞开,世上的每一朵花儿都为她绽放。她有一种左右逢源的快感。能力才是硬道理!她兴奋地大喊一声,踩足油门,向前冲去。

她完全忽略了前方闪烁的红灯,忽略了同行的车流都已刹住。江盟和她的大地鹰王一起,离弦之箭般的朝一辆大卡车飞去。

短篇小说

寻找小白

小白不见了。

小白丢了。

我的小白走失了……

江滢逢人就说。

江滢喃喃自语。

江滢泪流满面。

江滢失魂落魄。

江滢打开电脑,显示屏上设置的幻灯片相册,不厌其烦地重复着跃跃欲试的小白,憨态可掬的小白,调皮捣蛋的小白,羞羞答答的小白,小鸟依人的小白,四蹄狂奔的小白,撒欢撒娇的小白……

江滢看着看着,泪珠儿就滚豆般的落了下来。

小白……江滢内心深处呻吟着。

一身慵懒地推开门子,换上白缎子软底拖鞋,沓沓拉拉地走进客厅,顺手将坤包往沙发上一丢,江滢就隐隐地感到有些异样的失落。接下来,就发现往日她一进门便撒着欢儿急不可耐地扑上前来,在她的脚尖嗅来嗅去,翘着大尾巴殷勤地跑来跑去,或者一跃而上,与她来个热烈拥抱,或者用温柔的舌头痒痒地咬着她手背的小白,竟然久久不肯露面。她自负地一笑。

在沙发上歪仄少许,她到底还是沉不住了。就故意把茶几上的咖啡杯子弄出清脆的响声,很香地呷了口,可屋子里还是静悄悄的。她又把塑料食品袋弄出窸窸窣窣声,口气馋馋地说:多好的火腿肠啊,要是没人来,我可就吃光喽!她静下来听听,屋子里还是鸦雀无声。她站起身,倒攥着笤帚把儿走进小白的卧室,对着墙角纸箱一瓯,嬉笑着说:别装了!缴枪不杀!可纸箱空空如也。直到这时,她才大吃一惊,猛然想起:小白早上是与她一起走出门的!

我的个天!她这一惊非同小可。

她努力地回忆着早上所有的细节,她清楚地记得下楼时小白还好几次毛茸茸地碰到她的脚跟,出了院子,小白几大步赶在她面前,小跑一会儿,又回头跑来,快乐地摇着尾巴,向她做个鬼脸,跟在了她身后。可后来呢?对!后来,在十字街,她碰上了文联老赵,两人都往侧面站站,说了几句话。那时,小白在哪呢?她大脑一片空白。也许、也许小白就是在那时候走失的。

她一路找了过去。

没有。

她一路找了过来。

没有。

她左右开弓地找下去。

还是没有。

夕阳西下时,江滢拖着疲乏的身子,无精打采地走回家来。在单元口,她灵机一动,又来了精神。说不定小白早已回家,正站在门口,猜猜地叫着,嘴在门缝嗅着。她三步并作两步地一口气跑上楼去。但,她还是失望了。

一连三天,她希望的、设想的所有情景,都没有出现。

小白本就一条很不起眼、普普通通的小狗。江滢和张华恋爱期间,多次来张华家,一坐就是大半天或大半夜,从没在意到它的存在与否。可就在她和张华双双步入洞房,在梦幻般柔曼的灯光下,张华温文尔雅地帮她摘下发间那朵鲜艳的玫瑰红发卡,帮她褪下小巧玲珑的高跟红皮鞋,帮她轻轻地解开洁白飘逸的婚纱,她出水芙蓉似的裸出半个浑圆如月的肩膀,露出酥胸前两朵莲花一样的胸罩,张华伸开双臂,轻轻地、轻轻地把她抱起,一个漂亮的急转身,两人同时落在床上。张华干渴的嘴唇,她桃花样的红唇即将贴在一起之际,突然汪地响起一声犬吠,随之,一道毛茸茸的影子一跃而来,横在了她和张华中间。她一声惊呼,丢开张华,捡起毛巾被,遮住了自己的胸部。

张华也丢开她,顺势抱起汪汪大叫的小狗,耐心地拍着它乱蓬蓬的身子,哄孩子一样等它激动的情绪渐渐地安静下来后,把它抱出卧室,又是一阵甜言蜜语,才走了进来,插上门销,再次火辣辣地向她扑来。可她早已索然无味,无论张华怎么挑逗,无论张华如何努力,她都无法越过心头那道屏障。她不能接受那只小狗,她态度坚决地要求张华立即把小狗送走。

这……这可是我妈留给我的啊,她临终前一再嘱咐我要好好待它……张华面有难色。

她鼻子一酸,泪水夺眶而出。

从恋爱到结婚,她从未在物质上对张华有过任何要求。她看重的是感情。当张华吞吞吐吐地露出要把新房布置在这套面积只有六十七点几平方米,且是上世纪八十年代末建的旧房子时,她唯一的要求就是无论如何要给她留出一个书房。她知道张华自幼丧父,母亲前不久又丧生车祸,没有什么积蓄,她不想也不愿难为他。可……她真的好伤心。

小狗灰不溜秋,全身的毛色既不是纯白,也不是乳白,而像陈年旧棉花,松松垮垮地散开来,毛线团子般耷耷拉拉地抖动着,脏乎乎的令人恶心。小白?小白?你何白之有?她悻悻地揶揄。

可事情远远没有就此结束。接下来,小白就霸道而狂傲地与她展开了一场场激烈的争夺张华战。每天下班,只要张华推开门子,小白就出其不意地从她身旁蹿出,抢她一步,扑上前去,在张华身上又嗅又舔,百般撒娇,把她冷冷地晾在一边。到了晚上,张华只要往她身边一凑,或给她一个亲昵的表示,小白就冲着她愤怒地大叫,理直气壮地往张华怀中一躺,嘴在张华胳膊上、胸前、腿上乱拱,只要张华分神,和她说几句什么,它立即不满地汪汪狂叫。弄得张华只好讪讪地看着她。

她识趣地起身走进书房。可她哪看得进去半个字呢?她已经好长时间没有动笔了。几星期前,国内一家大型文学杂志向她约稿,电话打到了办公室。她实话实说:抱歉!我近来一篇作品也没写。她正在加夜班赶写另一部更为精彩的作品呀!同事老李一脸坏笑地横插过来,引起哄堂大笑。

更让她难以容忍的是,小白不知什么时候趁他们夫妇熟睡之际,悄悄溜进卧室,把她那件白底如雪的苏绣旗袍拖到卫生间,并在上面踩出了肮脏不堪的爪子印。张华无言以对。他左右为难,两边都不落好。他痛苦着,看样子,他要下决心做一个了断了。

她以绝对优势占领了上风。

败下阵来的小白老实了许多,狼狈不堪地退回自己的角落,龟缩了几天,心灰意冷,开始破罐子破摔。往往饭刚端上桌子,它就抖着脏乎乎的毛出现在桌边嗅;客人刚刚进门,它在客人周围来来去去,毛烘烘的脏嘴到处乱拱。你、你真是无可救药了。她指着小白的鼻尖,气愤地说。

江滢相貌平平,但才华出众。还在高二读书期间,就以短篇小说《今晚有约》一举成名。大学中文系毕业后一路绿灯地分配到了群艺馆,与那些她少年时期就神交已久的大腕名家相处共事,不能不说是大慰平生。再加上时间不久,就与美术组的张华双双坠入爱河。两人风华正茂,雄心勃勃,相约婚后她出版不了一部砖头厚的个人专集,张华不在省城办一次有影响的画展,就不要孩子。要不是小白时不时半路杀出,常常使她情绪不佳,灵感频频受阻……

小白的堕落使张华也大为生气。尤其是阳光女孩米娜娜初次造访那天。米娜娜年轻漂亮,瀑布般的长发飘飘洒洒,透露出一种爽目的妩媚。她有些拘谨地站在沙发旁,谦让着久久不肯落座。她是带着自己的习作向江滢登门请教来的,她被江滢老师的热情接待弄得惶恐不安。她垂着头,白色的深V夏装,勾勒得她胸部饱满,乳线幽美。江滢为她递上一杯咖啡,拿起她的稿子,边看边坐下来。同时也没忘记再次招呼她,她这才挨着江滢坐了下来,洗耳恭听。

突然,小白从茶几下面溜出,悄然无声地接近米娜娜两条修长白皙的美腿。米娜娜一声惊叫,手中的咖啡杯丢在了地上,粉色超短裙里的两条玉腿树杈一样高举着,整个身子倒在了沙发上。

正在午休的张华闻声赶到客厅,目睹了这尴尬的场面。

说你臭,你还就真的往风口凑!张华飞起一脚,把小白踢了个四肢朝天。

没事的,它只是嗅嗅你的脚,它从没咬过人。江滢安慰米娜娜。

米娜娜看了看自己安然无恙的美腿,羞红了脸。

把它扔了吧?米娜娜走后,张华余怒未消地征求她的意见。

还不至于吧?她知道小白在这个家庭所恃的,就是它是张华母亲的宠物,而现在张华对母亲的感情只能抒发在小白身上。不看僧面看佛面,她不能拂了张华这片深厚的情意。

岁月如梭。

如梭岁月。

绕城而过的野马河,一桥飞架,把新城开发区与旧城紧密地连在一起后,便理直气壮、一路凯歌地从城中心穿过。

漂亮整洁的新城区,花园式小区内有了江滢夫妇新买的大套房子。一百四十多平方米的房间有了真正意义上的书房、画室、客厅、餐厅。小白也拥有了自己的专用卧室。

宽敞明亮的全封闭阳台,一张圆几,一把藤椅,一杯清茶,一本好书。累了,就举目看远方的山,看近处的树,看蓝天的云。

江滢出版个人专集的条件已完全成熟。可她小城才女的美誉早已打了折扣。创作组成员们早年以作品的质量相互攀比、炫耀,现在改成了比门路,比神通。发表一篇作品的效应,远远低于穿一件新款时装;赠人一部作者亲笔签名著作的回应,远远低于送人一块雪糕。此情此景,江滢还有必要出版自己的个人专集吗?

江滢心中充满了怅惘。

但,江滢又不愿轻易放弃自己的追求。

一日,国内由一批著名作家组成的丝绸之路采风团中途绕道,特留残步于小城,使小城的文学青年有了零距离一睹名家风采的机会。

江滢由米娜娜做伴,怀着十二分敬重的心情,忐忑不安地敲开了政府招待所贵宾楼那间套房的门。门口站着她仰慕已久的马老,一脸慈祥,让她如沐春风。不等她自报完家门,马老就眼睛一亮,一口说出了她当年的成名作,并把她迎进房间。

简短的问答、热情的鼓励后,江滢觉得马老有些走神,心不在焉而又词不达意。微微留神,原来,马老镜片后的目光一次又一次地越过她肩头,投向她身后的米娜娜。不一会儿,就与米娜娜相见恨晚似的交谈起来,把她晾在了一边。

她走也不是,坐也不是,多余地待在旁边。一腔圣洁的热情,像遭霜的花瓣,在肃杀中黯然凋谢。

与此同时,张华的画展却在省城一炮打响。这不能不说对江滢是另一种方式的慰藉,使她低落的情绪略有好转。鱼和熊掌不可兼得。她苦笑着自我解嘲。

在此期间,小白突然再次变本加厉地大闹起来。本来,她与小白经过这么多年来的磨合,也或多或少地从内心接受了小白的种种毛病,对它的所作所为,也习以为常了。但,小白日复日夜复夜地狂吠,吵得她睡不下觉,看不进书,心慌意乱地坐卧不安。

它可能哪里不舒服?江滢对张华说。

它在找死!张华气呼呼的。

张华生小白的气,可小白仿佛更生张华的气。它一见张华就张嘴汪汪地叫个不停,声音中充满了愤怒、怨恨、谴责似的。它记仇了!江滢暗暗地想。一天中午,小白正冲张华大叫不已,米娜娜提着一网兜时令水果走了进来。小白一个箭步上前,扯下了米娜娜胸前两条蕾丝缎带,把江滢给它从不咬人的定义彻底翻了个个儿。

江滢大吃一惊。

而接下来更叫江滢大吃一惊的是,张华和她的离婚,和米娜娜双双对对地远走高飞。

一代小城才女,可怜,可怜啊……有人模仿着电视剧中观音菩萨调侃孙悟空的语气,酸溜溜地挖苦。

回到空荡荡的房子,一人静静地倚在沙发床上,呆呆地发愣。不知什么时候,有风凉凉地吹来,掀动了裙角,她感到了微微寒意,腿缩了缩。她懒得动。隐隐约约的一阵窸窣声由远而近,她起身一看,小白正在她脚尖轻轻地嗅。

一见她坐起,小白立即慌里慌张地跑开,远远地蹲下来,胆怯而不安地看着她。仿佛茫茫夜空划过一道流星,江滢心中一亮,对小白近来反常的现象恍然大悟。她顿时热泪盈眶。

她走进厨房,从冰箱取出火腿、饼干、牛奶,给小白做了顿丰盛的午餐,并把它请到客厅,看着它香香甜甜地吃了个碗底见天,惬意地舔着嘴巴。她目光投向小白毛线团子一样乱蓬蓬的毛皮,找来梳子,一点一点、一处一处地理顺,又热上一盆水,用菠萝洗发液给它洗了个澡。小白从始至终顺眉顺手,服服帖帖地任她摆布,并不时娴熟地给她以恰当的配合,孩子般的发出幸福的呻吟。

洗完澡后的小白轻轻地舒了个长长的懒腰,哗哗地将身子一阵抖动,顿时精神了许多。她欣喜地发现小白也并不完全是个丑八怪,还是自有许多可爱之处的。只不过自己过去是被成见蒙蔽了眼睛,她感到了隐隐的内疚。

小白瘦骨嶙峋的,褪净了污垢的毛皮还是灰不溜丢,没有一点亮光。明明已获得了主人恩宠,但仍胆胆怯怯、畏畏缩缩的没有一点大家风范。要是像云朵一样,如玉兔一般,长长的、茸茸的毛从背部分辟开来,波浪般的上下张扬,那该有多好啊!她遗憾地叹息着。

不过,有小白做伴,还是或多或少地减少了她心灵的空虚和生活的乏味。那段日子,她天天下班回来,门子一开,小白就急不可耐似的摇着尾巴,撒着欢儿,喋喋喋地迎上来,又转身跟在她身后,一路小跑着来到客厅,把拖鞋叼到她脚边。然后,就远远地蹲在一边,两只短短的耳朵高高竖起,一双大大的蓝眼睛,温和地看着她。她匆匆地看它一眼,觉得它微胖起来,毛皮也流动着隐隐的光泽。可……她目光转向了别处。

江滢越来越感到小白在获得她的感情后,竟然和她配合得天衣无缝。它再不把她的衣服拖出卧室,再不到她的床上丢下丝丝缕缕的狗毛,再不来了客人旁若无人地使人难堪,再不把大小便往她的鞋壳里撒,再不随意出入她的卧室,再不毫无节制地偷吃贪吃……这,使她省了许多麻烦,也给了它更多的信任。

江滢每夜都要读书或创作到很晚,小白每晚都蹲在书房门口,悄悄地、静静地,眼睛微闭,两耳耷拉,整个身子一动不动,仿佛老和尚修行坐禅。偶尔,江滢打个哈欠,停下笔来或是翻过一页,小白随之也睁开眼睛,摇摇尾巴,目光追随着她的动作上上下下,前后左右,又随着她一起重新进入原状。她离开书桌,伸着懒腰,迈动步子时,小白一个激灵站起,主动让开门口,呼扇着红红的舌尖,向她摇尾巴。她心情为之一振,伸出手背,浪漫地笑着:来,吻吻!小白眨眨眼睛,后退一步,跑进了它的卧室。她微微一怔,顿觉大煞风景,愉悦的心情立即被淡淡的惆怅替代。

说真的,江滢常常不知不觉间就忘记了小白是一条小狗,并且是一条显得愚钝的小狗。自与张华离异,空荡荡的屋子里,寂寂落寞中,她把小白当成了自己的孩子,当成了自己的伙伴,当成了自己的……

她失去了对小白的防范,下意识地把小白当成了家人。她身披浴巾湿淋淋地走出浴室,打开衣橱,在一只只色彩鲜艳、形状各异的胸罩世界里慢条斯理地挑选。她玉臂上下起落间,浴巾脱落下肩头,裸出的一对大奶子忽悠悠悠地颤动着。小白抬起头来，蓝蓝的大眼睛傻乎乎地看着她。她一点也不觉得害羞，反以脚尖轻轻地踢踢它的嘴唇，希望它轻轻地、痒痒地舔舔她的脚趾，希望它亲吻自己的小腿，希望它顺势而上，毛茸茸的身子紧紧地蜷在自己怀中，让她紧紧地抱着。

但小白就是小白，它机敏地避开，向后退退，离江滢稍远一点，又蹲下来，看着她直至选择出满意的胸罩，把洁白饱满的胸部勒出两朵盛开的鲜花，穿上质地梦幻般柔软的睡衣，铺开大红杭绸被子，张开鸳鸯枕巾，才摇着尾巴放心地跑出卧室。

只有这时，江滢才会渐渐明白过来似的，意识到了小白是一条小狗，是一条智商低下、出身卑微、毫无生活情趣的小狗。她失望地关掉了灯。可又翻来覆去，耿耿难眠，不知怎么的心头一亮，立即就为自己刚刚产生的一个突发奇想激动不已。

她天不亮就起床，给小白做了一顿丰盛的早餐，自己喝了杯牛奶，外加一块小巧的蛋黄派。找来一条柔软的锦丝绳，拴在小白的脖子上，牵着小白走出门来。可一出门，小白就不干了，它对这条碍手碍脚的精致绳子非常不满，前爪牢牢地抵在地上，屁股使劲地向后坐着，死活不愿向前一步，锋利的牙齿咬住绳子的一端很响地嚼着，不等走下二楼，绳子就被小白齐茬茬地咬断，小白兴奋地就地打个滚，直起身子，前爪合抱，向她拱拱，一路小跑下楼，又跑回她身边，撒着欢儿，紧紧地跟上了她。

江滢带着小白来到小城最抢眼的"天外靓妹"美发屋，用了大半天时间，把小白的毛色从头到脚焗染成了云朵一样洁白，棉花一般蓬松，彻彻底底给它来了个鬼斧神工的大变脸！尤其让她最为满意的是：美发师还对小白的边幅进行了艺术家性的修饰，大大的黑眼圈，不动声色地增添了几分天然灵性，还有几分说不出的帅气！

人靠装扮马靠鞍。她有了一种担当伯乐的自豪感。她带着小白急匆匆地赶回家里，直奔穿衣镜前，自己屈居于侧，把小白让到正前方，她要让小白第一眼看到它的新形象，她要让小白承认自己天才的创举！

不料，小白一看见镜子里那条洁白如雪、富态高贵的小狗时，勃然大怒，汪地发出一声凶叫，一头扑过去，张牙舞爪地要与它决一死战。

江滢发出了愉快的笑声。她感到了偷天换日的美妙感觉。她把小白拉了过来，与它一起来到客厅。可小白不依不饶，一次次挣扎着回过头去，冲着镜子狂吠。趁她手一松，便仍然飞奔向镜子，碰撞得镜子发出阵阵巨响。

江滢再次上前，把小白拉开，抱到客厅，轻轻地爱抚着它蓬松的长毛，柔声细语地告诉它：别犯傻了，那就是你自己呀，我的乖乖！你洗心革面啦，你旧貌换新颜啦，你脱胎换骨啦，你……她用最丰富的词汇，给小白表达着自己内心抑制不住的喜悦。

小白暴躁地甩开她，把她精心修饰的语言，无理地抛在一边，数次扑向镜子，数次脑袋重重地碰撞在镜子上，跌倒在镜子前。最终筋疲力尽地败下阵来，也许是从碰壁中碰出了什么端倪，它仿佛浑身的不自在，猖猖低吠着，小孩般嘟囔着什么，不满地一遍遍抖动着长毛，不时地伸出舌头舔蓬松的毛，用爪尖儿这里弹弹，那里搔搔，眼看着把一身整齐有序的毛又要弄成一团糟了。江滢忍无可忍，一声怒喝，委屈的泪珠儿夺眶而出。小白愣了愣神，接着也毫不示弱地冲她一阵狂吠，仿佛比她更气愤、更有理。然后又埋头去撕扯浑身松松散散让它感到绊手绊脚的毛。

她捂着脸，跑进了卧室。

泪水汪汪中，她又一次想起了小白仅仅是一条小狗，一条骨子里充满着卑贱的小狗！她不怨小白，她怨自己不长记性，一次次地出力不讨好，一次次地落个啼笑皆非……她接受了小白的灰不溜秋，也接受了小白的卑微、愚钝。

小白,你在哪里?

江滢越找不到小白,就越感到小白对自己的重要性,越觉得事情的严重性。她白天一条街一条街,一道巷一道巷地找,晚上一个电话接一个电话地向所有的熟人询问。长久的音信杳然中,难熬的无可奈何中,江滢写了条《寻人启事》:

小白,男,大约八岁左右,身材低矮,毛发灰白,相貌略丑,身有焗油痕迹。于6月17日在十字街头走失。有收留或发现者请拨打电话3111999联系。重谢!

江滢又一次忽略了小白是一条小狗,一条愚钝的小狗!她选出一张觉得最能体现小白特征的照片,放在这则不伦不类、语焉不详的《寻人启事》左上角,彩印若干份,沿大街小巷依次张贴开来。

短篇小说

下岗以后

热热的、辣辣的、柔柔的、脉脉的、黏黏的……

这在一段时间内曾甩不掉、躲不开的目光,这叫叶莺既害羞又害怕的目光,十几年后,在游人如织的滨河公园,又一次清晰、真切地出现在她感觉中。叶莺下意识地一回头:杨争喜!

你?叶莺心中一阵莫名其妙的惊喜,笑逐颜开地打招呼。

杨争喜显然为叶莺主动向自己问好而喜出望外,立刻与她亲热地交谈起来。数年不见,杨争喜经过一番摔打滚爬,鸟枪换炮,已进了县政府,给常务副县长开车,一副苦尽甘来的自豪。当然,在聊天的同时,那双眼睛仍像当年一样地看叶莺。他还是那德性!叶莺神色忸怩地垂下了头,可整个身心却是那么的舒坦、惬意。她不禁为自己当年的天真感到不自在起来。

　　分手时,杨争喜主动把自己的手机号码留给了叶莺。但叶莺从未与他联系过。她不愿在杨争喜面前矮一头。

　　杨争喜是她的初中同桌,人调皮,又抢了个早熟。进校伊始,目光就成了甩不掉的光束,热热的、辣辣的、柔柔的、脉脉的、黏黏的,直追得叶莺面红耳赤,心中发憷,以至于当他悄悄地把那张纸条塞到叶莺手中时,叶莺差点吓了个半死。杨争喜为此背了个"留校察看"的处分,头再也没有抬起过。可那双多情的目光依然是那么热热地、辣辣地、柔柔地、脉脉地、黏黏地追随着叶莺。后来,爸爸为她争取到了招工指标,叶莺在全校师生羡慕、嫉妒、鄙夷的目光中,骄傲地走进了大地塑料厂。校园这段小插曲很快就被新的生活冲淡了。可杨争喜那特殊的目光,事隔多年之后,却被叶莺重新想起,甚至有些怀念。

　　说曹操,曹操到。杨争喜就是这当口,于滨河公园的依依杨柳下,与叶莺邂逅的。这叫叶莺怎么说才好呢?

　　给杨争喜打电话的念头,产生于叶莺和工友们集体到市政府上访,被县政府派人派车接回来后,在政府会议室与劳动、人事、企业等部门的领导组成、由一位副县长参加的座谈会上面红耳赤地争了大半天后仍没得出个结果之际。刹那间,杨争喜就像一颗划破夜空的流星,熠熠发光。她顿时精神为之一振。

　　是啊!何苦要在一棵树上吊死呢?可自己偏偏不撞南墙不回头!一瞬间,叶莺做出了赌注般的决定:即使刀山火海,也要义无反顾地闯过去!

　　事不宜迟!回到家里,叶莺急匆匆地就要与杨争喜联系。可拿起小灵通后,一阵难言的尴尬,又使她犹豫不决起来。

　　工友们一盘散沙,除叶莺等十几个天不怕地不怕的钢铁战士外,其余的都草鸡了,一声长叹,蔫不耷拉的自认倒霉了。

女工中先是杨娜娜在十字街摆起了烧烤摊,为一两毛零头钱和顾客们讨价还价,乐此不疲。一个文文静静的淑女,不到半年,就沦落为一个粗俗不堪的小商人。手拿叉子,一边拨拨挑挑,一边和顾客大声地说,放浪地笑。叶莺好几次路过,都替她害羞,赶紧低头匆匆而去,生怕被高喉咙大嗓子喊住。站在她的烧烤摊子前,叶莺很难为情,可她竟浑然不知。

接着马小燕在农贸市场摆起了煎饼摊。一张秀气的瓜子脸上架着一副玲珑剔透的近视眼镜,不伦不类地坐在铝合金、玻璃板制作的操作台前,在一身汗臭的农民面前咽泪强欢,唯命是从。见了叶莺,一双油腻腻的手,死拉活扯着硬叫尝尝她的手艺。叶莺几乎是逃一般摆脱了她的纠缠,从此绕道而行。

还有男工友,有的买辆带拖斗的三轮摩托车,穿梭于城乡之间跑小运输;有的踩着一辆破自行车,忙忙碌碌地出入于各个家属区送纯净水。更有的干脆乘南下的火车外出打工……

这样的生活,叶莺就是打死、饿死,也不愿干。威武不屈,贫贱不移,金盆破了分量在。一个堂堂的国营企业职工,曾几何时,是多么令人羡慕的角色啊!现在却摆起了小摊小点,叶莺丢不下这个面子,也咽不下这口气。漫漫近二十年,人生最美好的时光都献给了塑料厂,没功劳有苦劳,没苦劳还有疲劳呢!怎么一句话就下岗了呢?

叶莺和她的钢铁战士们东奔西跑,又联合县内其他企业的下岗职工,组成强大的阵容,集体在县委、县政府门前静坐,在人代会上大闹,但次次都是铩羽而归。

一次,她们获得了省委书记前来调研的消息,于是就秘密接头,准备好各自的上诉材料,早早儿聚集到省委书记的必经之路——八道梁隧道口,焦急地等待着。天不作美,下起了淅淅沥沥的小雨,不少人的衣服湿透了。有风吹来,浑身不禁滚过一个冷颤,又一个冷颤。

突然,远远地传来了车辆的引擎声,举目望去,从黑糊糊的隧道深处射来一束束耀眼的车灯光,不一会儿,一辆接一辆的小车便鱼贯而来。她们扯长嗓子,大喊一声:冤枉!齐刷刷地跪倒在地,双手高举哗哗作响的上诉材料,挡住了车队。

车队停下了,车门打开了。但跳下车来的却不是省委书记,而是大批警察,不容分说将她们一个个生擒进车,一溜烟拉进了桃花源避暑山庄,好吃好喝地招待了两天,然后又送回县城完事。而此时,省委书记早已走得没影了。她们很懊悔,也很兴奋。毕竟,她们不掏分文地享受了一次幸福生活!

现在,叶莺顾不得面子了。她要请求杨争喜,再让他请求牛县长,把自己转调到行政事业单位去。这年头,有腿子的人都是企业下了岗,转身在行政事业上了岗。就连洗头房的某小姐也摇身一变,成了政府部门的职工。但杨争喜要是摆架子呢?要是以此要挟呢?叶莺顾虑重重。

经过一夜的辗转反侧,最终,叶莺还是鼓足勇气拨通了杨争喜的手机。正是早晨九点多钟,房子里一片寂静。她是等丈夫走出门后,静了静神,才给杨争喜打电话的。她不愿丈夫碍手碍脚地影响她和杨争喜的通话。她站在卧室中央,屏息凝神地谛听着对方悠长的回铃,心跳得快要蹦出喉咙了。

终于,手机的那头在一片喧嚣中传来了一声不冷不热的:喂?是杨争喜!叶莺突然间呼吸急促起来。一阵羞怯使她喉头仿佛堵塞似的,准备了一肚子的话顿时不知从何说起。她生怕自己在一瞬间失去勇气,情急之下,干脆甩掉客套,来了个自报家门,不容对方做出反应,就直截了当地提出:争喜,我要见你!越快越好!她不知不觉省略了杨争喜的姓。

啊?……杨争喜颇为意外。叶莺感到了他心律的加速。她面颊不禁微微发烧了。

牛县长今天要下乡,我走不开。我、我身不由己啊……杨争喜声音越来越低,充满了深深的无奈。

叶莺从他的语气中又一次感到了他那热热的、辣辣的、柔柔的、脉脉的、黏黏的目光。她心头一热,不禁拖长声音,有些娇嗔地叫道:

争——喜——

哦!……杨争喜仿佛一愣,恍然从某种思绪中回过神来,立即警觉地问她:有什么事吗?

这才是问题的关键!叶莺按捺不住激动,连珠炮般的说道:争喜,我求求你,你给牛县长说说,把我调到事业单位吧!我、我实在没辙了……不知怎么的,她鼻孔一酸,喉头就哽咽起来了。

我?这、这……杨争喜为难了,一声悠长的叹息后,陷入了难言的沉吟中。

叶莺的心一点一点地下沉着。就在她双腿软得快要站不住的当口,杨争喜突然斩钉截铁地吼了句:行!你等我的电话吧!随即挂断了电话。

叶莺松了口气,心总算落到了实处,但接着又悬起来了。她是个明白人,她从杨争喜舍命陪君子的悲壮语气中,感到了事情的艰巨性。毕竟杨争喜不是牛县长,他能做到这一步,已很不容易了。在牛县长面前,他不知还要费多少周折!

但事情的进程,远比叶莺想象的还要复杂、困难、漫长得多。杨争喜那边久久不见动静,叶莺这边就度日如年。有好几次,她按捺不住,试试探探地拨出了杨争喜的号码,可不等对方手机回铃,就挂断了——她实在没有勇气听到失望的消息。她宁愿在等待的悬念中一直忐忑不安地生活下去。

终于,杨争喜来电话了。

杨争喜到底没有辜负她的厚望,在征得牛县长同意之后,约叶莺晚上去牛县长家里,要她当面向牛县长说明困难。态度一定要诚恳,语言一定要感人哟!杨争喜再三叮嘱。

可一挂断电话,她的心就突突地跳起来了。

她的路,一步步都是父亲在世时一手铺成的。步入社会二十几年来,她只硬着头皮去了趟厂长家。那是厂子刚开始实行竞争上岗时,她为了不被刷下来,春节期间用近两个月的工资给厂长拜了个年。站在厂长家宽敞得几乎要与会议室媲美的客厅里,她很是局促不安。厂长对她本人的兴趣,远远超过了那份她苦心经营的厚礼,两束丝毫不作掩饰的目光,火舌一样在她身上的敏感部位反复舔舐。

她天生一个美人坯子,苗条端庄的身段,仿佛就是为匹配新潮时装而生就的,无论什么款式,只要往她身上一搭,立马就能收到出乎意料的效果,更能衬托出她美丽、大方、亭亭玉立的俊秀风采。这是她的骄傲,也是她的烦恼。

她几乎是逃一样慌乱地离开厂长家的。路上她不止一次地赌咒发誓今后再也不干求人的事了。可眼下,为了生存,她又要重蹈覆辙了,并且所求的是比厂长身价高得多的常务副县长!她心中又怎能不发憷呢?

叶莺惶恐不安了好半天。但不到黄昏,她就开始梳妆打扮了。她那张椭圆脸,日晒不黑,风吹不皱,永远都是白里透红,光洁丰润,是不需要费时费神的。她只淡淡地描了描眉梢,那双会说话的大眼睛就水灵灵的神采飞扬了。

但打开衣橱,站在穿衣镜前,反复比试着一件件衣服时,她又作了难——质地上好的服装,给人以摆阔之嫌,与她此行的目的背道而驰;可随身便服既显得寒酸、小气,又显得不尊重对方。最后,她只好选用鲜艳的低领束身衫配米黄色的超短裙,一片雪白的酥胸因一枚金光灿灿的鸡心坠子项链,衬托得她气质高雅而又美丽动人。可这符合下岗女工的身份吗？她毕竟是去求人的呀！但试着把项链摘下，她的整个形象就显得那么美中不足！正在左右为难之际，杨争喜来电话催她动身了。

夜幕降临，她赶到了政府家属区。杨争喜早在大门口等着。见了面，二话没说，接过她手中沉甸甸的礼品，领着她就向里面走。站在牛县长门前，杨争喜按门铃的瞬间，她的心莫名其妙地跳起来。她下意识地往杨争喜身后躲了躲。

她记不清自己是怎么走进牛县长家门的。清爽的日光灯下，牛县长的客厅布局简洁而又明快，纯为点缀的摆设，与一点也不豪华的客厅融为一体，散发着淡淡的典雅。叶莺的紧张感渐渐地减少了。

牛县长白净的国字脸上充满了热情的笑意，一副金丝眼镜使他全身上下都是文质彬彬的书卷气。他把沏好的茶水一一摆上茶几后，才发现叶莺依旧茫然地站在客厅中央。他立即礼貌地做了个请的手势：坐！坐呀！等叶莺落座，他也就势坐在叶莺对面，和蔼地望着叶莺。

叶莺心中的顾虑冰一样融化着。

吃水果呀。牛县长笑眯眯地说，充满了关怀的目光，很纯净、也很坦荡地望着她。

直到现在，叶莺才蓦然想起，她自进门来，竟哑巴一样的还未说一句话。她的脸微微发烧了，想了想，双手端起面前的茶水，恭恭敬敬地递向牛县长，叫了声：牛县长！她听得出自己的声音在发颤。她没想到自己竟这么没出息！她事先想好的一席话，一刹那间，竟半句也记不起来了。她难为情地瞟了杨争喜一眼，又看了一眼牛县长，垂下了头。她不知怎样向牛县长开这个口。

牛县长宽容地一笑，倒主动挑破了话题：你们厂子在搞评估，要公开拍卖。是吗？

嗯！我们已经两年没领到一分钱的工资了。只能靠政府发的最低生活保障金生活。我……一提到厂子,叶莺就打开了话匣子——她说厂子的艰难,诉自己的艰辛,说着说着,突然鼻孔一酸,晶莹的泪珠夺眶而出。牛县长的亲切,使她孩子般的感到一阵委屈。

牛县长很快就引开她的话,做了个深呼吸,不紧不慢地说道:

改革初期绕过的问题,现在已深化为尖锐的社会矛盾。国企改革是国家目前的瓶颈,而大地塑料厂的改革,是全县工作中最难对付的瓶颈啊!

叶莺的心重重地向下一沉,隐隐约约间,她感到牛县长在一番大道理之后要拒绝她的要求了。

忽然,牛县长话锋一转,语气朗朗:

你的事,小杨已对我说了。目前全县人事冻结,原则上不允许从企业上调进一个人。我得找机会给你办理,你呢,得有耐心等待。好吗?

我的天!叶莺激动地站了起来,她咬紧嘴唇,在频频点头的同时,泪水忍不住又扑簌簌地掉了下来。她只觉得满腹的难言之隐,都让牛县长替自己说出来了。她不知再补充什么,才能更确切地表达出自己深深的感激之情。

牛县长也站起身来,做出送客的意思。直到此时,牛县长的目光才落到叶莺带来的礼品袋上,颇为歉意地说:这?你看这、这……见外了,是吧?到我这来,还带东西?小杨,我可要批评你哟!

不!不!与他没关系,这是我的一点心意。牛县长,你可一定要收下啊!叶莺急红了脸,在信手拭去再次夺眶而出的泪花时,匆匆告辞了。

叶莺走下几级楼梯后下意识地回过头去,看见牛县长仍站在门口。她心头一热,向牛县长招招手,眼前一片泪光。

从此以后,叶莺又恢复了少女时代公主般的矜持。她昼夜如履薄冰的感觉消失了。她仿佛一艘颠簸的小船安然靠上了坚实的码头,又像一个迷路的孩子找到了家门,心里充满了踏实。

在同龄人中,叶莺不算是个背时鬼——她是野马河两岸最漂亮的女孩,更是野马河畔九十九个村子最幸运的女孩。梨花中学尚未毕业,就更改年龄,捞了个招工指标。进了大地塑料厂,一半受父亲的庇荫,一半是她天生丽质,优越感有增无减。直到父亲不幸半道归天,直到后来厂子停产,领不上工资,她才感到了生存的危机,感到了受人歧视的耻辱。

打开电视,叶莺调到本县试办频道,斜歪在沙发上,一边嗑瓜子,一边等着本县新闻。原先,她对新闻不感兴趣,可自从牛县长家回来,她就喜欢上本县新闻了。因为,从新闻中,她可以一次又一次地从不同角度,毫无顾忌地看牛县长,借以抒发对牛县长万分的感激之情。叶莺很后悔那天晚上刚听到牛县长答应自己的事,就沉不住气地一下子站起来,让牛县长误认为自己办完事便抬屁股走人。其实,她完全可以多坐一会儿的,她也想多坐一会儿的啊!

本县新闻开播了。这次,叶莺不但看见了牛县长,而且竟看到杨娜娜,披红挂彩地站在领奖台上,神采飞扬地抱着一块金光闪闪的大奖牌,被誉为什么下岗再就业标兵,被播音员柔美的声音夸得花一样美丽。叶莺不屑地一摁遥控器,重换了个频道,看起了搞笑剧《春光灿烂猪八戒》。心中暗暗冷笑着:什么破标兵?拿根针当棒槌使,纯粹中看不中吃!明明被人卖了,还帮人贩子数钞票!

于是,叶莺就为自己深深地庆幸。

于是,叶莺就觉得办事太容易了,容易得叫她置身于梦幻般的不真实。由此,她就很想给牛县长回报点什么。不如此,她心里就虚虚的踏实不起来。

一天天过去了。

一月月也过去了。

牛县长那边静悄悄的，没有丝毫消息。

叶莺沉不住气了。

叶莺心急如焚。

叶莺就又去了牛县长家里一次。当然还是杨争喜陪她。杨争喜初始不乐意，他提起和叶莺同行就发憷，可经不起叶莺的一番软磨硬泡，最终硬着头皮敲开了牛县长的门，唯唯诺诺的很不自在。

牛县长照样很热情，招呼叶莺坐，也招呼杨争喜坐，拿出老家特产——红红的、软软的、甜甜的柿子让她和杨争喜品尝。牛县长目光落在叶莺那份不薄的礼品上，不满地皱皱眉，叹了口气，转脸对杨争喜：小杨，你是不是……嗯——？

杨争喜低着头。

叶莺急急忙忙站起身：牛县长！这是我的一份心意，他一见面就埋怨我，说我是给他揽批评。可我……我……叶莺突然语无伦次了。

牛县长摆摆手，再次请叶莺落座，目光收回来，对着叶莺，和蔼可亲地笑笑：与你无关。我是批评小杨，他又不是不知道我的脾气！好了，下不为例哟，小叶！

叶莺舒了口长气。

你的事还得再等等！你看这……牛县长面露歉意。

不！不啊！牛县长，我、我是来看看你的，我不是……叶莺突然间脸红了，很不好意思。

以后常来啊，可不准再拿东西！牛县长口气很坚决；你一个下岗职工，靠低保度日，够难的了！牛县长挺通情达理地说。

叶莺拼命地点着头，她差点儿又要流泪了。

近日生活有困难吗？牛县长又关切地问。

没有！叶莺果断地回答。她不能蹬着鼻子就上脸。

生活中要是有困难,就给我来电话。小杨,你回头把我的号码告诉小叶吧。牛县长也给了杨争喜一张和蔼的脸。

走出牛县长家,叶莺只觉得多少天来的焦虑、苦闷、忧愁都随之烟消云散了。有牛县长如此这般的关怀,她就是再等多长时间,再苦多长日子,都心甘情愿,都无悔无怨。同时,叶莺还明显地感到,牛县长并不讨厌她的造访,很乐意与她聊天。她不由地摸摸自己的脸蛋儿,突然有一种特别想唱歌跳舞的感觉。

胆小鬼!她抿嘴一笑,暗暗地骂了句杨争喜。

牛县长和杨争喜成了叶莺生活中两个最重要的人物。丈夫在保险公司上班,为完成保额任务,忙得足不沾地;女儿已到高二,食宿都在学校,只有周末回家。平时,叶莺一人在家,看电视、织毛衣、嗑瓜子,很寂寞,很苦闷,也很无聊。

现在,叶莺对生活有了新的希望,精神有了新的寄托。牛县长很忙,再说人家是领导,叶莺不可能常常去登门拜访,倒是杨争喜和她隔三差五地常见面。见了面,杨争喜还是以他那热热的、辣辣的、柔柔的、脉脉的、黏黏的目光看叶莺,叶莺觉得这目光好温馨,好美妙,好珍贵,也好幸福。她便后悔当年对杨争喜的过激行为,并为此深深内疚。

有次,叶莺拨通杨争喜的手机。杨争喜声音压得低低地问:什么事?

叶莺嘻嘻地笑着:难道有事才给你打电话?

杨争喜立即挂断了电话。

叶莺一怔,泪水就夺眶而出了。

叶莺知道,从她求杨争喜的那一刻起,自己就在杨争喜面前掉价了。我就这么讨嫌?我不叫你白帮我的忙!

可就在叶莺自思自叹、悲悲戚戚之际,杨争喜电话过来了。叶莺看了一眼,没有接听,可心中的委屈已消失了一大半。电话固执地响着,叶莺破涕为笑,学着杨争喜刚才的声调:什么事?

你听我说,刚才牛县长在车上,你又是那样的笑声,可把我吓坏了。喂,说话呀。杨争喜急切地向她解释着。

没关系,我理解你!叶莺临时改变主意,这样对杨争喜说。

理解万岁!杨争喜那边如释重负。

你忙吗?叶莺轻轻地问。

咋啦?杨争喜不解。

人家就问问嘛!叶莺再次改变了主意。

闲下来的时间,叶莺就扳着指头盼节日。端阳节过了盼中秋节,中秋节过了盼国庆节,国庆节过了盼春节。因为,节日,叶莺就可以借机去牛县长家,给牛县长表达自己的一番心意。而节日,牛县长一般不会批评杨争喜,也不再推辞她。尽管这么一来,她的银根紧缩了,但她家里还是略有积蓄,她可以向朋友们借,她还可以节衣缩食啊。可她又不能穿得太寒酸!她发现牛县长并没有因为她是下岗职工,为她装扮前卫而怀疑她困难的不真实性,从而影响她工作的调动。牛县长大人大量,明察秋毫,不使她难堪,给足了面子。他不愧为人民的父母官!这样的人,早就该当一把手了。呵!牛县长要是当上一把手,那她的事不就更顺利了吗?她的日子不就越来越好过了吗?杨争喜这小子,不也就更加神气活现了吗?

叶莺去菜市场的路上,发现鲜花店的玫瑰很抢手。一打听,原来是情人节到了。叶莺的心就突突地狂跳起来,步子也有些慌乱。她生怕冷不丁碰上杨争喜,拿着一束鲜艳的玫瑰花往她手里塞,可她又隐隐地有点儿失落,总是满怀信心地渴望着什么。她掏出手机,看了看,没有未接来电,也没有短信。她怕街上杂音大,听不到,就把手机设置到响铃及振动上。

晚上,叶莺心中空得不行,到底还是按捺不住,给杨争喜拨了电话。杨争喜嘻嘻哈哈的,显得很高兴,很随便。叶莺就猜出他还没回家,也没与牛县长在一起,便放开和他开了通很愉快的玩笑,直到要挂电话时,杨争喜也没向叶莺说出那句她所期望的话。这粗心鬼!叶莺就提醒他:知道今天是什么日子吗?

情人节。他一点也不粗心。

你想要什么花?我送你。叶莺故意损他。

两种花。杨争喜乐了。

说吧。别客气!叶莺心中却骂他:脸皮厚!

有钱花,随便花。行吗?杨争喜笑出了声。

叶莺也笑了,随即告诉他:你真美啊!

是吗?哪里美?杨争喜觍着脸,语气美滋滋的。

想得美!叶莺开心地大笑。

杨争喜也开心大笑。

挂了电话,叶莺才听到急促的门铃声不知已响了多久。从猫眼望出去,程控灯光里,站着工友张明芳。

一进门,张明芳就抱怨手指都摁肿了,问叶莺为什么不开门,是不是金屋藏郎?叶莺嬉皮笑脸地拧了一下张明芳脸蛋儿,双手把她往卧室推:当然有啊,是个猛男,等着你这大美女!笑闹一番后,两人落座,叽叽喳喳的闲聊中,叶莺才知道:马小燕开了家煎饼屋,生意很火爆。雇了两个打工妹,自己当起了老板。

杨娜娜呢?

你不知道哇?她开在一中校门对面的麻辣烧烤城,迷倒了半个城。你女儿是她最忠实的顾客!你一天忙啥呢?咋这么的孤陋寡闻?

叶莺未知可否地笑笑,很自负。

嗨!张明芳言归正传,国务院一位副总理过几天要来,听说没?

怎么啦?叶莺一下子反应不过来,有些糊涂地问。

明知故问？真是的！张明芳生气地把嘴一撅。

叶莺恍然大悟，脸刷的一下发烧了，可嘴还是很硬：小心眼，没看见人家感冒了，正发高烧吗？来，摸摸！叶莺拉起张明芳的手。

张明芳就摸了摸叶莺的脸蛋，果然很烫。接下来就无不担心地问她：挡副总理的车队，你去不去？

当然去！叶莺慷慨激昂。

送走张明芳，叶莺就编出了一整套无懈可击的溜队理由。想了想，她拨通牛县长的电话，先是抱歉深夜打扰，然后报告了钢铁战士们的全盘进军计划。牛县长显然很重视，也很高兴，表扬了叶莺。

叶莺以异常愉快的心情，进入了梦乡。

雪花飘飘，又是一年将来到。寒流一场接一场，小城出奇地冷。叶莺赶在春节放假前，准备停当一份拜年厚礼，给牛县长打了个电话，约好拜访时间，就细心地装扮起来。

现在，叶莺可以不让杨争喜陪同，独自一人去牛县长家了。这样一来，杨争喜洒脱，牛县长自然，叶莺也不压抑。她穿件窄窄的、薄薄的纯白色短款羽绒衣，乌黑发亮的头发披在肩上，飘飘洒洒的怪有几分神韵。

华灯初上时分，叶莺乘坐一辆红色出租车进了政府家属区。她走下车，抬头看了看，牛县长的窗口亮着灯，说明牛县长在如约等她。她将礼品倒了一下手，按按嘣嘣狂跳的心口，加快了步子。

是牛县长亲自开的门。牛县长看了看叶莺手中的东西，欲言又止，无可奈何地摇摇头。叶莺松了口气。牛县长客气地给她让座，她落落大方地把茶几上略显凌乱的果皮收拾进墙角的垃圾筒，接过牛县长手里的空茶杯，涮了涮，先给牛县长冲了一杯茶水，再给自己倒了一杯纯净水。

客厅的顶灯，光线很柔和。屋子里暖气很热，叶莺一阵忙碌，坐下来，从领口处探出的那张脸，红扑扑的像颗熟透的苹果，密密的汗珠如正午阳光下的水滴,一点一点地洇开来。她不时地用餐巾纸擦拭脸上的汗水。

牛县长打开电视,画面上国家领导同志冒雪慰问困难群众,当然也有下岗职工。你喝水。牛县长招呼她一声,眼睛盯住了电视,神情仿佛很感动。

叶莺浑身热得不行,借机把羽绒衣的链子往下拉了拉,玫瑰红内衣便露了出来,饱满的胸部顿时变成了一朵绽放的花蕾。牛县长可能是听到了拉链声——或者是下意识地一回头,目光正好落在叶莺那朵鲜艳的花蕾上。两人都有些尴尬。

不过,牛县长到底是牛县长,他很快就摆脱窘境,找到了轻松的话题:年事准备得怎么样了?

随便买了点东西。这几年都把过年不当回事。叶莺莞尔一笑,美齿很灿烂。

是啊!牛县长深有同感地点点头,把电视的遥控器递给叶莺:爱看什么节目,自己找。

叶莺说:这个节目就好。很礼貌地把遥控器还给了牛县长。

牛县长换了几个频道,停下来,问叶莺:平时有什么爱好?

叶莺低下头,红了脸:就爱织毛衣。

牛县长开导她:闲时间多读点书,书是人类进步的阶梯嘛!选一样高雅的爱好,以陶冶情操。说着说着,牛县长就流露出自己爱好美术。纯属涂鸦啊!牛县长自嘲,起身进了书房,不一会儿便拿出一张宣纸,在茶几上展开:乱云飞渡的天空,高峻挺拔的险峰,一株青松岿然不动,迎风斗雪。左上方龙飞凤舞四个字:自强不息。右下角:叶莺同志雅正。墨迹未干。叶莺喜出望外,不相信地睁大了眼睛。

送给你共勉。见笑,见笑了啊!牛县长谦虚地说。

这、这……叶莺兴奋地、激动地双手在胸前摩擦着。不料,这一摩一擦,胸口的花蕾就成为盛开怒放的花朵了。

牛县长又把一张盖有公章的小票放在叶莺面前:快过年了,这张春节福利券,算是我对你全家人的一点心意。

我的个天哟!叶莺感动得天旋地转,激动得热泪盈眶。走出政府家属区,站在马路上,她干脆嚓的一声,把羽绒衣的链子一拉到底,让寒风尽情地吹。她掏出福利券来,就着路灯一遍遍地看,票券是县内一家大型企业赠送的,上有五十斤青油,一百斤东北粒粒香大米。叶莺抬起头来,漫天轻盈的雪花,一片片,又一片片,欢快地飘着、舞着,静静地落在她滚烫的脸上。

叶莺想起了杨争喜。此时此刻,她多想伏在杨争喜肩上,淋漓尽致地大哭一场啊。她太需要释放了,也太需要一个与她分享幸福的人了。可是,杨争喜关机了。叶莺失望地叹了口气,很落寞。

叶莺过了个今生今世最美好、最难忘的春节。

节后,社会上沸沸扬扬地传出牛县长即将调任市司法局局长的消息。叶莺不由地又紧张起来。转念一想,又释然了许多。也许是件好事,这年头的领导哪个不是临走时权用尽,钱花光,给后任留个苍蝇都不叮的烂尾巴?说不定,牛县长走马上任之时,就是我叶莺苦尽甘来之际。

事情,果然还真叫叶莺给猜准了。牛县长来电话了,叫叶莺写份调动申请,尽快送到他的办公室来。申请,叶莺第一次见牛县长时,就写好了,只需填个具体的年月日。可叶莺还是迟迟没有送过去。她觉得牛县长要走了,这一走,人海茫茫,不知何年何月才能见一面?她总觉得对牛县长有歉,有报答不完的恩。她不能两手空空的去。

叶莺东奔西跑,又凑了一万元,连同申请一起给牛县长送去。牛县长接过叶莺的申请,看也没看,就匆匆地在右上方龙飞凤舞地写上一行:情况特殊,请劳动局研究解决。然后,郑重其事地署上了自己的大名。

好了！叶莺长长地舒了口气。她悄无声息地把一万元掖压在牛县长办公室的沙发垫子下面。走出政府大门,她找了个僻静处,用电话告诉了牛县长。牛县长没有批评她,也没有生气,而是很客气地推辞着,叫她返回拿上。叶莺轻轻地挂断了电话,泪水在她白皙的脸上痛快地奔流着。

叶莺把申请交给了劳动局,静静地等待着消息。

牛县长走了,在小城留下一片好名声。

新常务副县长上任了。叶莺从电视中左看右看,无论是风度,还是态度,都比不上牛县长潇洒、和蔼。牛县长的才能可以当一任市长,怎么才给了个司法局局长呢？叶莺为牛县长叫屈。

叶莺又去了趟劳动局。出乎意料的是：她的申请被退还！咋回事？这到底是咋回事？叶莺气愤地质问。有人把县委、县政府联合下发的一份红头文件推到了她面前。怎么？人事又冻结了？还有,自去年元月至今,凡企业转调行政事业单位的,已办理的,一律退回；未办理的,立即作废？这不是人一走茶就凉是什么？这不是要人的命吗？还叫人活不活？

叶莺大叫一声,口吐鲜血,昏厥在劳动局办公室。

后来,叶莺才知道,全县企业下岗职工中,竟然有将近二百号人手持牛县长签字的转调申请,字迹和叶莺的一模一样,句子和叶莺的一字不差。

叶莺笑了,笑得令人毛骨悚然。

短篇小说

老马传略

老马二十三岁那年的清明节晚上，被拉了兵。那时的老马还不叫老马，野马河两岸的老老少少都异口同声地叫他为马大癫子。兵荒马乱的那时节，野马河两岸九十九个村子的每一双眼睛都充满了对抓壮丁的恐慌，马大癫子也不例外。马大癫子是在成功地把漆树梁土匪引进自家门庭，又成功地暗示土匪不用吹灰之力就搜出了他家一箩筐白花花的银元后，用土匪赏钱在梨花镇醉春楼与名妓一品红销魂荡魄之际，由父亲带路，从被窝中抓走的。

被抓了兵的马大癫子恨死了父亲，也厌死了部队。他在一路步行，一路火车，一路汽车，天南地北、晕头转向地转来转去期间，都忘不了一个逃字。可蒋委员长手下的得力干将，黄百韬不是吃干饭的，那军纪，严的！

马大癞子想起心中就发憷。

一次,在运河车站附近与日军的遭遇战中,马大癞子所部一败涂地,仓皇之际,尽管马大癞子跑得比兔子还快,但还是被流弹击中脚踝,进了战地医院。尽管马大癞子硬是赖着多躺了半个月,但还是无可奈何地重新归队,未能如愿以偿地被遣送回家。

霉透了的马大癞子本就是一只破罐子,现在更不在乎破摔了。在士兵中他横着来,像只刺猬子,滚到哪里,哪里怕。于是,马大癞子的浑就出了名,就成了士兵私下拥戴的头号首领,在部队驻地继续着偷鸡摸狗的勾当,并屡屡得手,游刃有余。这么一来,马大癞子便乐不思蜀了。

一晃到了公元一九四八年冬季,那是马大癞子记忆中一个特别寒冷的冬天,国共两军进行淮海大决战。刘峙、杜聿明、黄维、邱清泉……一时间,战将云集,群星璀璨。数百架飞机铺天盖地,上千门美国进口大炮森林般竖立,数千辆坦克整装待发,准备精良的机械化部队枕戈待旦,一举消灭共产党军队的日子就在眼前。

不料,解放军如一把张开口的铁钳,从四面八方,前后左右一招一式黑压压地伸过来,紧紧地、死死地钳住了一支支虎狼之师,又如一柄柄锋利的钢刀直劈开来,把各路大军或拦腰斩断或截为数段或掐头去尾,而纵横交错的深沟深壕,使威风凛凛的机械化辎重如陷泥潭,进不得,又退不得,一场又一场的恶战,打得天昏地暗,打得狼哭鬼嚎,打得山河色变。

就这么的,一支武装到牙齿的美式机械化部队,被解放军打了个稀里哗啦,雪球一样四散开来。兵败如山倒,先是整连整连的投降,后是整营整营的投降,接着就是整团整团的哗变,整师整师的被俘。

与此同时,解放军又展开强烈的攻心战术。枪炮声一停,前沿阵地上就响起不厌其烦的喊话。喊话动之以情,晓之以理,都是人间天伦,儿女情长。当然最多的内容是:国军弟兄们,我们都是贫苦出身,是一根藤上结的两个苦瓜。你们都上有老,下有小。父母眼泪汪汪地盼望你们早日平安回家;妻子依在门框,对你们望眼欲穿……听着听着,有人就深有感触地流下泪来,有人就叹口气深深地垂下头去。

这时,马大癫子就破口大骂:放你娘的屁,老子就不想家!老子的老子叫饿狗大卸八块了,老娘跟上嫖客跑了,老婆当了婊子,儿女们正在投胎路上找花姑娘的肚子呢。哈哈哈!

这招,对马大癫子的确不起任何作用。他看准自己班的李小个子动了心,便不动声色地盯李小个子的梢。李小个子趁黑夜巡哨之际,悄悄地、一步步地往阵地前沿凑,时不时还虚张声势地拉拉枪栓。后来,就从裤腰抽出一条白布,挑在枪尖上高扬着,嘴里喊着:我投降!我投降!我是穷人!撒开脚丫子,没命地向解放军阵地跑去。

马大癫子不紧不慢地扣动了扳机,李小个子一声惨叫,一个倒栽葱,倒在地上。对面枪声大作,嗖嗖的子弹,打得马大癫子身前身后的土块雨点一样飞溅。马大癫子猫着腰,抱着枪,借助着战壕的掩护,乐不可支地跑回了军营。

三天后,马大癫子被俘。海天漫地的俘虏,一个个灰头灰脸的,被解放军赶鸭子般的集中到碾庄,黄漫漫的遮蔽了半边天,你看着我,我瞧着你,肚子饿得如鬼爪子抓,提心吊胆地等待着末日的来临。突然,解放军叫俘虏们吃饭了,每人一海碗萝卜菜,外加一个大馒头。狼吞虎咽地吃完,解放军长官训话了:解放军不虐待俘虏,不强迫俘虏,愿参加中国人民解放军的,举双手欢迎;愿回家的,发给路费,礼送出境!大伙儿面面相觑。马大癫子心中早就一百个不愿意在这枪林弹雨的日子里混下去了,可凭他的经验,天下没有免费的宴席,事情不可能这么简单,弄不好,一句话冒冒失失地出口,就会真的被送回老家!事不宜迟。马大癫子一步跨出,炸着胆子喊了句:我愿留下!

马大癫子就成了中国人民解放军战士。可接着,他就后悔地直咬舌尖。因为,接下来,解放军果然说话算数,那些要回家的俘虏,一个个发了路费,送出了军营。泼水难复,聪明反被聪明误。马大癫子吃了个哑巴亏。

经过匆匆整编,次日拂晓,随着三颗红色信号弹拖着长长的尾巴升上天空,一声令下,解放军对单集、双沟一带负隅抵抗的黄百韬残部展开了坚决、彻底的毁灭性打击。

马大癫子与大批投诚的俘虏一起掺在解放军中间,被飓风般的夹裹着向前冲去。马大癫子忐忑不安,老觉得前后左右、上上下下一双双眼睛都在不信任地盯着他,使他浑身不自在。尤其是老王头,一双犀利的目光仿佛要刺穿他的心底,使他不敢对视。

突然,斜刺里一股火舌扇面一样扫射过来,不少战士麦捆子般的倒在地上。他被人猛然重重地推了一把,身子一趔,倒在了地上。与他同时倒在地上的,还有解放军战士——一直叫他极不舒服的老王头。部队被这突如其来的火力重重地压住了,战士们身子紧紧地贴在地上。你没事吗?老王头关切地问马大癫子。马大癫子啐了下口中的土沫沫:没事!这时马大癫子猛然明白过来,他是被老王头推倒在地的,心中一热,就问了句老王头:你呢?老王头声音有些异样地回答:没事的。马大癫子偏头一看,炮火的光影中,老王头正吃力地用手往小腹里挤流出来的一盘肠子。你?马大癫子急急地腾出一只手帮他。

马大癫子趴在惊涛骇浪一样起伏的地面上,心中奇怪地想,这平日里射出去的炮弹,总觉得像个屁那样无力,让解放军一次次轻而易举地冲过层层天险般的防线。可现在,当自己处于昨天还在自己手中的火力下,这炮火的威力,竟然是山崩地裂,足以摧毁上千个徐州、上万条陇海路,使他心惊胆战,使他生不如死……

就在马大癞子胡思乱想之际，国军那个火力点轰隆一声，飞上了天。冲锋号响了，部队如决堤的洪水，呐喊着冲了上去。马大癞子一跃而起的同时，他下意识地低头看了一眼身边的老王头。老王头也一跃而起，但双脚刚刚落地，就身子一晃，重重地倒了下去，大口大口地喘着气，向他摆摆手，示意不要管他。

黄昏时分，战斗解决了，红旗猎猎飘扬。山上山下，淡淡的硝烟中，横七竖八地躺着阵亡的解放军战士和国军士兵。双方士兵有的横眉冷对，有的悲天长啸，有的难解难分地扭在一起，有的口衔对方的鼻头或耳朵不放，有的刺刀同时插进对方的胸膛同归于尽……河流一样的鲜血，染红了冰天雪地。

老王头没有跟上来。他替马大癞子挨了结结实实的一梭子子弹，牺牲在冲锋途中了。马大癞子心有所触，一阵伤感，可念头一转，就暗暗地侥幸起来。

马大癞子迈着大步跨过一具具尸体。这是他多年来养成的一个习惯，他一双眼睛漫不经心地到处扫视着。其实，他是在娴熟地寻找着线索。过去，他曾不止一次地从那些僵硬的、血迹斑斑的身上摸出过自己需要的东西，补充自己瘪下去的腰包。他忽略过解放军战士不管，他忽略过国军普通士兵不管，他一双带有专业性的目光专在国军军官模样儿的身上巡查。

不过，马大癞子这次多长了个心眼儿，今非昔比，他得先蹚蹚解放军军纪的深浅，他不能睁大眼睛往刀尖上碰。所以，他只是转转，只是看看，对发现的目标，手痒痒，却迟迟不肯动手。

就在这时，横七竖八的尸体堆中，一支左轮手枪黑森森的枪口颤颤巍巍地对准了马大癞子。一声尖锐的枪响，子弹低低地几乎是贴着地皮飞来，不偏不倚地打到了马大癞子那只曾经受伤的脚踝。

马大癫子一个趔趄,重重地跌倒在地,咧着嘴,双手捂脚,鲜血泉水般的从指缝间汩汩溢出。

大江大河都蹚过来了,却在一条浅沟翻了船。马大癫子沮丧极了。他躺在乱石堆中,一边接受着战地卫生员的包扎,一边懊恼地想,要是他那天也仗胆喊一句回家,就不会发生这么倒霉的事了。

马大癫子被送进了后方医院。他这次的确伤得不轻。那枚仿佛长了眼睛的子弹,准确地穿进了他原先的旧伤口,破碎的弹片深深地钻进踝骨缝隙,牢牢地卡在了里边,专家们想了很多办法,大大小小的手术动了不下五六次,可就是取不出那片细碎的弹片儿。

这次再不用马大癫子耍赖,他在医院一躺就是半年,部队早已转战千里了。对马大癫子而言,这不能不说是不幸之中的万幸,不说别的,光那一天天送进来的伤员,就说明前线的仗打得多么地惨烈,并从熟人口里不时地听到原先一块要好的某某受伤了,某某阵亡了。马大癫子就心安了,理得了,静静地养伤。

但很快,马大癫子就接受了这么一个残酷的事实,他的脚踝骨伤情严重,定了个一级伤残。根据部队规定,得复原回家。部队首长亲切地拍着他的肩膀,叫他别怕,说他是革命的功臣,回家后凭部队发的证明,找当地政府,直接享受革命伤残军人待遇,安安稳稳、幸福美满地过一辈子。

马大癫子不傻,也许对他来说,这是一个圆满的结果。他怀揣革命伤残军人证明回到了野马河畔,气昂昂地跨进自家大门,理直气壮地一屁股端坐在炕头上。

其时,野马河两岸的男女老少正欢天喜地地扭着秧歌庆解放,九十九个村子,整天价回响着信天游那悠长缠绵的调子。马大癫子的老爹像只被打断了脊梁的狗,低头出,顺眉入,苦着一张阴沉沉的脸,愁得不行。哪里还有心思和儿子提当年那笔旧账?可马大癫子不能不提。

解放了。马大癫子对爹说。

……爹袖着手,低头不语。

马上就要定成分了。马大癫子继续说。

……爹的脑袋,大倭瓜一样沉沉地垂在胸前。

这房、这院、这杈把、扫帚,这牛、这羊,还有土地,都要分给穷人了。马大癫子一副拉家常的架势,跟父亲聊。

父亲突然老泪纵横。

别哭,别哭啊,你应该笑,应该大笑才是啊!马大癫子靠近父亲一点,低下声音:你说,当年的那一箩筐银元,要是不叫土匪抢走,你会用它干什么?你还不是用它来置房、买地、买牛买羊,扩大家业,把你的家干得红红火火的。可这么一来,你的日子就比今天更难过。

父亲面有愧色,把脸转向别处。

接下来,划成分,分浮财,分田地。马大癫子家本就一个破落户,被定了个小土地出租成分,名列富农之下,与那些显赫一时的大户相比,少吃了很多皮肉之苦。

怎么样?还心疼你那一箩筐银元吗?我和老大,到底谁是败家子?马大癫子得意洋洋。

父亲无言以对。

马大癫子本人,当地政府具体问题具体对待,不冤枉一个好人,也绝不放走一个坏人,被定为贫下中农。何况,一白遮百丑,一顶革命伤残军人的桂冠,就够叫野马河两岸的父老乡亲刮目相看了。马大癫子吃着国家供应粮,拿着抚恤金,住着胜利果实——梨树湾大地主杨耀祖那座被没收的三间青砖瓦房,日子过得优哉游哉。

春夏秋冬,别人面朝黄土背朝天地干活,马大癫子斜披着那件旧军衣,一瘸一拐地这家地头转转,那家地畔站站,时不时与田间地头他喜欢的女主人开几句不咸不淡的玩笑,日子很有色彩,更有滋味。

这时候,野马河两岸男女老少早就把他马大癞子的诨号丢到一边了,而是带着尊敬的口气当面背后都叫他马家老二。马家老二听在耳中,喜在心头。大喜过后,马家老二心中就怅怅的,好不失落,好不凄楚。这宽敞明亮的三间青砖瓦房,要桌子有桌子,要板凳有板凳,要锅有锅,要碗有碗,要瓢有瓢的,可就是没个暖身也暖心、知冷又疼热的女人!

马家老二的脚踝,平常只叫他一瘸一拐的,行动不便,看上去有些不雅。可逢天阴天晴,就有些痒,钻心地痛,痛得他龇牙咧嘴的直抽气,脚就不敢落地。他拄着一根青竹拐杖,两步一歇,三步一停地去找民政局,坐在局长办公室椅子上,卷起裤腿,褪下袜子,露出那斜斜的几道伤口,深深的一个坑洼的脚踝,叫局长看。

局长就凑上前来,认真地看,关切地问,十二分地尊敬,十万分地重视,拨款让专人陪同,先去县医院治疗,后去天水治疗,再就去兰州治疗。可这些医院只能是对马家老二的脚踝进行消炎,进行清洗,都没有办法取出那片卡在脚踝骨缝里面的弹片儿。

开始,马家老二也痴心妄想着能被一只回春妙手灵巧地一刀挑出那片弹片来,好让他长长舒口气儿,心安理得地享受革命伤残军人的待遇。可渐渐地,马家老二就对弹片的取出与否不那么热心了,甚至有些不在乎了。反正不管怎么说,革命伤残军人这张皮,他今生今世背定了。马家老二担心要是弹片取出来,他的脚踝不受影响,再不让他一瘸一拐,行动起来如履平地。那,他革命伤残军人的待遇不也就随之不见了吗?如此一来,他那一枪,不就白挨了吗?

马家老二回到梨树湾老老实实地呆了好长一段日子,没敢再去找民政局,倒是民政局不放心,找上马家老二的门来,看到他安然无恙,才松了口气。此后逢年过节,民政局领导,总要陪同县上领导翻山越岭来到梨树湾,来到马家老二这座青砖瓦房,给马家老二带来茶叶、香烟、大米、细面,还有一张画。

突然,有一天,县城来了一匹枣红马,一个身穿四个兜儿的中年干部说是奉命来接马家老二去县城机关讲革命战斗故事。马家老二这一惊非同小可。他从戎八九年,可那是国民党反动派黄百韬的部队呀,他在中国人民解放军部队,满打满算,只有一天半时间,就负伤住院了——而且一住就住到了复员。这能算战斗故事吗?

可不讲,他这革命伤残军人的荣誉又是怎么来的呢?马家老二被逼上梁山了。罢罢罢!脚一跺,天下没有能难倒他的事。他眉头一皱,计上心来,无师自通地来了个反弹琵琶,闭上眼睛,想呀想,把他在黄百韬部大大小小的战斗一绺一绺地理了个顺,捋出头绪来,移花接木到淮海大战,再把淮海战役上与解放军打的一场场战斗,打个颠倒,安排在解放军一边,添油加醋地一阵渲染,还有鼻子有眼,一招一招的既有大部队的行动,又有马家老二闪来闪去的身影。

他先给民兵讲,给机关干部讲,给工人讲,后来就给学生讲。他总是有些心虚,坐在主席台上,端着白瓷缸子,轻轻地呷口茶水,再轻轻地呷口茶水,清清嗓子,慢慢地讲着,一字一句地,仿佛在追忆,其实是试探反应,眼睛不时地瞥一下前排听众的表情,再试试探探地往下讲。

马家老二的战斗故事,深深地打动了听众的心弦。他一路鲜花,回到了野马河畔,又在野马河两岸掀起了马家老二的战斗故事旋风。家乡出了英雄,人人脸上都有光彩。梨花镇小学的马家老二战斗故事报告会,沸腾的场面,把马家老二推向了九霄云外,轻飘飘的老落不到地面来。

那一群大姑娘、小伙子——说是小学,可解放初期的野马河两岸,小学生都是十八九岁,甚至二十三四岁的大姑娘或小媳妇和个子枪杆一样高低的小伙子,有的已儿女成行,课堂上,婆婆抱着孩子走进教室,女生毫不害羞地掏出雪白的大奶子奶孩子的事屡见不鲜——团团围住马家老二,兴奋地呼叫着,喧闹着。

　　这时,就有一个大眼睛、双眼皮的长辫子姑娘奋力挤进人群,脸蛋红扑扑的,喘息微微地拿出一薄薄的、巴掌大小的本子来,翻开,低着头,叫了声:马大哥,请签个名吧。

　　签名?这可把马家老二难住了。他那双手,从来就没摸过笔,怎么会签自己的名字呢?马家老二的脸微微发红了,他难为情地看姑娘一眼,又看姑娘一眼,心突突地跳起来。他头一低,看见了怀中那束校方献给他的野鲜花,红的黄的白的,嫩闪闪的,散发着田野的芳香。他灵机一动,举手恭恭敬敬地向姑娘行了标准的军礼,递向姑娘:送给你,留个念,好好学习啊!

　　这……姑娘喜出望外,红着脸,鼻尖上渗满了晶莹的汗珠子,微微滚动着,搓着两手,不知如何是好。

　　拿上吧!马家老二不容分说地把鲜花塞进姑娘怀中。

　　哗!掌声雷动。

　　马家老二再低头看那姑娘时,早没影儿了。马家老二被前呼后拥地走出校门。他跨上那匹专为他准备的大青骡子,勒回头,向学校方向望了一眼,送行的人群中,没有那个姑娘,不免有些失望。

　　马家老二怏怏不乐地往回走着。他脑子里总是挥不去姑娘那水灵灵的大眼睛,一闪一闪,像蝴蝶的翅膀撩得他心痒痒的,好难受。

　　忽然,身后传来一声急促的:马大哥!他下意识地放慢骡子,回过头去,那姑娘抱着他送的那束鲜花,提着书包,一路小跑着向他奔来。他下了骡子,也急急地迎上去,问了句:咋啦?

　　姑娘害羞地白了马家老二一眼,低下头,小声说:人家来送送你嘛。又一扬脑袋,把长长的辫子优美地甩到了身后:怎么?你不欢迎?

不不、不……哦,欢迎！欢迎！热烈欢迎！马家老二语无伦次的,也涨红了脸。

接下来,马家老二就牵着骡子,与姑娘并肩漫步。姑娘快乐得像只百灵鸟儿,一张小嘴叽叽喳喳闲不住,问这问那,对什么都感兴趣,比如解放军为什么不怕死,比如国民党军队的女兵是不是个个都要画一张勾引男人的狐狸脸。马家老二迟疑半响,接着就老老实实地告诉她:其实,国军中的女兵比解放军的女兵更漂亮,军装整整齐齐的,尤其是夏天,短军装,穿上裙子,大腿白格生生的,还是挺精神,挺好看的。

……姑娘惊呆了,满脸狐疑地看着马家老二。马家老二心虚起来了。说呀,你怎么哑巴了呀。姑娘见他愣愣的,有些不满地噘起了小嘴儿。他舒了口气,试试探探地问:爱听吗？当然爱听啦！马家老二乐了,他就得寸进尺,大着胆子讲国军女兵:个子高高的、瘦瘦的,眉毛画得弯弯的,口涂得像红嘴鸦,美式军装胸前开两道叉儿,配以雪白的衬衣,两只奶子撅得鼓鼓的,就像你的一样……马家老二渐渐地就不正经起来。姑娘羞红了脸,转过了身子。但马家老二看出她并没生自己的气。

一路走下来,眼看着梨树湾已遥遥在望了。马家老二心中打着鼓点儿,他停住步子,看了看前边的村子,又看了看姑娘,炸着胆子说:去家坐坐吧？姑娘微微一怔,就大大方方地答应了,跟上他,一点也不岔生地走进了梨树湾,走进了他这三间青砖瓦房,好奇地这里看看,那里瞧瞧。马家老二拿出逢年过节时的慰问品糖呀茶呀的招待姑娘,并把一支小巧的红把牙刷送给了她。

黄昏时分,姑娘要告辞了,磨磨蹭蹭地有点儿恋恋不舍。她留下了自己的名字:夏梦荷。

马家老二记住了。

很快,夏梦荷就成了马家老二的新娘子。干柴逢烈火,老牛啃嫩草,三间青砖瓦房的生活才真正地有滋有味了。花一样鲜艳、水一般灵秀的夏梦荷,被马家老二几年间炕头的折腾,就成了一朵开败的马兰花,水桶般粗细的腰,披头散发地趿拉着鞋子,身后一群拖鼻涕的孩子,猴子一样嬉笑,哭闹着,羊群般的前后左右晃悠着。

马海娃、马嘎子、马小二、马胡兰……马家老二给他的孩子们一个个都起了革命战争年代小英雄们的名字。既好听又好记,更气派。孩子一多,夏梦荷觉得烦,马家老二觉得累,生活就不像生活了,日子渐渐地沉重起来。马家老二一趟趟地跑民政局。局长的脸就不那么好看了,态度也不那么热情了。你一家大大小小八口子,民政局总不能全给你养活啦?你当父亲,民政局买单?这怎么说得过去呢?

马家老二嬉皮笑脸地不吭声,低着头,一副走投无路的样子。局长站起,他赶紧站起;局长坐下,他马上坐下;局长口渴,他抢先倒水;局长拿起笔,他立即把桌边的文件往前挪;局长下班往家走,他悄无声息地跟着;局长进了门,他也进了门。咦,你咋跟上我家了?马家老二一脸苦相:日子没法过,真的啊!边说边往局长家的椅子上一坐,自给自倒了杯开水,很响地喝了口,问局长:你渴不?我给你倒一杯?局长没好气地说:你自己喝吧。马家老二偷偷地抿着嘴乐。局长夫人刚把面端上来,马家老二就凑上去,毫不客气地端起一碗,调上盐、醋、辣椒,轻轻地搅动几下,挑起一筷子,高高的,吹吹,很响很响地吸起来,并用筷子指指另一碗原封未动的饭,嘴里嘟哝着:吃呀,你也吃呀!

局长皱着眉,气得不行,可又不能发作,耐着性子等他吃完饭,起身就往门外走。马家老二匆匆地也站起来,故意把他那只油腻腻、脏乎乎的黄军挎包丢在局长家的椅子上。局长回过头来,提醒他:挎包!马家老二笑笑:没事,我下午还要来!

于是,日落西山,马家老二一瘸一拐地回到梨树湾时,怀抱一堆半新半旧花花绿绿的服装，又有两个孩子成了优抚对象，优抚金一直要领到十八岁。至此，马家老二的六个孩子全成了清一色的优抚对象。夏梦荷早在与马家老二喜结良缘的那一年，民政局就主动为她办了护理费。

马家老二成了民政局头痛的人物，也成了民政局重点优抚家庭。全县的民政工作，大有点马家老二安，则民政工作安的味道了。马家老二在梨树湾逞能，一家人穿戴整齐，日子过得有声有色。他披着那件民政赈灾的蓝布大衣，一瘸一拐地出出进进。可一到了民政局，就哭穷，故意穿得破破烂烂的，一副穷困潦倒、饥寒交迫的样子，令人可笑可怜又可恨。

但不管怎么样，建军节、春节这两大节，民政局还是照样翻山越岭陪同县上领导，风尘仆仆地前来慰问。于是，马家老二一家人就翘首以待这个节日，过了这个节日，又盼望着另一个节日。同时，马家老二又不是消极地等待，而是每个节日前夕，他都要策划一番，把家里看上眼的东西偷偷地转到偏房，再用烂麻布片子、秸秆胡乱地盖起来，正房家徒四壁。全家人的服装为避村子人的嫌疑，暂不换，派马海娃设第一道岗哨于八爷岭，马嘎子第二道岗哨于漆树梁，马二小……依次排列开来，一直到自家屋后。

那几天，只要有工作人员模样的人往梨树湾走，总是慰问马家老二无疑。马海娃腰缠一根草绳儿，肩扛一支鞭杆，一手叉腰，昂首挺胸，远远地望去，只要发现情况，就动作娴熟地走上前去，轻轻地推倒最高处那株消息树。第二道岗哨的马嘎子立即猫腰跑过去，推倒自己的消息树。如此接二连三地传下来，负责最后一道防线的是马胡兰，她双手合拢，打在嘴上，冲屋子长长地喊道：鬼子进村啦——！等慰问团走进马家老二院子时，马家老二一家老少早已准备就绪，有条不紊地出门迎接。

雪花飘飘，白了万水千山。绿叶婆娑，又是人间春色。当马家老二最小的一个孩子马铁梅年满十八，停领优抚费时，马家老二已被远远近近的人尊称为老马了。老马的头发白了,胡子白了,身板也确实不如前几年硬朗了。脚踝的那个伤口照样天晴天阴发痒发疼,有时还发炎,血一股脓一股的,粘在袜子上,一扯就钻心地痛。

这一来,老马就更有了借口。何况,现在找民政局,再也不用他一瘸一拐地吃力了,吃完早饭,往梨树湾村口的公路边一站,向一路风尘驶来的汽车懒洋洋地一招手,老马就进城了,再花三块钱坐辆出租车,眯上眼睛就到了民政局。

民政局不再是过去那几间破破烂烂的瓦房,而是气势恢宏的七层楼。老马一瘸一拐地喘着气,好不容易爬上去,却找不到局长,问谁,谁也说不准局长在哪里。老马吃了一趟又一趟的闭门羹,心中窝满了火,可又憋闷着。老马发了狠心,干脆住在旅馆里,每天早早地就去民政局门上等,又呆呆地等到与民政局的工作人员一起下班。终于,有一天,在院子里,老马清清楚楚地听到有人把与他打了不少次照面的一个小青年称了声:局长。老马立即跟着叫起来:局长!局长!一瘸一拐地追了上去,气喘吁吁地挡住小青年的路:你就是局长?你叫我找得好苦啊!

小青年板着脸,冷冷地问了句:什么事?

什么事?天大的事!老子的脚踝坏了,流血流脓的。老子是当年打淮海时负的伤!没有老子流的血,你小子到哪当局长去?老马顿时火冒三丈,可他还是忍住了。他跟着小青年来到办公室,一屁股坐在沙发上,脱下鞋子,一股冲鼻的脚臭使小青年皱了皱眉。他褪下脏乎乎的袜子,把脚伸向了小青年:我的脚发炎了,里面的弹片又在作怪。我是打淮海负伤的,我是一级伤残,我是……

小青年局长后退一步,冷淡地看了老马的脚一眼,说:给你二百元,去县医院看看吧。

什么?二百元?!老马火了,他腾地一下子蹦起来,二百元?你打发困难户啊？老子可是堂堂正正的革命伤残军人，你睁开眼睛瞧瞧，全县上下，有几个参加淮海战役的？又有几个是淮海战役上负伤的？你也不打听打听，老子是谁？老马一肚子的火气喷向了小青年局长。可小青年局长一口咬定就是二百元，不要就拉倒。老马不依不饶，展开他的老战术，一软一硬地磨到了下班时间。小青年局长起身，老马也起身，小青年局长下楼，老马也下楼。小青年局长上了车，把老马丢在民政局院子里。

那不行！老马不是那么好对付的。他叫了辆出租车，让司机等在民政局大门外，他在里面软磨硬泡。小青年局长下楼，他下楼；小青年局长上车，老马也坐上出租车，让出租车司机紧紧尾随。一直到了民政局家属院门口，小青年局长下了车，老马也下了车，小青年局长往进走，老马也往进走。不料，刚到大门口，老马就被门房挡住了。

老马简直气昏气疯了。

回到旅馆，老马躺在床上，气不打一处来。旅伴胖子问他怎么了，老马气鼓鼓地一咕噜坐起，把小青年局长从头到脚，骂了个体无完肤。胖子是个见多识广的人，他沉吟片刻，一拍大腿：你怎么不去找县长？活人能叫尿憋死？对呀！老马眼睛一亮，可接着又犯愁：我不认识县长呀！我连和那个王八羔子局长碰了好几天额头，愣是不知道这小子就是局长。

胖子就给老马出主意，叫他打开旅馆的电视，专看本县新闻，新闻中又专找县长。然后又叫他把县长认定，再给他出主意，不要去政府办公室找，那里有门卫，说不定又给挡住。让老马午饭、晚饭时分，直接到政府招待所找县长。因为，县长每天都要在那里吃饭。

老马就从电视的本县新闻中，认出了县长，知道了县长名叫张志河，平头、眼镜、西装、领带，风流倜傥，温文尔雅。老马就来到了政府招待所，在餐厅门前的花园边背着手溜达，眼睛却不时地向餐厅方向瞟。可是，餐厅出出进进的人群中没有一个像张志河县长。

一天,两天……老马等得好心焦,等得失去了信心。他对胖子的话产生了几分怀疑,暗暗地思忖:要是明天张县长还不来,他就直接去县政府!但就在这当口,一辆黑色的屎壳郎车无声地驶进来,车停下,走出了张县长,向餐厅走去。

张县长!老马声泪俱下。

张县长微微一怔,停住步子,转过头来。

老马一瘸一拐、气喘吁吁地跑向张县长,把早就准备好的革命伤残军人证不容分说地就往张县长手里塞,急切地说:张县长,我是淮海战役负伤的老兵,我的脚踝快要坏死了,我每走一步路就疼得要命,我……老马一屁股坐在地上,急急地脱掉鞋子,又急急地褪袜子。

张县长又上一步台阶,摆着手:别脱了,有事说事嘛。

张县长还没吃饭呢,你看能不能等……有人走过来,拍拍老马的肩头。

老马一扭肩膀,让开了那人的手,大声嚷道:我还是昨天吃的饭,我早就饿得晕头转向了,我……

张县长把伤残证还给老马,和蔼地说:先吃饭吧。老杨!张县长叫来一个白胖子。白胖子带他到餐厅,吩咐他坐在摆满桌椅凳子的大厅。张县长则走进了一间包厢,门随之关上了。老马不安地盯着那扇门,生怕稍不留神,叫张县长什么时候走掉。一个漂亮妞儿给他端来两盘菜,蒜薹炒肉,木耳片瓜,外加一碗米饭,两个馒头,还有荡荡漾漾的一海碗汤。老马确实饿了,就狼吞虎咽地吃了起来。

不知什么时候,老马觉得有人坐在了他对面。抬头一看,小青年局长在笑眯眯地看着他。他生气地把头扭向一边。老马,别耍小孩子脾气啦!小青年局长一点也不介意地拉拉屁股下的凳子,往他跟前坐坐。

老马大获全胜,他紧紧抓住这一机会不放,给小青年局长美美地上了一课。他不但争取到去西安陆军医院治疗的费用,还顺便捎带着把旅馆的住宿费也报销了。可老马还赖着不走,哭丧着一张脸,嘟囔着:我把命都差点搭给革命了,六个孩子中没有一个安排工作的,都在家里捏镢把,我冤不冤啦?还要看你们这些小青年的脸色,我……

你的孩子?是啥文凭?小青年局长问。

都没上过学。老马实话实说。

小青年局长啼笑皆非。

唉,下次我找张县长。老马漫不经心地呷口茶水,漱漱,啐在地上。

小青年局长神色就有些紧张。于是,给老马的四个儿子分别办了农村低保,每人每月四十元。女儿都已出嫁,属另一码子事。女儿就不是我的孩子?老马愤愤不平,可也不能蹬着鼻子就上脸嘛。他满脸不高兴地走出了民政局大院。

老马全家人的日子又火起来了。几年下来,老马干脆不用一瘸一拐地费力费气了,民政局给他买了辆手摇轮椅,平时由儿女们推上在野马河两岸转,需要时就推上往民政局走。儿子儿媳,包括三个小孙子都吃上了低保。一家人既不外出打工,也不想法在别处挣钱,生活不紧巴,也不宽裕。

老马的身子骨一天不如一天了,年逾古稀的老人,咳嗽起来,好半天喘不过气来,饭量越来越小,脾气大得怕人。全家人愁得不行。老马戴着老花镜,离电视近近的,吃力地睁大眼睛,寻找着本县新闻,在本县新闻中,努力地记着县委书记、副书记、县长、副县长和各大局头头脑脑的名字,也记着他们的脸型、特征。

老马的脚干枯得像个老柏树疙瘩,萎缩的伤口如破了一刀的核壳,皱巴巴地陷下去一个小小的深坑。老马怨自己的身子骨不争气,黄忠八十不服老,他才迈过七十的门槛没几年,就挪不动步了。说不定哪天两腿一蹬,撒手人寰,丢下一家老少哭恓惶。老马不知在没有自己的日子里,这一家人靠什么生活。

老马坐不住了,他以脚踝的弹片又在作怪,他总不能带着弹片老死终生为由,轻车熟路地找县委书记、找县长。他知道这块弹片是个杀手锏,谁听谁发憷,也只有这块弹片,才能唬住人。他玩的是明修栈道,暗度陈仓,真正的用意是借他还有一口气,再捞一笔钱,让儿女们的幸福生活多延长一些时日。

果然,老马的请求,很快就得到了空前的重视。主管民政工作的常务副县长亲自出面,为老马解决经费,责成民政局立即派专人陪同老马赴京治疗,无论如何也要想尽一切办法把这块弹片取出来,以绝后患。

老马一听,发了慌。现在医学发达得连人的肺呀心呀肝呀都可以换,难道就挖不出脚踝骨里的一个弹片儿?可是,弹片儿一旦取出来,老马还有什么理由再要钱呢?老马觉得自己被扼住了咽喉,左右动弹不得。

老马翻来覆去地一夜未合眼。黎明时分,老马激动得大叫一声,终于又想出一个绝妙的法子。他披衣打开窗户,启明星亮得耀目,四周显得更黑。一股晓风吹来,冷冷的,老马不禁打了个响亮的喷嚏。

短篇小说

孙家院

一

不是冤家不聚头。

一九五一年三月初九辰时,于孙家院上演的,既不是序幕,更不是高潮。

这天清晨,就连老天也仿佛故意让孙家尴尬,东方的天际,赶早就抖展开披红挂彩的朝霞,锦缎似的飘舞着,火焰般的燃烧着、奔放着、绚丽着,美化了半边天。势利的喜鹊也来凑趣,成双成对,落在正房顶上,叽叽喳喳地叫个不停。

哐的一声,两扇虚掩的大门带着破裂的呻吟顿然敞开。孙家一黑一白两只凶悍的狼狗咆哮着扑上前去。但闯进院来的汉子,早有准备,一根扁担挟风带雨,神出鬼没地一阵横扫,如狼似虎的恶犬便蔫蔫地夹着尾巴退回低暗阴湿的厦房,一个劲地往主人腿叉里钻。

那汉子轻蔑地一笑,昂首走进正房,理直气壮地一屁股坐在孙老太爷坐过的太师椅上。

这汉子,就是张疤子。

三年前,在孙家院里,他以自己的一身蛮力和对主人的绝对忠实,颇得孙老太爷垂青,吆三喝四地指使着一帮子伙计,要头有头,要脸有脸。可就是那个月光朦胧的深夜,随着孙老太爷最宠也最小的六姨太的那扇小门无声地启开,在一条壮实的身影悄悄闪进去的一刹那间,张疤子长工头的生涯算是彻底结束了。

惩罚是无声的。六姨太被打发回娘家,永远不准再进孙家院。张疤子羞惭而又恐惧地盯着孙老太爷平静得看不出一点风波的脸,心惊胆战地接过三块明晃晃的银元,连夜离开了孙家院。

张疤子自忖已无法在梨树湾生存,便踱开大步,一口气来到野马河边,解开两排蜈蚣状的布扣子,让河风使劲地吹着他冷汗淋淋的身子,暗暗庆幸之余思谋着下一步的行程。忽然,嗖的一道寒光飞来,他脑袋敏捷地一偏,只觉得一股热流带着浓浓的腥味在脸颊流淌。他就地一滚,滚进了波涛汹涌的野马河,在一片水花中,几扑腾便不见了影子。

从此,大伙都叫他张疤子。

可就是这条横斜在面颊的暗红色刀痕,使张疤子在隐姓埋名、时刻提防着暗杀的潜逃中吃尽了苦头——无论什么样的人家,即使在五黄六月虎口夺食的季节,在对他结实的身板表示十二分的满意之后,又蓦地发现他本来纯朴厚道现在却因一条刀疤而显得狰狞可怕的面容,便微笑着婉言打发了他。他一身力气无处使,只好委屈地挨门乞讨,流离失所……

妈的！张疤子惬意地舒了口长气。如今，托共产党的洪福，他回到梨树湾，斗地主，分浮财，成了土改运动中的一员闯将，把过去的什么老爷、老太爷之类的乌龟王八统统打翻在地。同时，工作队同志准许他的要求，把孙家正屋改给了他，他携着他的心瓣瓣——过去孙老太爷的六姨太、如今明媒正娶的张疤子老婆翠翠，扬眉吐气地住进了孙家院的正房，孙家老少则搬进了过去长工们安身的偏厦。昔日是牛马，如今当主人。张疤子与翠翠恩恩爱爱，缠缠绵绵，刺激着孙家的每一个人。

孙老太爷树倒猢狲散，三房四妾各奔东西，唯有结发之妻孙白氏忠贞不渝。而翠翠的回来，对他的打击比失去百顷良田和万贯家财还大。

历来是孙家说了算的梨树湾沉浸在节日的喜庆之中。张疤子与翠翠是秧歌队里的人梢子，两口儿外边扭了还不算，回家兴犹未尽地唱着唱着，翠翠就扔下擀杖，张疤子撂下火棍，在灶火门前，翠翠一件水红袄衬着一张桃花脸，张疤子白羊肚手巾红腰带，如醉如狂地扭起来。

嗨啦啦啦嗨啦啦啦

彩霞飞满天哎——

翠翠脆生生的歌子，如冲出峡谷的激流在宽阔的河面上欢快地奔流着，水蛇腰柔韧若练地扭动着，两条水萝卜色的胳膊柳梢样曼舞着。

孙老太爷一个马趴栽下地。孙家老少一阵忙乱，老头子才睁开失神的眼来，喉咙如拖长了声音的秋蝉在拼命地嘶叫。他挣扎着将微弱的目光掠过全家人的脸，最后，紧紧地盯着长子孙玉杰，一只枯瘦的手吃力地指向正屋，使劲地嗫嚅着嘴唇，发出含糊不清的声：赶！赶！……

孙玉杰二话没说，咚的一个响头磕在地上，额头蓦然绽开一朵殷红的三角梅。

孙老太爷一口气很放心地咽了下去。

二

草草埋葬老太爷之后，孙玉杰陷入了深深的苦恼中。

一心扑在革命事业上的张疤子两口儿猴子爬杆一个劲地上：互助组副组长，合作社副社长，生产队副队长。无论怎样变，张疤子头上都少不了个"长"。翠翠比男人更厉害，经过一番角逐，锐挫群芳，当上了大队妇女主任。人逢喜事精神爽，尽管忙得足不沾地，半夜三更饿着肚子回家，叮叮当当地在厨房操作时，夫妻间仍免不了推推搡搡，捏捏摸摸，嘻嘻哈哈地打情骂俏。

这一切，都使孙家忍受不了。

在此期间，翠翠的肚子渐渐地凸了起来，随之她外出的时间相对地减少了。在家的日子里，她把流行的剪发梳得油光水亮，坐在窗前一遍遍地唱着她学会不久的新歌《唱支山歌给党听》。她唱得很动情，低回婉转，尤其是唱到"旧社会鞭子抽我身"时，竟泣不成声，幽咽欲绝之际，突然又一个急转弯，飞流直下三千尺：

共产党号召闹革命
夺过鞭子揍敌人

狗娘养的！孙玉杰一跃而起，持着一把劈刀冲出门来。但一脚跨出门槛，却一怔，站住了。夜风萧萧中，院子里那株槐树落叶纷纷，满天寒星眨着诡谲的眼睛。

翠翠仍在如醉如狂地唱着，声声含珠，字字带玑，尤其是"揍敌人"三个字,仿佛用足了全身底气,凛凛然,孙玉杰只觉得一条鞭子带着响亮的呼哨迎面抽来。他的心在痛苦的折磨中战栗着……

一个深夜,一阵婴儿的啼哭把孙玉杰惊醒了。他不以为然地翻了个身,准备睡去时,手却突然伸过去,在妻子肚皮上热烈地抚摸着。颇感意外的妻子立即应和了他,问:她生了?我们也生!他口气狠狠的。儿子还是女子?管他呢!反正我们要生个七郎八虎!

很快地,他妻子的那一天也来到了。当他赶回家时,早已瓜熟蒂落。妻子躺在炕上,搂着一个蠕蠕而动的肉团团,苍白的脸上流过一丝歉意:对不起你!两颗晶莹的泪珠夺眶而出。孙玉杰热乎乎的心一下子沉到了凉水盆底,嘴里却说:没关系,我们还可以再生嘛。下次一定是小子!嗯!妻子点点头。孙玉杰一转身,便如霜煞的秋草——蔫了。

唉!磨盘一样转着的世事啊,这几年把好运全部给了张疤子,孙玉杰喝口凉水也碜牙。孙玉杰只觉得他如只小小的蚂蚁在与张疤子这座大山抗衡着。

他妻子又生了,仍是个丫头。

翠翠跟着也生了,还是个小子。

他妻子背着小的,拖着大的,磕磕绊绊地锄地、挖地、撒粪。

翠翠抱着小的,牵着大的,在批判会上发言,在农田陪着检查团指指划划,喋喋不休,忙得不亦乐乎。

每每收工,筋疲力尽的妻子稍不顺心就摔碟子摔碗,唠唠叨叨地涕一把泪一把地诉冤枉。张疤子两口儿则无论什么时候,夫妻双双都如快乐的小鸟,甜甜蜜蜜,无忧无虑。这使孙玉杰不得不在极度的仇视中,又生出一腔嫉恨。凤凰落架不如鸡!一声长叹中,孙玉杰顿然苍老下去了。

妻子生了三个丫头之后,突然峰回路转,一家伙生了个双胞胎——两个胖乎乎的小子!孙玉杰一下子从沮丧中振作起来了,刹那间又感到自己强大起来,张疤子微不足道了。

有天早上,孙玉杰打开门,眼前一亮,院墙上腰身一样宽的一大溜红纸上写着盆子一样大小的一行字:

农村这块阵地,无产阶级如果不去占领,资产阶级必然要去占领!

石破天惊!这短短的一句话,一下子把孙玉杰的心机裸露在光天化日之下。一阵心惊肉跳中,忽然屋里传出小儿子的哭声,他立即胆从心头生,愤然走上前去,刷刷刷!一泡热尿浇向那里。

可是,就在他把家伙放入裤裆的一刹那间,那大红标语浇过尿的地方湿淋淋地皱了起来,同时,随着渐渐沥沥下滴的尿流,红纸褪下的颜色一溜溜一溜溜地挂在墙上。天!孙玉杰手一抖,裤子落在了脚腕子,全身打摆子似的抖动起来,头中一阵电闪雷鸣,回响着经久不息的嗡嗡声。狗日的你不要命啦!你,你!……孙玉杰缓过神来,恨恨地骂着自己,饭钵般的拳头在自己脑袋上砸着。突然,他恐惧、绝望的眼睛一亮,立即又成了往日的孙玉杰。

孙玉杰沉着、镇静地蹲在地上,用瓦片轻轻地刮去那一道道红溜溜。谁知代之而来的白溜溜更为显眼地挂在黑乎乎的旧墙上。孙玉杰又犯愁了。

十几年来,孙玉杰都是把他的心机隐了又隐,藏了又藏,谨谨慎慎地做人的。全大队、全公社除过例行的斗争大会上他站在一大溜四类分子行列中接受批判外,从没因碰上新的茬口而被单独斗争过。石头大了绕着走,惹不起你了总躲得起你嘛!可今天,一冲动,竟使他……

弄,一定要弄好!他就不相信一个孙玉杰糊弄不过一个张疤子!孙玉杰又信心十足起来。他满院子转着,东张西望,终于目光落在墙角潮湿阴暗处不动了。他走上前去,将地皮轻轻地铲下来,又一块一块按碴口用黏合剂贴在白溜溜上。一看,还真的看不出痕迹呢。只是土有些湿。这好办!孙玉杰抬来火盆一烤,就烤成与旧墙同一种颜色。但也就是这一烤,又烤出一个新问题来,大红标语皱起的地方,一干,全成了粉红色。这……孙玉杰倒抽一口凉气,摸着后脑勺。很快地,他便不屑地一笑:刷层染料不就得了嘛,真是的!

这一切,张疤子就连做梦也想不到。每天晌午、下午,吃过饭后的一段休息时间,张、孙二人各坐在自家门槛,口嘬旱烟锅,慢悠悠地咂着,都望着那幅标语陶醉在得意之中。有时,两人对视一眼,都是一脸的得意。只是,张疤子心中投进了一丝困惑。但这困惑,他今生今世是难以解开的了。

在张疤子毫无觉察的平静中,孙玉杰老鼠一样的胆量又不甘地跃跃欲试了。前次的成功鼓舞他思谋着如何神不知鬼不觉地害张疤子家一下。他不能眼睁睁地看着张疤子舒舒服服过日子。

为了麻痹对方,孙玉杰主动改变脸上的颜色,抛弃前嫌似的与张疤子搭讪。不料这引起了张疤子高度的革命警惕性:你想干什么?别想拉拢革命队伍中的人!翠翠在一旁冷眼看着,也想说几句什么。孙玉杰灰溜溜地退回屋子,一身冷汗湿透了衣服。

第二天,挂在村边大梨树上的高音喇叭突然传出什么阶级斗争的新动向,指名道姓地说孙玉杰如何如何,接着大队民兵便叫他到大队部去。一溜排革命队伍中的人声色俱厉地逼孙玉杰交代思想动机。孙玉杰一口咬定:邻居,邻居间打了个招呼。今后保证不打!谁跟你是邻居?邻不邻,阶级分!少用这一套拉近乎,搞腐蚀!一声断喝,孙玉杰口呆目瞪。老实交代!邻居!……孙玉杰一口咬定,翻来覆去就是这一句。

偷鸡不成反蚀一把米,孙玉杰打心底尝到了革命的厉害劲儿。回家的路上,孙玉杰突然害怕张疤子家发生点什么不测了。晚上,张家两口儿若久久不归,劳累了一天的孙玉杰就很不放心,战战兢兢地不敢入睡,不倒翁似的打着盹。外面一有风吹草动,他便神经质地趴在窗口,向茫茫黑夜张望是不是有小偷在撬张家的门……

三

日子磨盘一样沉重地转着。

这年隆冬,孙玉杰发现张家墙壁上毛主席与林副主席在天安门城楼上接见红卫兵的巨幅画像突然换成了伟大领袖的单人照。孙玉杰隐隐地觉得有什么不寻常的事情要发生了。他立即来了个照葫芦画瓢。结果,时间不长,林秃子叛国摔死的消息便传得沸沸扬扬。

梨树湾阶级斗争的弦又紧紧地绷起来了。

孙玉杰天天和越来越多的"坏分子"们被革命群众抓去同林秃子、孔老二一起接受铺天盖地的大批判。

但谁也没有想到,这竟是孙玉杰最为得意的一段时间。每次挨斗前,他都不慌不忙地吃饱喝足,在山呼海啸的口号中,站在阵势不小的黑四类中,头垂在胸前,心却在悄悄地笑着。

孙玉杰亲眼看着张疤子和他的同志们被诚心诚意地信奉、追求着的共产主义天堂结结实实地摔在现实的大地上之后,又在一系列轰轰烈烈的闹腾中,日子一天不如一天了。张疤子一家大小六口人,四个孩子穿得索索系系①,脏兮兮。翠翠当年的水红袄早已缀满了补丁,只是洗得分外

---

① 陇南方言:索索系系,即衣服破烂的意思。

干净。而张疤子呢，在外慷慨激昂，义正词严，回到家里饥肠辘辘，肚子里净是蕨根、糠菜，蹴在茅坑里，脸憋得如鸡冠子，半截肛门纺锤似的，血红血红地往下坠，七尺男儿，发出的呻吟牛吼一样。积极个屁！无论天翻过来，还是地倒过去，无论张疤子怎样呕心沥血，捞到的仅仅是个大队党支部委员，梨树湾生产队副队长，乐颠颠地跑上跑下，一双没有脚后跟的破鞋子套在脚上，打快板似的吧嗒吧嗒响，有时竟脱脚而去，使匆匆赶路的张疤子不得不让脚板受点委屈，紧走几步，重新将脚套进去。

孙家院也在悄悄地变化着。孙家曾体体面面、雕梁画栋的正房，破"四旧"时，被张疤子一顿锉子凿了个破烂不堪，柴草，农具，破鞋臭袜子杂乱无章地到处丢。相反，孙玉杰那间低矮的厦房里，则内外有别，东西虽少，但样样都安置得体、明光可鉴。每天早上，当孙玉杰还在被窝中惬意地打着鼾声时，一个激灵醒来的张疤子，揉揉惺忪的睡眼，慌慌忙忙地边穿衣服边往外走。一泡热尿撒过，手在系着裤带，嘴已喊出：上工喽！……一路喊过去，又一路喊过来。这时，孙玉杰心中就快活得不行。

生产队早已把孙玉杰改造成一个劳动把式。他觉得这"改造"并没有什么不好，工分挣得多，粮食自然也不会少，全家大小的肚皮既没挺起过，却也没塌下去过。有时口粮断了茬，他就悄悄地从只有他一人知道的地方摸出一块孙老太爷留下的袁大头，缩在袖筒里，屁大的工夫便在梨花镇黑市上换成人民币，又变成粗粮细面偷偷地背回来。每顿午饭，他都端着一个盆子大小的洋瓷碗，白面条和洋芋块，汤上漂着一层翠绿的野蒜苗，再撒一撮辣椒面，往门前一蹴，轻轻搅动几下，便有声有色地吃了起来。就在他无意间向张家门口一瞥的当口，竟惊喜地发现：疲沓在门槛的张疤子正馋巴巴地盯着他的碗，核桃大小的喉结咕噜噜地上下滚动着。他立即很响很响地喝了口汤。

张疤子站起来，咽了下口水，走了出去。一出院子，炊烟袅袅的梨树湾上空,便响起他训练有素的吼声:上工喽——!日他娘的都把肚子往炸里吃哇!家家厨房顿时有一阵慌乱和女人们恶毒的诅咒。一把手王队长的头从窗口伸出来,冲着远远走来的张疤子喊:嗨!你他娘的屄塞饱啦,还顾不顾别人?啊?上工喽——!日他祖宗十八辈子的,都把社会主义往空里吃哇!张疤子我行我素,东南西北,歇斯底里地喊着、骂着。那雄浑的声音中,这天突然有了愤懑、迷茫,还有一丝哽咽,水泡一样地在喉头冒着。

社员们骂骂咧咧地扛着农具走出了村子。

张疤子没看见似的,拧着脖子,用沙哑的已像破锣一样的声音仍在喊着:上工喽……喊着喊着,他突然声泪俱下,一口鲜血喷射出来,直撅撅地栽倒在地。

孙玉杰无声地笑了。

听说张疤子是在送往医院的路上苏醒过来的。他一个激灵从毛驴车上坐起,疑疑惑惑地问:去哪里?医院。轻伤不下火线,回!张疤子跳下车,昂首挺腰地回来了。

张家屋里,一阵惊喜,娃儿们都懂事地围着张疤子。张疤子的两儿三女中首推二小子红色最为聪明。他两口儿常年忙于革命事业,这小子放学回家,便指使着兄妹们烧火的烧火,切菜的切菜,和面的和面,把一顿饭做得有条不紊。从他身上,孙玉杰隐隐地感到了一种无形的威胁。虽然,他也有两个儿子,但他们都不是红色的对手。士在精而不在多,将在谋而不在勇。孙玉杰将他和张疤子的较量,从内容到形式的胜利,全都寄托在了两个儿子身上。他不像张疤子那样把孩子一窝蜂般往学校赶,而是让女孩上地挣工分,集中精力财力供两个儿子上学读书。不指望出人头地,但在孙张两家后代的较量中,起码不能叫他张家占上风吧!

孩子们说来也怪,两家大人从没给他们交代过什么,但他们一个院子,两个据点,楚河汉界,互不越雷池一步。孙玉杰每当看见自己的娃儿们做作业的做作业,上工的上工,而张家的孩子则玩耍嬉戏,呜呜的西北风中,十四五岁的大丫头两片屁股蛋子冻得跟脸蛋一样红时,他心中不由得就一阵得意。

古老而永远新鲜的大年三十,在如火如荼的学大寨运动中来临了。冷冷清清的村子里响着零零落落的爆竹声。孙家蒸了一锅掺了一半苞谷面的麦面馍,拳头大小,当顶绽开一朵三角梅,孩子们各抓一个,热腾腾地暖着手心,坐在门前,不吃,一个劲地看,好快乐!

张家午饭晚饭都未做。五个孩子执著地期待着。张疤子与翠翠早上出门时,说他们要过个革命化的除夕,回来得晚。接着又向孩子们耳语:不过,一定要带回个白面馒头,外加数颗水果糖。孩子们笑逐颜开,雀跃欢呼,一天滴水未进,但又都兴奋地盼着天黑下来。

夜沉沉,野茫茫。天上寒星点点,人间万家灯火。咫尺之隔的孙家丫头小子欢聚一堂,不时传来一阵阵欢声笑语。五张天真烂漫的脸贴在窗棂上,星星一样闪烁的眼睛向黑乎乎的夜空望着、望着。

起风了。四九头上的风,好冷啊!

四

当桃花汛又一次在野马河汹涌澎湃时,两岸的大村小庄已吵吵嚷嚷地要分什么生产作业组了——露天场里灯火通明,庄稼汉们一夜接一夜乐此不疲地谈论着、争执着。梨树湾的孙玉杰成了大宝贝,各组都争着抢着要,又一致推他当组长。不蒸馍了蒸(争)口气,孙玉杰大模大样地担当此任了。

张疤子可苦了,像个没用的破皮球一样,被各组厌嫌地踢过来又踢过去,谁也不愿要他这个只说不做的革命家。他哭丧着脸,成了他批判了三十多年的单干户。他羞耻难当,仗着过去的资格,跳着脚板破口大骂,骂社员,骂支书,还去县政府门口骂了回县长——县长本人当然没听见。直骂到作业组过渡成大包干,孙玉杰建了孔砖瓦窑,又操起剥削人的祖业,大把大把地赚社会主义、赚人民群众的钱。他又气又恨,血红着眼,把搜集到的材料,吭哧吭哧地用歪歪扭扭的字写了无数检举信,乡政府、县政府、法院、公安局、城建局、环卫局、计生委……逢单位就送,结果让新上任的县委书记用唯物主义辩证法一辨,孙玉杰顿时成了全县农民的致富标兵,骑着高头大马,在锣鼓喧天中,由县长牵马坠镫,眉飞色舞地满城转。张疤子头抵墙角,死了般一动不动。

这期间,孙玉杰以迅雷不及掩耳之势,一举拆掉破厦房,巍然立起一座漂亮的三层楼。楼房巨大的阴影捂过去,张疤子本来明亮的正房便常年处于如傍晚时分的光线之中。

孙家又声誉鹊起,人来人往了。孙玉杰送客,一定要说说笑笑地送到大门口。自惭形秽的张疤子整天缩在屋子里。同一个院子,他躲躲闪闪的,十天半月碰不上老对手孙玉杰一个面,把个家撒手交给了儿女们。这一切,都躲不过孙玉杰的眼。他一进院,就呼儿唤女、吆鸡赶狗的,让张家无时无刻不感到孙家院又成了孙家的天下。

张疤子的心情不畅,动辄大发脾气。一座亮堂堂的屋子被孙家遮得阴幽幽的不说,更重要的是衬托得本来就很穷的家更穷了。孙家财大气粗,不可一世;而张疤子百事不管,眼看着村里家家都不同程度地富起来了,只有张家仍是老样子,两个白杨树高的儿子打着赤条条的光棍。翠翠看在眼里,急在心里,免不了唠唠叨叨地数说张疤子一通。张疤子不服,两人便言来语去地争吵起来。

张家一吵,孙玉杰便如三伏天走在凉风习习的树荫里,往躺椅上一仰，一边把盏品茗，一边反反复复地用鼻音哼着秦腔《苏武牧羊》中的一个段子：

  我闷了无事去郊外
  闲游花园把酒排
  我一家大大小小妻子儿郎
  快快乐乐乐乐快快多安泰
  ……

  这年的春夏两季，是孙玉杰钱挣最多、心情最为舒畅的黄金季节。他做梦也没想到，就在他如醉如痴地饱尝着出人头地的欢乐时，竟祸起萧墙了。

  那是深秋一个凉意浸骨的傍晚，孙玉杰无意间蓦地发现张家大丫头秋燕，自家二小子小山，一个眼中柔情似水波荡漾，一个双目如烈火熊熊燃烧。小山！他一声怒吼，气得浑身乱抖：你过、过来！小山胆怯地往他面前一站，他倒冷静了下来。

  他孙玉杰一生坎坷，虽然儿女满堂，但在精神上可以称得上"山"的，只有小山一个！可小山却不为他争气，这不能不使他在大失所望之际又气愤痛苦不已！

  翌日晌午，餐桌上饭菜丰盛，酒杯密布，但全家人都因他板着的脸而拘谨不安。孙玉杰自斟自饮数杯，脸色缓和了下来，招呼全家人一齐举杯，说：这几年，为了家庭的富裕，我忽视了娃儿们的婚姻大事，这是为父的大错！从今日起，我将尽力操心！不过……孙玉杰脸一沉，语气凌厉如锋：谁要与张家的猪猪狗狗拉拉扯扯，我就宰了谁！小山无力地垂下了头，二丫头春花脸色绯红，怪不自然，其余的人莫名其妙，满脸疑惑。呼！

孙玉杰一把掀翻桌子,碟碟碗碗、瓶瓶勺勺叮叮当当地响,油盐酱醋五颜六色地流,然后踉踉跄跄地进了里屋。

孙玉杰躺在炕上,呼儿呼儿地直喘气。昨晚翻来覆去想了一夜,他只想到给小山一个下马威,叫他趁早收心,但不料春花……做贼心虚,脸色就是证明!他,他娘的!孙玉杰一跃而起,步履支离,但却匆匆地走出了孙家院。

孙玉杰快刀斩乱麻,不顾春花以死相逼,在半月之内将她远嫁他乡。洗衣机、电视机、电冰箱……陪嫁拉了半汽车,但仍没有冲淡那片蒙在喜庆上面的悲伤。

春花嫁走的那天夜晚,张家二小子红色,坐在大槐树下,一支竹笛,幽幽咽咽哀哀戚戚地响了一夜。第二天,人便从梨树湾消失了。

回过头来,孙玉杰集中精力对付小山了。翠竹寨、落燕村、杏树沟、苦瓜湾……一口气就提了六七个村子的姑娘。只要小山看上哪个,他孙玉杰二话不说地操办就是。但小山生了根似的,低着头,咬着牙,一言不发。你去还是不去?孙玉杰强按着心头的火气,好言好语。小山如没听见。不想去就算了。孙玉杰换了种口气。小山突然抬起头,如释重负地舒了口气。不过,明天可一定要去!孙玉杰的语气不容置辩。爸!我……小山讷讷的。你要咋样?孙玉杰目光咄咄逼人。小山又低下头去。说!你到底打的是啥算盘?孙玉杰声色俱厉。我不去!小山脖子一梗。真不去还是假不去?说不去就不去!啪!一记响亮的耳光落在小山脸上。

孙家父子间的龃龉,张疤子三下五除二就猜出了端倪。他当仁不让,果断地采取与孙玉杰同样的办法,把秋燕嫁给邻村一个木匠。出嫁那天,一支唢呐吹得天昏地暗。

小山的心,在喜气洋洋的唢呐声中,一点一点地破碎了。天蒙蒙亮,村里送秋燕出嫁的男男女女便挤满了孙家院。孙玉杰招呼全家人都去窑上,脱坯的脱坯,码砖的码砖,忙得汗流浃背。只有小山一人,神情怔怔地,木然地拄着一把木杈,碍手碍脚地站着。孙玉杰不满地白他好几眼了,他没有丝毫的反应。火光照着他惨白的脸。

这时,一阵唢呐声,撕心裂肺地由远而近。小山扔下杈,步子蹒跚地往前走,一直走到高高的窑顶,立定下来,泪眼蒙蒙地望着送亲的队伍。他的目光准确无误地落在人群中那个无精打采地移动着的、他今生今世无法忘掉的身影上。

回来,畜生!孙玉杰愤怒地吼着、骂着。小山雕塑似的,一动不动。我打死你这个没脸没皮的!孙玉杰脚一甩,甩下一只鞋,啪啪啪!鞋底雨点般落在小山脸上。小山木愣愣地浑然无觉。爸!二弟,他,他苦哇……大山拼命地劝着、拉着,突然扑通一声,跪在地上,哽哽咽咽,泪如泉涌。

这时,忘乎所以地响着的唢呐声戛然而止。送亲的队伍一阵慌乱:新娘子猝然昏厥过去,全身冰凉地瘫在热闹喜庆的队伍之中……

生要见人死要见尸,秋燕被一副滑竿抬进了木匠的门。

孙家窑破天荒烧出了一窑屁红色的废砖。全家人三四个月的血汗白流了。孙玉杰拿起一块,摔为两半,又拿起一块,摔为两半,一双眼珠子恨不得要把小山盯出两个窟窿来。小山神情漠然,事不关己地蹴在一边,沉默得像块石头。孙玉杰咬牙切齿好几次,终归化为一声:家门不幸啊!眼前的小山已与木头无异,你叫他提水他提水,你叫他烧窑他烧窑,你叫他东他不西,你叫他北他不南。孙玉杰悲哀地感到:他最精干的儿子已不如最瓢的儿子了。他不忍心数说他了,对他宽容了许多。在静静的夜晚,他躺在孙家窑隔壁的庵房里,常常躺着躺着便叫声:小山,你来!小山来了,他却一阵无言,只好说:你去。后来偶尔遇上他叫:小山,嗯!你来!磨磨蹭蹭地好一会儿,来的却是大山。二弟解手去了。去去去!他烦躁地一挥手。

这一切,只有邻村木匠院子里夹竹桃树上那条偶尔高高飘扬一次的红纱巾知道。另外,隐隐约约地明白点原委的,就是老实厚道的大山。

又是一个飘着雪花的深夜,当两个苦命人流了那么多辛酸的泪水后,在销魂融魄中发出的一声亢奋的俏呼娇叫中,门被猛然撞开了。木匠站在炕前,手中的斧刃上跳动着点点森森的寒光。怎么办?木匠咬牙切齿。由你。小山心虚气喘。那好!木匠一马勺蜜凉水:喝!行!只是不准打秋燕!小山端着马勺。这用不着你操心!不,你得答应我!这……就依你的。快喝!不!不能啊!……秋燕就要扑过去,突然,被斜刺里飞来的一脚踢倒了。这当口,一马勺凉水已点滴不剩。一个冷颤,小山散架似的软瘫在地。

风萧萧,野茫茫。小山从里到外成了一块冰。他三步一跌,五步一跤,咬着牙关走啊走,实在走不动了,就用双手在雪地上一寸一寸地爬、爬……

拂晓时分,小山终于爬回来了。他打摆子似的抖着。大山拖他到窑口,翻来覆去从早晨烤到晌午,他还是一个劲地抖,脸像个冻茄子,青得怕人。孙玉杰一见,大惊失色,呼天唤地赶忙往医院送。

但还是晚了。

半年后的一个傍晚,小山走了。他躺在医院洁白的床单上,带着一种无悔无怨、心甘情愿的表情,走向了天国。二弟!二弟啊!大山摇着、晃着弟弟壮实的身子,痛不欲生。

孙玉杰没有来。他是个很爱面子的人。但他的泪比谁都流得多。

秋燕也走了。她就吊在院中那株夹竹桃树上,面向梨树湾,一身素白的衣装,胸前飘着一条火红的纱巾,久久地、久久地在漫天风雪中飘着、飘着……

五

　　一场变故,孙家院如被洗劫过的战场。两家的儿女们一出院子,个个如快乐的小鸟,一进院子,全都成了哑巴。

　　孙玉杰大悲大伤过后,更多的是恨小山不争气。他几十年来用耻辱夺回来的面子,被小山襁片一样地丢进了茅坑。好在秋燕没有活着,两个老对头算是打了个平手。但孙玉杰总觉得自己吃亏,他为此耿耿于怀直到今年仲春,张疤子的大小子熬不住光棍的凄苦,与村东头大他十多岁的张寡妇同床共枕,后来干脆上了张寡妇的门,张疤子老两口气了个半死,几天米水未进。孙玉杰的心才在幸灾乐祸中平衡了下来。

　　这几日,孙家院又热闹起来了。大山脸上整日价挂着甜甜的微笑——他的媳妇是野马河两岸有名的俊姑娘。孙玉杰将钱像水一样大把大把地往儿子的婚事上撒。他眯缝着眼睛,沙里淘金般地筛了又筛,选了又选,终于如愿以偿地给儿子娶来了这个名叫百灵的姑娘。大山欢天喜地,干起活来劲头十足,人也一下子精干了许多。这又叫孙玉杰不由得想起小山:这本是你的,你却……去他娘的吧,有福之人不用忙!

　　高朋满座,觥筹交错。大山的心欢欢地跳着,嘴角不时荡开一层微微的笑纹,他已偷偷地瞅新娘子不下十几眼了。可是,那如疯如狂地响着的唢呐,却使他的心上不时地袭来一阵阵忧伤,这忧伤不能不使他想起同胞兄弟小山。他多么希望自己的婚礼上没有唢呐声啊!

　　孙玉杰一直认为:孙家院的冷清,主要是娃儿们长大的缘故。农家有三宝,鸡叫猪嚎娃娃吵。如今,他按照自己的标准给大山娶的媳妇,脸如满月,色如芙蓉,身材匀称丰满,尤其是两片屁股滚圆滚圆的,生个七郎八虎没有半点问题!至于计划生育嘛,你有政策,我有对策……现在,他孙玉杰就安安静静地躺着，不慌不忙地等着一个又一个婴儿呱呱坠地。

洞房，梦幻般摇曳的烛光中，一对新人拥衾而坐，无言以对。新郎官神情颓然地避开新娘子那双执著探询的目光，痛苦地垂下了沉重的脑袋……

秋风又一次横扫过来了。院中那株古槐落叶纷纷，枝枝丫丫挂满了颗粒饱满的槐角。但儿媳百灵仍像刚娶进门时一样，平平静静，茅坑隐秘处按时扔着污秽的卫生纸团。儿子自新婚之夜过后，整天无精打采。作为过来人，孙玉杰看在眼中，喜在心头。可媳妇的沉着，又不能不使孙玉杰着急。

孙玉杰知道事情的真相，是在一年后儿媳回娘家，他与儿子的闲谈中。真的？这是真的？孙玉杰如闻一声霹雳从晴空响过，倏然跃起，抓起布袋子一样疲软的儿子奋力地晃着。打死他，他也不相信眼前这壮实得像头牛牸子的儿子，裆里吊的竟是个没用的东西！孙玉杰只觉得天塌地陷。不！孙玉杰一下子又坚强地挺了起来。他手扶桌子，仍然不相信，当机立断陪儿子去医院检查。

县城、地区、天水、兰州、西安，父子俩大医院小医院出出进进，进进出出，结果都是一切正常。反复叙述、询问，仍是一切正常。又说什么可能是心理障碍等等，云三雾四，玄玄乎乎。孙玉杰又自信起来，晚上，亲自把儿子叫来，如此这般地密授妙术，然后才送出去。但翌日一见儿子的神色，心就凉了半截。莫非，莫非老天要叫我孙家断子绝孙？一声喟叹中，两行浑浊的泪水爬下了他苍老的脸颊。

不！他孙玉杰一辈子是个死不服人的人。一个激灵，他立即振作起来，咬咬牙，把一张五千元存折交给了儿媳，把儿媳的房子重装修置一番，吩咐老伴承担一切家务，让儿媳妇吃好穿好，尽情享福，不许与外人来往。全家人要守口如瓶，不能叫村里人，尤其是张疤子看孙家的笑话。先稳住阵脚,一切从长计议。孙玉杰向全家人解释。

可百灵和别人不来不往可以,总不能一年不去娘家看一两次嘛!在漫长、炎热的夏天,百灵提出要走下宾馆一样高级的三层楼,去看看爹娘。孙玉杰毫不犹豫地满口答应,并叫大山陪上,只是一定要当天赶回来!

一路上,百灵快乐得不行。她唱着、笑着,不时地把大山丢得远远的,又回过身,对吭哧吭哧地追着她的大山招手:哎!快点!慢点!你慢点嘛!大山气喘吁吁地赶来,抹把脸上的汗珠子,提议:歇歇?歇歇就歇歇。一对夫妇亲亲密密地找了片荫凉,相对而坐。

习习凉风中,百灵质地柔软的衬衫如一泓湖泊在轻轻地荡漾。她偶尔撩撩额前的刘海,两只丰满的乳房便兔子一样在胸上活蹦乱跳着。面对媳妇一个劲地傻笑着的大山,心中远远地涌来一阵潮汛,目光下意识地落到百灵两条玉藕般白嫩的大腿上,又很不老实地在短裙里面三角地带的遮遮拦拦中穿行。一阵异样的激动,使他突然两眼熠熠生辉,呼吸骤然粗重起来,猛地抓住百灵的手,声音颤抖着:灵,我,我行、行了!什么行了?放开,叫人看着多不好意思!回!今晚……我真的行了!不信,你就摸吧!嘘——!百灵猛然醒悟过来,两腿倏然往起一叠,脸上泛起两朵红云。

傍晚时分,一对快乐的夫妇急匆匆地赶回来。其时,孙玉杰正与一个陌生的外地后生交谈着。孙玉杰向大山两口儿介绍那后生是孙家窑的雇工。大山与百灵只一搪塞,便钻进了自己的卧室。

一声悠长、哀怨的叹息过后,大山披着衣服,垂头丧气地走了出来。月儿弯弯,沉沉地向西斜坠,槐叶在浅吟低唱中送来阵阵清香。孙家院好静啊,静得能听见大山眼眶那颗泪珠的滚动声。他是农民的儿子,虽然也捞了个高中毕业证,但在那个学生三天两头支农的年代,他从没有认认真真地读过一本书。他不知道也想不通老天为什么要这么苦苦地折磨、捉弄他这个老实人。他痛苦,他迷茫,他无法走出这谜一样的困惑……

老态龙钟的孙玉杰依然没黑没明地苦心经营着他那孔被越来越多地崛起于野马河两岸,整日响着机器轰鸣声的砖瓦厂挤得朝不保夕的砖窑。大山一边埋头干活,一边苦思冥想,他怎么也弄不明白老头子花钱雇个壮后生,为什么却十天半月来窑上干一次后,便让他蹾在家里白吃饭。

终于,有一天,孙玉杰叫大山到里屋,嘀嘀咕咕地密谈了一阵。百灵便听到父子二人激烈的争吵声。畜生!你这个畜生!你才是畜生!凭你出的这馊点子,你就该断子绝孙!大山一头冲出门,怒气冲天地走了。

孙玉杰在一声颓然的长叹中,打发了那后生。

大山无影无踪地消失了。

富丽堂皇、画舫一样漂亮的房子里,只留下一个什么活也不让干的形影相吊的丽人,凄凄清清和百无聊赖中,修长的手指把一件毛衣拆了织,织了拆,硬是拆烂了,织烂了,那张天生丽质的脸也就在拆拆织织中憔悴了……

孙玉杰不慌不忙、信心百倍地等着大山蓬头垢面地归来。他照样有说有笑地吃吃喝喝,起起卧卧,什么事也没发生似的平静。

这时,张家二小子突然回来了。这小子在外打工、带工、包工,一番闯荡,听说回来时竟腰缠十几万元。孙玉杰先是不以为然地报之以不屑的一笑,接着心中便不是滋味。他更想着自己的儿子也回来,不指望他拿多少钱,只为了让他自己别显得不如张疤子!直到这时,他对大山的思念才如潮汐一般涨起来。

这当口,张家父子却争执起来。不用问就知道是红色马不停蹄、一心一意地要盖栋楼。这,张疤子赞不绝口。但红色提出要盖在村外头,张疤子可就不依了。他也要学孙家,拆掉旧屋换新房,并且是四层的,要压他孙家一头!父子二人言来语去,谁也说服不了谁,终于撕破脸皮,大吵大闹。最后,姜还是老的辣,张疤子趁儿子不防,将存折占为己有!

几天下来,红色突然如痴如呆,睁着一双失神的眼睛四处幽灵一样地游荡。每每夜幕降临,孙家院的墙角响起纺织娘凄凉的音乐时,红色就坐在老槐树下,吹起他那支从不离身的笛子。

笛声哀哀怨怨,如泣如诉,吹缺了月儿,吹落了星辰,吹走了长长的秋冬两个落寞的季节。

笛声似断非断,似续非续,给仲春的孙家院落下一片凄苦的霜意。

就在又一个月光朗朗的晚上,那正缠缠绵绵地响着的笛子突然当地落在地上。孙玉杰被一种异样的响动驱使着撑起身子,从窗口望出去:天!水一样流泻的月光下,一对青年男女紧紧地拥抱在一起。哗啦啦!孙玉杰一拳砸向窗玻璃,又悄无声息地躺下了。

敲山震虎。孙玉杰惊散他们后,又装作什么也不知道了,但却翻来覆去地一夜双眼未合。痛心疾首之余,他还是选择了仁。仁能克刚。尤其是女人,仁能使她们感激涕零,终生忠贞于你。天明时分,他的一整套施仁计划已成熟地放在胸中了。

但他刚起床,百灵就走了进来,把那张从未动过的五千元存折往他面前一放,在孙玉杰猝然不防的目瞪口呆中,与红色一起,赤手空拳地双双走出了孙家院。

在这短短的一瞬间,孙玉杰成了当年的孙老太爷,眼前的一切物什都昏花起来,模糊起来。

晓风中的孙家院,静得像一座荒草瑟瑟的古墓。

短篇小说

碰拜大

常言道：五里一个村风，十里一个乡俗。

蜿蜒迤逦的野马河，九曲十八湾，河两岸星罗棋布的大村小庄，乡风民俗要是云集起来，保准塞断十条野马河。

这不，梨树湾人又蹲在村边的大梨树下，眉飞色舞地大讲特讲他们千百年来久盛不衰的风俗——碰拜大了。

碰拜大，就是新媳妇生的第一个婴儿满月那天，包在崭新的缎子襁褓中，由一个福大命大的妇女抱上，在众多打扮得花枝招展的女客陪同下，迈着不紧不慢的步子有说有笑地绕村一周。其间，碰上的第一个已婚男子就是婴儿的拜大，被众人簇拥到主家，推到宴席的上首，尽情享受人们的尊敬，喝个酩酊大醉，吐个一佛出世，二佛升天。酒疯呢，当然要撒个翻江倒海,倒海翻江。那场面,那角色,那荣耀,嘿,就别提啦!

因此,梨树湾的男子只要发现村里的新媳妇怀孕,就开始暗暗地祈祷上天把"碰拜大"的机运赐给自己。但是,也许是祈祷的人太多了,上天总是难以使每个人都如愿以偿。

就拿高进财老汉来说吧,今年已是六十有九的人了,都还没碰上,正眼巴巴地盼望着哩。人活七十古来稀,高进财怕的是天有不测风云,万一自己有个三长两短,会带着一生的遗憾离开这个世界。

高进财一辈子蔫不奢拉的,个子虽小,却分外壮实,脖子短,脑袋大,草鞋脸上两撇扫帚眉下一双牛牯子眼中流露出一片善意与温和。他本本分分,日出而作,日落而息,拉着家庭这辆沉重的破车,吃力地在人生之路上奔波着。生活不如人,当然矮人半截,受人歧视,就连做的梦也尽他娘的长满了醭毛。因此,他就把自己出人头地的希望重重地押在了"碰拜大"这一宝上。

正因为他是老实人,所以就固执得不会打弯,给了针当棒槌使,日日夜夜渴望着自己被碰上。但一次又一次碰上的,都不是他。每当村里的谁被碰成拜大,他心中就不是滋味,要难过好几天。

有一次,高进财无端遭了一个亲戚的白眼,窝着一肚子气回家,正逢杨占山的孩子满月。为了雪洗耻辱,他这个一向缺少心眼的老实人不知竟受了什么神灵的指点,突然灵机一动,觉得自己老这么傻乎乎地等下去,不知何年何月才能叫他碰上。他决定主动去碰。

于是,他就精心作了番准备,提着一只长把笊篱,装成拾粪的模样。但刚下了台阶,他又急忙返身回屋,把笊篱撂进门旮儿里。人家那么庄重的场面,你拿着一只臭烘烘的烂笊篱,墙上挂麻包——像画(话)吗?他想了又想,便做出一副悠然自得的溜达的样子,已走到院边了,又立即转回身往屋里跑——你这身肮脏的、破烂的衣着,活像一个乞吃讨饭的叫花子,抱着人家的孩子出现在大庭广众中,叫主家在众客面前把脸往哪里放呢?他换上那身只有出门做客、逢年过节才穿的蓝布褂子,在镜前看了看,又觉得不妥——瞧你这身衣装,分明就是早有准备,自己找来的,根本不是碰上的。嘿嘿嘿!哈哈哈!他仿佛看见全村人指着他的脊梁,说长道短……

啊呀,真他娘的作难死了!

他想呀想,直到几乎想破了脑瓜子,才终于出了家门;他又等呀等,直等到灰心丧气时,才见一群花团锦簇的人拥着王家大媳妇说说笑笑地远远走来。

他的心咚咚咚地狂跳着,紧张地望了望前后左右,空荡荡、静悄悄的没有一个人影。他松了口气,心又跳得更厉害了。他为盼望了多少年的机运眼看就要光临自己而激动、兴奋,这一瞬间他又为荣耀以后,心中再没个盼头而怅然、失落。在他的心目中,这是人生最为辉煌的一个镜头啊!此时此刻,他甚至很想立即避开,但又实在舍不得这个千载难得的机会。他不知道如何是好,他……他……

就在这时,胖嫂突然用甜得发腻的声音叫道:"他王爸,恭喜你哟!"

怎么啦?高进财一愣,接着就看见胖嫂喊的是在离路约一丈多远的王队长,对明明碰上的他根本视而不见。王队长?怎么好运都碰上了他?原来……娘的!一霎时,他突然明白了许多、许多。一种深沉的悲怆潮水一样地涌上了他的心头,两行浑浊的泪水夺眶而出……

那一年,他整五十六岁。

他恨,他恨透了胖嫂。见了胖嫂,他就把胸膛一挺,头一昂,脚下生风地走过以示抗议。一次,梨树湾生产队开社员会,胖嫂与一群妇女叽叽喳喳地吵个不休,王队长虎着脸咳嗽一声,恶声恶气地骂道:

"都把臭嘴闭住!"

妇女们立即安静下来,个个脸红红的,很不好意思。

他心中的怒气奇迹般地消失了一半,幸灾乐祸地冲胖嫂笑了一下。

还有一次,胖嫂端着孩子屙屎,台阶下,一只花狗歪着脑袋吃孩子屁股下的粪便。"过去,贼狗!"胖嫂呵斥一声。花狗一怔,看看并无什么险情,便摇摇尾巴,伸长嘴又往孩子屁股底下凑。

正在路过的高进财吭吭哧哧了半天,才憋出了句不阴不阳的话:"他嫂子,俗话说,人爱的有权汉,狗爱的屙屎汉。这话不假啊!"

胖嫂讪讪地一笑,来了个避而不答:"高爸,你吃饭没?"

哼!一个十足的骚货!

他恨过胖嫂后又恨王队长。杂种!不要脸,凭着个毬大的官,回回戗别人行!但这恨,又无法发泄出来,人家是队长,有时你连巴结都会热脸碰个冷屁股呢!

近年来,队长冰在凉水盆子里了,专业户成了最吃香的人物。高进财老汉暗暗地憋了一股子劲,率领全家老少不分昼夜地苦干着。唉!已是个年逾花甲的老人了,耳边挖墓的镢头声都隐隐约约地响起来了,还没被碰成拜大,不管咋样来说,总是人生的一块心病啊!即使你说是人家势利,那也不更证明了你是一个窝囊废吗?但是人比人,气死人,等他成为养猪专业户时,万元户已独中花魁了,等他成为万元户时,企业家又独占鳌头了。唉!人没命,把天恨。高进财心一横,气呼呼地想:算啦!三寸的喉咙不饶人,人只要吃饱,有个安稳窝,什么名利、荣誉,全是他娘的臭狗屎!但每当村子里的谁被碰成拜大时,他还是嫉妒得不行,一张脸总要阴好几天,呼儿呼儿地喷着响鼻。人都是七个窟窿子,都是打娘肚子里出来的,难道我就该在人面前矮一辈子吗?

今年三月,梨树湾农民企业家王树军喜得贵子。消息传开,高进财的心怦然而动,但接着又是一阵酸楚,一阵悲伤。孩子满月这天,他坐也不是,卧也不是,吃不下饭,喝不进水,只觉得自己要发疯要发狂。他只感到自己钻进了一个死胡同。

老伴心疼地望他一眼,说:"人家都是碰上的,你整天价蹶在屋子里不出去,难道叫人家找上门来碰你不成?"

"碰?"高进财凄楚地一笑,长长地叹了口气:"人家?我家?一个天上,一个地下,能碰到一起吗?"他喉头一阵哽咽,顿时感到非常疲乏,顺势坐在门槛上。坐了一会儿,慢慢地,他终于想通了。

唉!不怪天,不怪地,人都有自己的难处哇!比如杨家的孩子丽丽,如今出脱得桃花一样好看,等从野马河小学毕业后,考上梨花镇中学,念几年后,国家给她或大或小安排个工作,回到村子里,人们说,这娃是高进财老汉碰上的,嘀!你老家伙榆树皮般的脸上光彩了,可叫人家娃荷花一样的脸往哪里放呢?唉……唉!他想通了,他彻彻底底地想通了。但他的心上却如秋风横扫过的田野那样凄凉、悲怆。

吃过午饭,不知为什么,高进财的双腿还是不由自主地把他带到了村边的小路上。一缕游丝般弱小的侥幸在执著地撩拨着他灰蒙蒙的心。哦!一个、两个……他发现,不少人都装着若无其事的样子在路上溜达着。他突然后悔了,想转身往回走,但两只脚却怎么也挪不动。偏偏正在此时,一群女客拥着怀抱婴儿的人迎面走来了。所有的人都沉不住气了,个个焦急地等待着机运的降临。

高进财有些眼花,他看不清抱婴儿的是谁。正在左右推猜之际,迎面传来了胖嫂的声音:

"高爸,恭喜你哟!"

什么?他的脑袋嗡的一声,像有成千上万只蜜蜂在鸣叫。他愣愣的,怔怔的,实在不敢相信自己的耳朵。

"高爸,恭喜你哟!"站在他身边的牛占山拍了他一把,脸上堆满了不阴不阳的怪笑,学着胖嫂的声调说。

　　真的?! 他立即清醒了过来,全身的血液兴奋地沸腾着,眼中闪射出两道强烈的光芒,如踩着棉团似的跑上前去,把婴儿抱在怀中,一张饱经沧桑的脸笑成了一朵多瓣菊花。

　　多少年来梦寐以求的愿望终于实现了! 他终于当仁不让地坐在这宴席上首了。一辈子的劳苦、艰辛、耻辱、怨恨,全都烟消云散了。此时此地,他感觉到那搳拳声、男宾女客的喧哗和厨师刺耳的铲锅声都突然变得异常和谐、悦耳起来了。他心中的自豪感、得意感、喜悦感水波般的依次扩展着、扩展着……

　　"他高爸!"

　　"他高爷!"

　　"他高太爷!"

　　人们争先恐后地往他跟前挤。

　　他傻呵呵地笑着,一双眼睛眯成了一条细缝,面对着一杯杯敬来的酒,心一横,决定也要喝个酩酊大醉,大撒特撒酒疯,以此来告诉所有的人:高进财时来运转,被碰成王树军孩子的拜大了。于是,他就摆出一副颇有海量的样子,接过高脚杯子,看也不看地一饮而尽。咦! 不对! 他咂咂嘴,这酒,呛辣辣的酸溜溜的甜丝丝的还凉津津的。看看颜色,竟像三年陈醋那样。哦! 到底是企业家,这酒,莫非就是人们常念叨的五粮液、茅台吗? 他提着炮弹大小的酒瓶子,自斟自饮,狂斟狂饮,后来,干脆举起满满的一瓶,仰头疯吮。但就是头不晕、脸不热,眼不花,全身凉飕飕的! 而席也眼看着就要散了。他急了,一急,就急出一个智来,头一仰,突然大笑起来:

　　"哈哈哈!"

　　众人大吃一惊,面面相觑。

"拿来,把所有的酒都拿来让我喝!三四十坛酒醉不倒我高进财!"他时而踉踉跄跄地往人身上撞,时而呜呜呜地大哭大号,时而拍着大腿破口大骂:

"我日他娘!"

唾沫星子雨点般的四处乱溅。

"他怎么啦?"有人问。

"喝醉了!"有人说。

"可乐能醉人?"

"哎哟哟!世界奇闻!可口可乐醉倒人啦!"又有人怪声怪气地叫。

众客大哗,蜂拥而来,争着抢着一睹可乐醉倒的高进财……

短篇小说

鸡味店主人

一阵清风吹来,鸡味店上空垂直的烟柱忽然打了个弯,变为一条细长的带子,轻柔地摇曳着。店里挤满了顾客,说的、笑的、叫的、唱的,乱哄哄地响成了一片。

店主人野妹子漂亮、干练、精明。她一边来来往往地端茶上菜,收碟摆碗,一边与顾客嘻嘻哈哈,打情骂俏。

青皮后生们一道道火辣辣的目光,肆无忌惮地在野妹子那张桃花一般好看的鹅蛋脸上和奔放着青春朝气的乳峰间来回扫视着。野妹子大胆地迎着他们的目光,脸不发烧,心不跳。

"有烧鸡吗?"一个后生问。

"有!"野妹子脆生生地答。

"一只多少钱？"瘦高个笑嘻嘻地问。其实烧鸡的价钱他早知道。

"四十块！"野妹子也笑嘻嘻地答，伸出四个指头晃动着。她故意多说了一半的价。

"四十块？"矮胖子抢在众人面前，诡谲地一笑："四十块就要把你也搭上！"

隔壁简陋的马鞍房里，河女捅了春燕一下，叫她注意听。

鸡味店里，野妹子不以为然地微微一笑，大大方方地说："搭上也可以。只是你把我带回家里叫娘还是叫奶奶，当着众人，可要说清楚！"

"哈哈哈！"

"嘿嘿嘿！"

"嘻嘻嘻！"

"……"

一刹那间，幸灾乐祸的笑、随声附和的笑汇成一片，那些分明要看野妹子出丑的人，这时干脆来了个反戈一击，纷纷倒向野妹子。矮胖子讪讪地笑着，脸红得像块鲜猪肝。

春燕也忍不住扑哧一下笑出了声。河女不满地白她一眼，鄙夷地撇撇嘴，悻悻地冲鸡味店骂了句："不要脸！"

鸡味店里，笑声一落，一只烧鸡便送上了桌。雪白的盘子里雄赳赳立着一只神气活现的烧鸡，鸡头气昂昂地挺着，鸡脖颈灵活自如地转来转去，像是呼朋唤友，又像是左顾右盼。

"呵！……"

"哟！……"

人们惊诧地望着，全都静悄悄的，谁也不相信它竟然是一只无生命的鸡，谁也不愿打破眼前这充满着神秘的气氛。

野妹子心中激动、得意，脸上却是一副满不在乎的表情。她不动声色

短篇小说·鸡味店主人　147

地拿起筷子，在桌面上轻轻一蹾，不慌不忙地照准鸡的某个部位一点，"哗"的一下，一只活生生的鸡顿时变成了满满的一碟子肉。

顾客们呼天抢地地吃着，大口大口地喝着烈性酒，放纵地说着、笑着，并不时偷偷地瞥店主人一眼。

片刻工夫，肉吃尽了，独剩一只鸡头还在蠕动着。众人面面相觑。这时，野妹子走上前来，把碟子端走。

众人神思默默，久久揣测着那只鸡头……

"那家伙的烧鸡，啧！"春燕有时也咂着嘴，不胜佩服地赞叹。

"没出息！"河女指责春燕。她就是不服野妹子："哼！她的那烧鸡算啥！只有她祖先做出的烧鸡，才算是真正的烧鸡！那造型、那味道……"河女响亮地弹了个舌，仿佛她刚吃过野妹子祖先做的烧鸡。

"你尝过？"春燕忍不住咯咯发笑。

"我没尝过，但听过。"

听过？对！相传，野妹子的祖先开设的鸡味店被誉为"陇南第一吃"，烹制的烧鸡，虽然只有鸽子大小，豪吃与一般烧鸡毫无二致，可细品，悠悠的，别有一番香味，淡淡的，又仿佛远远的，挥之不去，召之不来，调皮地撩逗着人的味觉，陈年老窖似的，越来越醇，愈来愈鲜，回环往复。最让人惊奇的是：那雄赳赳、气昂昂的雄鸡立在碟子里，俨然一副引颈长鸣的姿态。吃过后，打一个饱嗝，增一份香味，令人十天半月不想去吃另一样东西……

日月星斗几转几移，燕来燕往花开花落。到了野妹子父亲张守业手中，鸡味店的烧鸡已名扬大西北了。可一个难以弥补的遗憾也同时重重地压在了张守业的心头：他的妻子只为他生了一个女儿，而张家的手艺是传子传媳不传女的。张守业常常望着在自己身前身后跑来跑去的野妹子长吁短叹。后来，"红色风暴"刮来了，张守业几经沉浮，最终还是背着沉重的十字架,带着一身绝技和满腹的遗恨离开了人世……

从此,鸡味店的烧鸡只在人们的梦中萦绕。

通往梨花镇的必经之途是野马河上的女儿桥,而桥堍大槐树下则是行人们纳凉休息的地方。河女眼尖,见缝插针,和春燕合伙在这里搭了个简陋的马鞍房,卖茶水,卖饭菜,生意做得蛮红火。谁知,偏偏半路上杀出了个程咬金,张守业的女儿野妹子扔下家庭和孩子,闯到这里,挂起祖先的幌子,操着父亲手指缝里漏下的零星半点手艺,烹制出的烧鸡味道虽与一般人的毫无二致,但烧鸡那神气活现的姿态照样吸引走了马鞍房里的顾客。

"呸!"每当听到鸡味店的笑声时,河女都要啐一口唾沫。

"你嫉妒人家啦?"春燕转过头来问。

"哼!猪下的才嫉妒她呢!"河女耸耸肩,不屑地一抽鼻子,控制着自己心头腾腾跳动的火气。

春燕不说话,神情闷闷的。

"你,灰心啦?"河女突然恶狠狠地问。

"没……没……"春燕慌乱地避开她咄咄逼人的目光。

河女一咬牙,旋即轻松地笑了起来,笑得春燕莫名其妙,不解地眨动着眼睛,疑惑地问:"你……"

"我笑世人太愚昧!"河女愤愤不平地说,"那烧鸡缺调少料的,只不过会转转头,就都出高价钱去吃。哼!"

"我笑那婆娘没福气!"见春燕低头不语,河女又说。

春燕望着她,更加不解。

"她一天忙得连个放屁的工夫都没有,每顿照样只吃两碗饭。我两个清闲得赛观音,一顿也吃他娘的两碗饭!嘻!"她扬头笑了起来,心中顿时痛快了许多,情不自禁地扭动着身子,屁股下的凳子咯吱咯吱要散架似的拼命地叫。

"我两个这样可不行!"春燕坐在河女面前,指着报纸上一行小孩子的眼珠那样黑、那样大的字说:"兰州烹饪学校正招生,我想去学一回,回来与野妹子比高低!"她语气恳切、炽热,有着一种直倔倔的执拗劲。

河女的身子不扭了,认认真真地思考起来。

鸡味店里一阵高似一阵的笑声不时地传进来,衬托得马鞍房里更加寂寞、冷清。

野妹子有意大声地说着,大声地笑着,把店里的气氛搞得热闹、红火而又和谐。慢慢地,她对河女和春燕莫名其妙的敌对情绪被马鞍房冷清所带来的痛快代替了。顾客散尽,她不顾疲乏地一边洗锅刷碗,一边默默计算着当天的收入,出外泼泔水时,像是为了弥补什么,朝隔壁问了句:

"春燕,吃饭了没?"

"吃了。"春燕无精打采地回答。

春燕的声音,给她心上突然投进一丝纤细的愧疚。于是,她也没了精神,默默向马鞍房走去……

漫长、寒冷的冬天过去了,野马河抖落一身沉重、坚硬的冰铠,轻松自如地向东奔去。

鸡味店主人的笑声却没有往日响亮了。

真没想到那个腼腆、文静的姑娘春燕半年没见,竟然带着一手使野妹子耳目一新的烹调技术回来了。于是,马鞍房里的什么洋芋拔丝、苹果拔丝、鱼跳龙门、燕子斜飞、丰年田野、白浪滔天等一大堆花样新颖、冷热齐全、色味俱佳的菜肴,使野妹子的烧鸡黯然失色,身价大跌。野妹子望着自己店里寥寥可数的顾客,听着河女那泼辣的说话声和毫无顾忌的笑声,心如针刺般发痛,胸臆间涌动着一股强烈的妒忌。

"一盘红花绿叶多少钱?"

"四块!"

"哦,比烧鸡便宜得多,却好吃得多!"有人讨好地谄笑着。

"可人家的是活烧鸡呀!"河女有意诱导顾客。

"屁!还没有我媳妇炖的入味,只不过会转转头。哈哈哈!"

这话说到河女的心坎上,她畅快地舒了口积压已久的恶气,提高嗓门:"人家的是祖传绝技!"

"祖传绝技也没有你们的菜好,味道美,色彩鲜,价钱低……"

"还有你既漂亮,又热情!"有个调皮鬼趁机打趣。

于是,一串欢快的笑声如受惊的小鸟,飞出了马鞍房。

傍晚,马鞍房安静下来了。春燕和河女不知为什么突然间同时感到有点儿过意不去,二人虽然很乏,但又都不想休息,总觉得还要干件事情。究竟要干什么,谁也难以说清。两人默默地,不约而同地来到了鸡味店前。

"大姐!"二人一齐叫出了声。

"哎!"野妹子痛痛快快地答应一声,随即拉开抽屉,把里面码得整整齐齐的票子胡乱地撒在桌上,装作正在整理的样子。

"你的收入不错哇!"春燕赞叹道。

"不如你们!"野妹子口里谦虚,心上却翻动着醋意。

"你的一只烧鸡要卖我们的好几盘菜钱呢!"春燕实话实说。

"烧鸡?唉!烧鸡顶不住一张漂亮的脸蛋子。咯咯咯!"野妹子话一出口,便抢先笑了起来。她憋在心中的嫉恨顿时减少了许多。

"脸蛋子顶不住一张能说会道的嘴!"河女起身回击。

"三月的牡丹最迷人啊!"

"八月的菊花分外香哟!"

野妹子和河女又打又笑地闹成了一团。

短篇小说·鸡味店主人　151

一天,马鞍房里的顾客挤得如沙丁鱼罐头,而鸡味店里却稀稀疏疏地坐着十几个白发苍苍的老人,全都神思默然,仿佛在追忆着什么往事,即使偶尔一言半语,也是寡淡无味。

野妹子的烧鸡发出了怪味。她看着一堆苍蝇飞旋的臭肉,听着马鞍房里快乐的笑声,一股愤愤难平的情感怒潮一样撞击着她的胸膛。不过,很快地,她就镇静下来,端一把凳子,坐在门口,耐着性子等待着那激动人心的一刻。

终于,笑语盈盈的马鞍房里,突然传出一声气愤的质问:

"你把苍蝇当肉卖?"

接着又是一声大喊:

"我的菜里有蛆!"

"啊!我的也有!"

野妹子嘴角掠过一丝得意的微笑。随即,马鞍房便响起了掀桌摔碗声。她一惊,忍不住一跃而起,噔噔噔地几步冲过去,对着吵吵嚷嚷的人群大吼一声:

"不准闹!"

但谁也不听她的,反而吵得更凶。她看一眼惊慌失措的河女和春燕,一转身,抓起菜刀,啪的一下,砍在桌子上,怒目圆睁,又是一声大吼:"不准闹!"人们一怔,立即鸦雀无声。

不一会儿,就有人请来了梨花镇卫生防疫站的工作人员。来人认真检查了马鞍房的食品后,嘴里吐出两个冷冰冰的字:

"罚款!"

款罚了。河女呆呆地坐了两天两夜后,回家去了。春燕独自一人孤零零地守着冷冷清清的马鞍房。

寂寞的鸡味店又热闹起来了。但大把大把赚来的钱,并没有使野妹子的心情轻松愉快起来。她常常从噩梦中惊醒,虚汗淋淋的,听着心在空荡荡的胸中忐忑不安的跳动声,一块铅一样沉重的东西就悄悄地压上了她的心头。

于是,她就千方百计地给春燕以关怀,与顾客说话时也低声细语的,并早早打烊,把春燕叫过来玩。在此期间,春燕把自己学来的技术传给了她一部分,这使她更为不安。一次,在与春燕聊天中,她无意间冒冒失失地说:"我把做烧鸡的办法教给你。其实,简单得很,你只要在鸡头至鸡颈处装条黄鳝就成功了……"话一落音,她倒大吃一惊。

春燕也吃了一惊,接着就感激万分地说:"大姐,谢谢你,河女不干了,我准备一个人去县城闯!"

野妹子一听,心中一阵轻松,又是一阵怅然。她真心诚意地挽留春燕。此时此刻,她突然最怕春燕离开这里。但马鞍房还是很快地拆掉了。

弯弯曲曲的山路上,野妹子恋恋不舍地把春燕送了一程又一程……

短篇小说

一锅宽心面

二婆定定地望着山垭口。

从山垭口刮进来的西北风,毫不留情地抽打着她那张饱经沧桑的脸,撕扯着她雪一样白的头发。脚下的这条公路义无反顾地直向山垭口外奔去,从山垭口走进来的人,个个都风尘仆仆的,一张张激动、兴奋的脸上总是遮掩不住一丝或多或少的倦意。

"二娘,你老近来可好?"婶侄辈的后生亲热地向她打招呼。

"哦!你回来了?回来好,一年到头了,三十晚上的宽心面总不能错过吧。"她打量着站在眼前的后生,怪心疼的。同时,又惆怅地望望山垭口。

"二娘,回吧,天气冷!"来人劝她。

她长长地叹了口气。

"二娘,亮亮和槐花可能在后面。"

她感激地点点头:"对对对!我信你的话。大年三十不回啥时才回呢?"她嘴里虽这么说着,但脚就是不肯挪动一步,双目仍久久地凝视着山垭口。

会回来的!

一定会回来的!

虽然没有约定,虽然未捎来片言只语,虽然……但二婆却坚定地相信:即使钢丝铁索都锁不住孙子孙媳急匆匆归来的脚步!

"冤孽!放着安稳的日子不过,偏偏要去做你娘的鬼生意!"她疼爱地骂着。

是啊,撇开这栋漂亮的三层楼,撇开琳琅满目的家具,也撇开皮箱里那一叠存折,光今年八月份挣来的那笔钱,全家老少四口人放开肚皮也要吃五六年欢的哩。钱,赚到多少,才能把孙子孙媳的那颗野心收回来,安安稳稳地落在家中,早晚在自己身前身后绕来绕去呢?

腊月三十了,三十晚上的破碗折筷子都要收回家。三十晚上除过蹲监的、当兵的以外,无论是谁,无论离家多远,哪怕是跑断腿,都要赶回来!

冤孽,喂了个你,不容易呀!外头的花花世界勾去了你的魂,你忘了我死老婆子,忘了野马河,忘了杏树沟,可大年三十晚上的宽心面,你总不能忘了吧?吃宽心面,是陇南山区独具一格的传统风俗,除夕夜妇女们把擀得薄薄的面切成箭头式的大片子,从锅里捞出,调上羊肉臊子、油烫辣子、三年陈醋,满碗游动着鲜黄的辣油,吃起来香香的、辣辣的、酸酸的,味道回旋往复,绵绵不绝。明亮的灯光下,全家老少团聚一堂,在爆竹声中吸溜吸溜地吃着。一锅宽心面填补了心灵的缺憾、创伤,预示着来年日子的宽展、顺当。三十晚上吃不到宽心面的人,不论是本人,还是家里人,心中的悲伤、凄楚都是难以言状的。

"为啥还不见影呢?"二婆有些焦急起来了。

二婆年轻时,每年三十晚上也这么焦急地等待过。但那时等的是丈夫。丈夫万有财是个身强力壮的好后生,他背着一个大圆背斗,跑阶州,上天水,下四川,走河西,贩了茶叶贩草帽,贩了扒布贩食盐。凭着一副结实的身板,凭着一身牛一样的蛮力,为了多赚一两枚铜板,背着当时的紧缺货,昼夜兼程二百多里路,脚上磨出的白水泡葡萄般圆溜溜发光、发亮。

"这娃,有福气,寻了个好女婿!"娘家的叔婶们说。

她浅浅地一笑,低下头,心中酸溜溜的。

娘家人看的是表面。她面对孤灯、独守空房的凄苦外人是尝不到的。生意人起五更,睡半夜,迎来日出,送走晚霞,跋山涉水,两肩霜花,一番番春夏秋冬,一场场酸甜苦辣,够你品,也够你尝。一年三百六十天,数不清究竟有多少次,听人说丈夫离家近了,近了,但几天后听人说又远了,远了,把一个个大大的失望送上她的心头。只有年年的三十晚上,她的盼望和等待才不落空,丈夫即使摸到天明也会回来的。她每到三十那天,早早地就擀好宽心面,晾在案板上,一边饿着肚子用文火慢慢地烧水,一边信心百倍地等着丈夫。有一次,她饿得眼前发花,鸡叫四遍了,丈夫才带着一身的疲乏回来了。她惊喜地站起来说:"我当你不回来了。"

"看你说的,不管咋样,三十晚上的宽心面总要吃嘛!"丈夫疲惫地笑笑,打了个哈欠,瘫在了炕上……

后来,丈夫又出去了。

她等啊,等啊!整整一年。她站在弯弯曲曲的羊肠小路上,朝山垭口望啊望啊!整整十二个月。又十二个月……

谁知,丈夫这一去,竟成了终生的诀别……

再后来,她的儿子大了,娶了媳妇,给她生了个孙子,取名为亮亮。

再后来,塌方夺去了儿子的性命,媳妇改嫁他乡,她与亮亮相依为命。

再就是现在,亮亮长大了,自由恋爱,和翠竹寨的槐花姑娘结为百年之好,给她生了个白胖胖的重孙。她的头发全白了,牙齿也落光了,脸上刻满了密密的皱纹。她的温饱之忧解除了,亮亮和村子里的另一个后生旺盛各驾一辆东风车,跑兰州,跑青海,跑成都……越跑越远,越跑越野。

今天早晨,她站在这里,对凡是去梨花镇赶集的人说:

"去了多转转,回来时搭亮亮的车!"

昨夜,西北风老牛一样地怒吼着。她躺在被窝中,听着外面飞沙走石声、摧枯拉朽声,久久不能入睡。

冤孽!你在外边跑上跑下的不说,还要把槐花也叫去。今晚这么大的风,要是把我的槐花冻坏了,我叫你莫怪!她怨了亮亮又怨槐花:死女子哟,出去把那滋味尝尝,好受不?不听老人言,吃亏在眼前,我不要你去,可亮亮一叫,你眼中放出的那光、脸上露出的那笑……

"狗狗,往我跟前睡。"重孙的名字叫致富,她嫌拗口,不好听,仍沿用山村取名的老习惯,叫狗狗。

狗狗在睡意蒙眬中动了动,一只肉墩墩的小手下意识地揉摸着她干瘪的奶头。那动作,跟小时候的亮亮一模一样。

"狗狗!你猜你爸爸和妈妈明天啥时回来?"心中空荡荡的,总想和重孙说说亮亮,说说槐花。但狗狗睡得是那样的香,那样的甜,她不愿也不忍搅乱重孙甜蜜的梦境。老不死的,不说话,能把你憋死?明晚上孙子孙媳回来了,哪怕你有一肚子话,也尽你说!

后半夜,风声停了,喧闹、翻腾了很长时间的夜终于休息了。她的心情也如这夜一样安静了下来。

噼噼啪啪的爆竹声炒豆般的在村子里响着。孙子孙媳喜气洋洋地回来了,踩着院子里厚厚的爆竹纸屑走到屋子里,围着暖烘烘的炭火,两口子轮流抱狗狗,接过她端来的宽心面,一边扑扑地吹着,一边亲密地说这说那,对站在旁边的她毫不理睬。亮亮把一片肉夹进槐花的碗里说:"你吃了!"

槐花夹进亮亮的碗里说:"你吃了!"

让来让去,谁也没吃,最后只好都作了让步:"叫致富吃!"

没良心的,你们已吃过两三碗了,难道就没看见婆还没端碗吗?她心上酸酸的,又苦苦的,如秋风扫荡过的旷野那样凄凉。她伤心地转过脸。槐花拿着空碗起身要去舀饭,她又不由自主地说:"我去!你乏了,给我好好歇着。"硬是夺过槐花手中的碗,边走边怨自己:"老不死的,娃在外闯荡了多半年,热一顿、冷一顿、饥一顿、饱一顿,没顾上招呼你,你就赌气了。你太不像话了!"也许是她太爱孙子了,也许是她太通情达理,反正多少年来多少次,她总是把亮亮做的她想不通的事硬给想通了。

忽然,前面站着一个人,挡住了她的去路。

哦!亮亮爷,是你!没良心的!这几十年来你在哪混来?你为啥不捎个信?你……她又惊又喜。但丈夫就是一动不动地站着,沉默着。你说话呀,老东西!哎!丈夫并没有老,仍然是四方四棱的脸,仍然是结结实实的身板,仍然是……她含着泪花迎了上去。丈夫亲热地给她说着什么,但她却半句也听不清楚。一着急,竟醒了过来。

屋外静悄悄的,屋里也静悄悄的。她下意识地摸了摸身边的重孙。

亮亮这几年不落家是实,但娃从来就没有忘记我这个死老婆子!前年腊月三十晚上,启明星都升起来了,他才回来。吃过宽心面,坐在她身边,她疼爱地梳理着他乱蓬蓬的头发,擦去他脸上的道道汗迹。他兴奋地说这说那说个不停不休。她饶有兴趣地听着,整个神情沐浴在一片幸福、适意的阳光之中。可很快地,她就意识到了什么,说:

"你去睡吧!"

"我睡你这里。"孙子边说边就势躺下。

"去去去,我这里不要你。"她抽掉了枕头。

"不!我偏要睡。"孙子稚里稚气,还像小时候那样顽皮。

"明晚上来。"她硬把孙子推出去,哐的一声关上了门,把寂寞、冷清留给了自己。她打心底里希望孙子守自己一夜,但人家小两口也很久没见面了啊!亮亮是她的,又是槐花的。听着小两口的说笑声,她心上暖融融的。

这么孝顺的娃,能不理睬你吗?你老不死的咋做这样没眉没脸的梦呢?

夕阳落山了,夜幕降临了,黑绒幕般的天空,亮晶晶的星星像孙子的眼睛一样调皮地眨动着。山垭口安静下来了,村里充满了欢声笑语。可亮亮还没有回来!二婆吃了秤砣铁了心——孙子不回来,她就在这里站一夜!

突然,就在这焦急的等待中,一阵汽车的引擎声由远而近,两道雪亮的光柱从黑黝黝的山垭口外投射了进来。二婆一下子振作起来,心惊喜地狂跳着,热泪也止不住溢出了眼眶。

亮亮回来了!因为,整个梨树湾里只有亮亮和旺盛有汽车,而亮亮和旺盛从来没有分开过。

她抢先跑回家去,一拉开关,鼓风机响了,灶窟里被控制着的火光顿时欢笑着喷向锅底。宽心面终于下进锅里,她也随之松了口气。她一定要孙子一进门,就吃上热气腾腾的宽心面!

"二婆!"旺盛满面风尘地走了进来。

"哦!你回来了!"她如见到孙子似的,心中一阵激动,而后便有些紧张,忐忑不安地问:"亮亮呢?"

"他发现了一宗大生意,不能回来了。"

她不由得鼻子一酸，伤心地说："他见了生意，就忘了我这个死老婆子……"她难过得说不下去了。

"这是他托我捎给你的东西！"旺盛把一个鼓鼓的提包一放。

"我啥都不想要，我只想和娃一块吃一顿宽心面，我只想让娃在家里睡一夜，我……"她一遍一遍地抚摸着提包，喉头哽咽着。

"二婆，你不要难过。他也知道他不回来，你会坐一夜的，会伤心到天明的。可是，他……唉！"旺盛于心不忍地说。

只要娃记着我就好，只要娃晓得我的心意就好，老不死的！娃能想到他不回来，你会伤心得睡不着的，你为啥就不想到娃在外边的许多难处呢？娃一辈子守在你身边倒好，可篱空囤净的，你喝西北风去！她又一次想通了，但心上却总不是滋味。

噗的一声，锅溢了。热气腾腾中，满满的一锅宽心面在沸腾的汤水中翻滚着，散发出小麦清新浓郁的芳香。

短篇小说

昨天的婚事

上

蔚蓝色的天空下,连绵起伏的群山像汹涌的波涛,重重叠叠地朝天边涌去。山上郁郁葱葱的林子里,锦鸡在扑棱扑棱地飞,画眉在叽叽喳喳地唱。一只被老鹰追急了的呱嗒鸡撒开脚丫子没命地跑进农田,抱起一块土疙瘩就势一翻。箭一样射下来但却扑了个空的老鹰一圈又一圈地盘旋着,那双犀利的目光不甘罢休地在土疙瘩密布的田地上搜视着……

"嘿!"我忍不住乐出了声。

这时,一双厚实的大手突然严严地捂住了我的双眼。那粗重的呼吸,臭烘烘的汗味早已准确无误地告诉了我一切,我却不急着立即点破,只是

摸索着揪那满胳膊又黑又长的汗毛,疼得胳膊一抖一抖的,快活得我心上痒酥酥的。乐够了,我才以不容置疑的口气说:

"牛娃子!"

那双手仍一动不动地捂着——以示我猜得不准。

我扭着脖子,拼命地挣扎着,可那手就像贴在了我的脸上。一急之下,我冲口喊道:

"就是牛娃子!再不放开,我就说你……"

我话音未落,眼前就出现了一个光明灿烂的世界。回头一看牛娃子脸红得像块猪肝子,鼻尖上挂满了细碎的汗珠。我得意地笑了。

我们两家是近邻。只是我家姓郑,他姓林,按辈分,他得管我叫三爸,但他却一直喊作"喂"。村里红白喜事场上,大总管的鬼点子比天上的星星多,他常常十有八九要把我安排在上首,把牛娃子则安顿在下席。这使牛娃子很不服气。有一次,他竟然当众撕开我的裤裆,拨弄着我的小鸡鸡说:"只有这么一点大的人,还要我叫三爸,还要坐上首,真是母猪的脊梁——背(辈)高!""哈哈哈!"众人哄堂大笑,羞得我浑身燥烘烘的。话传进奶奶耳朵,她把拐杖鸡啄米般的点着地骂牛娃子:"短命娃哟,一岁的天子压百岁的臣呢!你……"牛娃子不敢顶奶奶的嘴。但奶奶一走,他就伸出手来,颇为得意地向我挑战:"敢和我扳吗?"我心中怵怵的,当然不敢;又不服他,总想找个机会治治他。

他长得武高武大,树干一样粗壮的胳膊上滚动着鸡蛋大小的腱子肉,小簸箕似的手常常捏弄着什么,骨结发出嘎巴嘎巴的脆响。他干起活来不要命,两三个人搬不动的石头,他只一哈腰,"嗨"的一声,便抱在怀中,脸不变色腿不打颤地走好长一段路。生产队里,除过队长、会计等大大小小的头头脑脑外,就数他家富裕了。大伙说:这与他的能干是分不开的。

他家厨房墙上常年四季挂着一只油腻腻的玻璃瓶子,每当炒菜时,牛娃娘就取下来晃几晃,把滴着油珠的瓶塞子在热锅里擦擦,随着锅面上升起的白烟,响起了嗞嗞的油熟声,接着便响起了倒菜声。

据我娘嘀咕:他家地下还埋着一只罐子,罐子里装着一笔数目不小的票子,是准备给牛娃子娶媳妇的。可是,日子一天天过去了,他已是三十好几的人了,媳妇还没个影儿呢。

牛娃子常常神思恍恍惚惚的,仿佛在苦苦地渴望着什么,黯淡无光的眼睛里只有蝇头那么大小的眸子放射出强烈的饥渴之光。

他来到哪里,哪里的气氛就变得沉闷、僵滞。无论人们怎么打趣,他总是高兴不起来。只有村子里偶有新婚喜事,他才精神大振,显得比新郎还要高兴几百倍!用镰刃把嘴部刮得铁青,穿上那件洗得发白的蓝布褂子,兴高采烈地帮人家干这干那,大声地说着,畅快地笑着,尽情地唱着,并不断地抬头看看太阳。好不容易盼到鸡一上架,他就急不可耐地振臂高呼:

"耍新媳妇喽!"

青皮后生们听到军令似的涌上前去,七手八脚地扭住新郎,大喊大叫着闯进了洞房,又都畏畏缩缩地不敢向新娘子靠近。牛娃子则不管三七二十一地催促:

"上!"

众人不上,只是一个劲地干起哄。

"呸!看我的!"他麻利地一甩鞋子,冲上炕去,把新郎新娘拉在一起,强制新娘子与新郎官拥抱、接吻。同时,他本人又不失机会地碰碰新娘子的乳峰、臀部、脸蛋……此时此地,他脸放红光,似乎完全沉浸在如醉如狂的境界中了。

……

田野上又响起了画眉那柔情似水的歌声。

这是一个凉爽的夜晚。万里无云的蓝天上悬挂着一轮晶莹洁白的明月,野马河畔肥大的牛蒡叶、纤细的水草、修条的芦苇在夜风中沙沙作响。波浪把月光摇成了一河细碎的闪闪烁烁的银子。和伙伴们捉迷藏的我,为了不被对方轻而易举地捉住,就蹑手蹑脚地躲进了野马河边的芦苇深处。湿润的河风带着野花纯净、清新的芳香悄悄地向我扑来。这时,从不远的地方传来牛娃子粗犷、雄浑的歌声:

  半天云里鸪鸪雁
  贤妹娃的好针线

一切声响都戛然而止。整个大自然在月朗星稀的天空的拥抱下,忽然变得娴静起来,仿佛心平气和地倾听着什么,冥冥中流动着一丝甜蜜的、梦幻般的战栗。就在这样一个宁静优美的世界中,响起了一个女子银铃般的歌声:

  我的针线你没见
  扎个美兜你先看
  四面扎朵四云子①
  中间扎个郎名子
  四面扎棵灵芝草
  中间扎个你和我

牛娃子沉默了一会儿,又唱:

---

① 陇南方言:四云子,即流苏花边。

杨柳叶子青又青

　　贤妹说得真好听

　　牛娃子人憨家又穷

　　想跟你成亲怕一场空

银铃般的歌声马上响起：

　　鸭蛋壳点灯半炕炕明

　　烧茶罐做饭也不嫌你穷

　　娘娘庙里烧白纸

　　谁坏良心谁先死

　　歌儿的旋律，实在美极了。歌声中，月光似乎更明亮了，也更柔和了，田野变得辽阔了，群山起伏着向四下扩散，似乎也融进这一派天籁之中了。哦！牛娃子，这个憨头憨脑的家伙，高粱面里调辣椒——吃出看不出，竟与如此一个多情多义的姑娘暗暗地相爱着呢！我轻手轻脚地向歌声方向走去。

　　牛娃子坐在一块石头上，裤管挽到膝盖以上，腿泡在水中，两眼熠熠生辉，双手捧着一只翠绿色的奶罩，紧锁着的眉毛舒展开了，额上深深的皱纹不见了，脸上流露出饥馋之人大吃大嚼时津津有味的神色，人，一下子也仿佛年轻了十多岁。他纵情地唱着一首又一首的山歌，唱完一首，就沉默下来，厚厚的嘴唇嚅动着，好像在品尝着歌儿的味道，把奶罩贴在嘴上，发疯地亲吻一阵，一扬头，又唱了起来：

　　鹁鸪飞起望深谷

短篇小说·昨天的婚事

活不离身死不丢

死也缠来活也缠

死活落在郎眼前

天！我不禁后退几步，眼睛瞪直了。原来，那银铃般的歌声竟是从牛娃子口中飞出的，而他手中奶罩上那朵淡淡的月季花，使我一下子认出了那就是我姐秋雪的！

我一个健步冲上去，一把夺过奶罩，大声地说："这是我姐的！"

牛娃子大惊失色，呆呆地望着我，好久才缓过神来，顿时恼羞成怒地站了起来，但接着脸一下子红到了耳根，紧张地环顾四周一眼，才低声低气地说：

"不要胡说！"

"那我拿去叫她认认。"我转身就走。

"哎！别别……"他慌忙挡住我的去路，"如果你把奶罩还我，我就给你捉一只杜鹃。好不好？"

"杜鹃喂不恋，不要！"我下意识地把奶罩藏在身后。

"扎个鸡毛毽子！"他的脚一踢一踢的。

"不要！"我毫不动心。

"做杆红缨枪，就是潘冬子扛的那种。"

"这……"我心中一动，刚想答应，但一个新的念头又使我改变了主意，"不要！"

"那，你要什么？"

"你，你就叫我一声三爸吧！"话音一落，我的脸就倏地发烧了。

他犹豫了，面有难色地沉吟片刻，又看看我手中的奶罩，终于点点头，咳嗽了两下，试试嗓子，牵动着嘴角，嘴艰难地启开一条细缝子，发出了一个沙哑、陌生而又艰涩的声音：

"三爸。"

他叫了。我手中的奶罩无声地落在地上……

从此以后，他经常小心翼翼地笼络我，常常给我送些斑鸠、鹁鸪、画眉，揣摸着我的心思行事。我知道他这样做的目的，就是为了不让我把奶罩的事情告诉我姐。

下

春天又来到了野马河两岸。

为婚事费尽周折的牛娃子终于要与翠竹寨的一个姑娘订亲了。这几天，牛娃子和他爸每天天不亮就出门去，在村口默默分手，各奔东西。傍晚时分，牛娃娘就倚着门框，灰蒙蒙的眸子隐隐透出不安的神色。暮霭中走来一个筋疲力尽的汉子，她立即端出热气腾腾的饭。她的嘴唇抖动着想说什么，但又一直等到牛娃子打着饱嗝放下碗后，才用低得叫人难以听清楚的声音问了句什么。牛娃子从衣兜里掏出几张纸币递给她。她眼凑得近近的，用蘸着唾液的手指小心翼翼地数着那些不知经过多少双手的、磨损得褶皱不堪的一角、二角、一元、二元的票子。

"唉！难为亲戚了！这年头，谁家的日子不紧巴呢？"牛娃娘把钱贴在胸口上，望着儿子喃喃地说。

牛娃子长长地叹了口气，双手抱住了脑袋。

又过了几天，我看见牛娃爹割了好大的一片子肉，请来了几个厨师，案板上便响起了刀子声，厨房里飘出了油香味。我们这帮小孩子馋巴巴地喧闹着拥进了他家。牛娃娘苦笑着这里一翻、那里一翻，但什么也没有翻出来，只是尴尬地搓着手，带有歉意地望着我们。

晌午时分,翠竹寨来了十几个人,吆三喝五地闹腾到黄昏,才打着饱嗝,醉醺醺地走了。

"他林嫂,牛娃子的年龄已不小了,你就在今年把他的婚事办了吧!"我娘望着翠竹寨人远去的背影,向瘦骨伶仃的牛娃娘说。

"手中有钱,我还用你说吗?"牛娃娘瘦削的脸上皱纹像蛛网一样密,刀痕一般深。

我娘长长地叹息着,没有再说什么。于是两人便都沉默下来,把目光投向别的地方。很久以后,我娘又说话了:"干脆……干脆就走条捷路吧……"

牛娃娘猛地抬起头来,若有所思。

夜幕悄悄地淹没了两人的面容。

家里断粮了,为了减少一张嘴,娘送我到外婆家混了两个月。回来时,农田已泛起了金色的波浪,漫山遍野的莓子红扑扑的。社员们忙着套碌碡、扎链枷、拧绳子、磨镰刀,一派临战前的紧张状态。老远,我就看见牛娃子家门前人来人往,热闹非凡。我三步并作两步地跑进人堆一看:牛娃子家炕沿上居然坐着一个十七八岁的、非常好看的姑娘。她那瓜子形的脸儿红扑扑的,水灵灵的眼睛扑闪扑闪的,上身穿一件桃红色的确良衬衣,下身穿着蓝布裤子,脚穿一双雪白色的塑料凉鞋。她的手放在膝盖上,纤柔的手指端透明的指甲上泛出了一层柔和悦目的光泽。她似乎很窘,低着头不敢看我们这帮小把戏们。

牛娃娘从里屋出来,宽大的衣襟中兜了一些黄透的杏子。她一边给孩子们分散,一边慈爱地说:"拿上,都拿上吃吧!"大伙儿嬉笑着走了。"你留下!"牛娃娘拉住了我。我停住脚步,留恋地看了大伙一眼。

屋子里安静下来了。那姑娘抬起头,鼻尖上挂满了汗珠。她来到桌前,从竹篮里掏出三双大小不一的新布鞋,柔声细语地说:"娘,这是我给你做的。这双是给爸的。这双是……"她突然害羞地刹住话头,脸一下子红到了耳根。

"山药子,你把……把……"牛娃娘慎重地选择着词句,但又找不到确切的,结结巴巴了半天才说,"把她引到耳房去看看牛娃子吧。他病得厉害,已三天没吃饭了……"

"娘,我的名字叫冬妹。"看到牛娃娘为难的样子,她大方地说出了自己的名字。

"走吧!"我站在了她面前,摆出一副引路的架势,并下意识地动动胳膊,想拉拉她的手,但又没敢拉。

她的脸更红了,呼吸顿时急促起来,手垂下,又收起,收起,又垂下。牛娃娘胆怯地望着她,两人目光相对,很快地又避开了。她轻轻地咬咬嘴唇,跟我走出门去。

冬妹的到来,给牛娃子家沉闷的生活增添了丰富多彩的内容,村里的男女老幼,有事没事都要到他家坐坐、转转。牛娃爹的脸舒展了,牛娃娘的脸也舒展了。他家厨房里天天按时飘起炊烟,按时飘出油香,屋子里破天荒传出了畅快的笑声。冬妹每次进牛娃子的耳房时,一定都叫上我。她对我很好,使我不禁想起了我早已出嫁的姐姐。在短短的五六天中,我就与她形影不离了。她洗衣服,我跟她去河边;她剜菜,我跟她到地头;她做饭,我就站在案板边,仰起头看着她那纤细的眉毛,水汪汪的眼睛,轻轻抽动着的鼻翼,心中感到了一种异样的温馨、恬静。

冬妹成为村里人的热门话题,众口一词夸她是一个贤淑的好媳妇!牛娃娘也爱在外面转动了。她一走来,人们就围着她问:"牛娃的媳妇干啥着哩?"

听到这话,我的心中就愤愤不平起来。我觉得:她是一朵纯洁无瑕的雪花,是一颗晶莹透明的露珠,是一泓清澈见底的泉水,不应该有一丝一毫杂质,把她这样一个美丽动人的姑娘与我所见的那些水桶一样的妇人相比,无疑是对圣洁的亵渎。这使我在感情上实在难以接受。我不由自主地大声喊着:

"不是!她不是牛娃子的媳妇!"

"那你说是谁的媳妇?"有人嬉笑着问。

"她……她……"我答不上来,脖子一梗,倔强地说,"反正不是!"

牛娃娘的脸一下子变成了灰白色。她很凶地横了我一眼,指头直戳我的额头,生气地质问:"谁说不是?没良心的东西!……"

我委屈得快哭出了声,觉得大人们个个都是蛮横无理的,一赌气,决定双腿再也不迈进牛娃子家一步了。可没挨到半天的功夫,我又坐在冬妹身边了。

听说冬妹要回家,牛娃子的病更重了,她就没有走成。她白天做饭、扫地、喂猪、纳鞋底,夜里把牛娃子的炕烧热后,牛娃子和他爸睡,她自己和牛娃娘睡。她总是欢乐的,但那双湖水一样深沉的眼中却时时飘悠着一抹淡淡的愁绪。

一天傍晚,当冬妹给牛娃子把炕烧好,要回正屋时,正屋门已经关死了。她连推几下门扇,又向屋里叫了几声,都没有反应。她顿时明白了什么似的,一丝忧戚、悲伤的阴影掠过了她的眼睛。她俯下身来,小声对我说:

"今晚你和我们睡,好吗?"

我听得出,她微微颤抖的声音中流露出一丝掩饰不住的惶恐。我点点头。她扯扯衣摆,镇静地带我走进了耳房。

躺在炕上的牛娃子见冬妹进来了,便往炕后边挪了挪。冬妹大方地上了炕,我也上了炕。牛娃子的目光不敢与冬妹相视,两人都沉默着,连空气都仿佛凝固了似的。我胸口闷得喘不过气来。牛娃子的嘴蠕动了好

170 刘水作品精选

几次,想说什么,但终于没有说,便带有歉意地望望冬妹,又望望房顶。

屋子里暗下来了,渐渐地什么也看不清了。"你睡吧!"牛娃子又往后面动了动,胆怯地说,打破了静谧。于是,混混沌沌的夜便化开了,一团影子动了动,躺在我身边了,我也随即躺下。冬妹拉扯着给我盖上被子。我成了一道不可逾越的界线,把牛娃子和冬妹截然隔开了。这时,我感到牛娃子和冬妹都在努力地控制着不翻身,也不动弹,就连彼此轻微的呼吸也似乎在尽力地抑制着。一股热乎乎的气团喷在我的肩头,我一动,肩头碰在了冬妹的嘴上。与此同时,冬妹颤抖得非常厉害的、冷汗涔涔的手用力地按住了我,使我难以动弹……

屋子里静悄悄的……

野马河巨大的恶浪无情地吞噬了我,河面摇晃着,我身上被什么东西重重一击,猛地惊醒了。淡淡的月光从墙缝里漏进来,炕上也一片朦胧。一团黑影随着一股很粗的喘气声扑向了另一团黑影,倏尔又闪开,旋即又扑去,接着便响起了咬牙声、挣扎声……两团黑影来来去去地滚,去去来来地翻。"嘶——"好像是谁的衣服被扯破了,一团黑影随之倏地缩到炕里面去了,另一团黑影一跃而起,猛地拉开了窗子。月光水一样地泻进来,洒在窗边的冬妹身上,她凌乱不堪的头发披散在肩上,衣服的胸部被扯了条半拃长的口子。她脸色苍白,气喘吁吁地对炕角的牛娃子说:

"你,你不是人!"

一阵压抑的哭泣,伴随着她一耸一耸的肩头……

整整一夜,牛娃子没有入睡,冬妹也没有睡,两人一直坐到天明。

东方的天际才慢悠悠地透出一丝紫青色的曙光,冬妹就开门走了出去。牛娃子发狠地揪着自己胸前的肉,砸着脑袋,发出一阵阵绝望的、低沉的哽咽……

冬妹换了件白衬衣,什么也没发生似的干这干那。吃过午饭,她搜集了一大堆脏衣服去洗，牛娃娘挡住死死不放，可她还是柔声细语地说服了她，哼着歌儿来到野马河边。她的歌声停止了，从贴心的内衣口袋里掏出一只洁白的手绢，久久地凝视着，大颗大颗的泪珠儿在眼眶中转着。她的手颤抖着，痛苦地闭上了眼睛。有人打她身边走过，她一愣，抓起浸在水中的衣服拼命地揉着，双手沾满了洗衣粉的泡沫，那大大小小的泡沫不断地破灭着，也不断地新生着。

这天夜里，冬妹老早就来到耳房里睡了。我还躺在二人中间，屋子里仍然是一片寂静。牛娃子紧张得连被子都不敢盖，胆怯地缩到炕角里，既不敢呼吸，又不敢动弹。冬妹好像倒很安静，她不断地翻身，有时还发出一声轻微的叹息。就这样，冬妹在这个炕上睡了三夜。牛娃娘来到我家，异常兴奋地对我娘说："山药娘，你的办法真灵，冬妹前晚上和牛娃子睡了一夜，这几天再也不说回去的话了，老早就钻进了耳房……"

我娘自负地一笑："都是年轻人嘛！嘻嘻……"

第四天夜里，冬妹对牛娃子说话了："你睡吧。"

牛娃子受宠若惊，很有分寸地向我身边挪了挪。

冬妹又说："你把被子盖上吧！"于是，被子就往他那边微微一动。

"我明天要回去了。"冬妹平静地说。

"你……"牛娃子嘴嗫嚅着，不知说什么才好。

"我本该在五天前就回家的，只是怕你担心，就……我晓得你的钱一分一厘都不容易。你放心吧，我不会害你……"冬妹说完突然哭了。

"你……你，我会对你好的……"牛娃子结结巴巴地说。冬妹哭得更伤心了。

牛娃子怔怔地望着冬妹，厚厚的嘴唇下意识地嚅动起来，仿佛又品尝着、咀嚼着什么。

第二天，冬妹走时，牛娃子送她。冬妹年轻漂亮，桃花一般好看。牛娃子苍老、粗陋,如半截树桩。弯弯曲曲的小路上,就像一老一少父女俩……

牛娃子和冬妹一去就是半月。回来后,他把冬妹给他做的新鞋、新袜底叫爹娘看,叫村里人看,也叫我看。

就在全村人的一片羡叹声中,牛娃子突然果断地宣布:

"退婚!"

爹气得把家具打成了一堆渣,娘呼天喊地要跟他拼命。但牛娃子吃了秤砣铁了心,坚决果断地退了婚。

因是男方反悔,牛娃子家所花费用就分文未退。

冬妹哭成了泪人儿,一口一声"牛娃哥",久久不肯走。牛娃子病了一年多,怀里一直揣着冬妹给他做的鞋。

全村人都说牛娃子疯了。

只有我一人知道牛娃子的身心都很正常。真的!

骆驼草丛书

长篇小说（节选）

逃 难

陇南的秋天总是阴雨连绵的，一交上八月，漫天的乌云就脏乎乎地如水里捞出的烂棉花，沉甸甸地从天空压迫下来，水淋淋地与地上升起的腾腾雾气融为一体，扯开架势，耐着性子，淅淅沥沥，点点滴滴，从黑到明，从明到黑，不紧不慢，时而如乱麻纷飞，时而像牛毛飘扬，天地之间一派白茫茫、阴沉沉。

往常穿梭般的燕子，早在淫雨到来之前，就排着巨大的"人"字形队列，唱着忧伤的歌子，向南方飞去了。

无精打采的大树小树的枝叶垂在雨地里，与阴郁的天空一起诉说着无尽的凄然。

遮天蔽日的大林莽，云腾雾漫的大林莽，从东到西，从南到北，雨点，沙沙沙,沙沙沙似蚕食桑叶,如天撒豆子,杂乱无章地一刻不停地响着。浑黄的雨水贴着地皮,惊慌失措地到处乱窜着。远远近近时不时便猛然响起一声骇人的崩溃声,伴随着洪水哗哗地冲击声卷向远方。

　　杨二旦好不容易才找到一个窑窠①,躲了进去。他脱下水淋淋的衣服,拧了拧,穿上,衣服冰凉地贴在身上,冷若冰霜,一股股寒气透骨而来,冻得他打摆子似的哆嗦着。他一边徒劳地往紧里裹着衣服,一边在窑窠里左右观看。看得出这是一个猎人们临时栖身的住所,窑角铺垫着一层厚厚的干树叶。只是淫雨太长,树叶也像抹布似的湿漉漉地缩在地上。他用脚踢了踢树叶,无奈地叹了口气,颓然坐在树叶上。"这也不错了,比在外边泡着强多了!"杨二旦自我解嘲着。

　　是啊,他说得不错。整整半个月过去了,他就在这八爷岭上的枝丫柯逸中转悠着。渴了,一口山泉水;饿了,野果、山核桃、橡子粒,摘到什么吃什么,饥一顿饱一顿,风餐露宿,有一次还差一点儿被熊瞎子一老拳打中,吓得他魂飞魄散,惊慌失措间顺身一滚。不料,这一滚,整个身子便失去了控制,一发而不可收地直向万丈悬崖下落去。他手忙脚乱地到处乱抓乱扯,突然抓住一丛藤条,身子略一停顿,但未等他缓过一口气来,藤条叭的一声断了。他又一次朝悬崖下坠去,他再一次手脚并用,抓在泥泞中、抓在石头上、抓在草尖上,衣服挂烂了,手指出血了,浑身上下丝丝缕缕、血肉模糊的,一股股阴森森的寒气不断地从谷底升起,惊雷似的打着战栗从他的心头滚过。蓦地,他实实在在地感到他的手又抓到一根什么枝条了,他的另一只手不假思索立即如离弦之箭般的也抓上去了。他的身子像被什么东西有力地反弹了一下,呼地朝上一蹿。他睁开眼一看:原来,抓住的竟是一棵大树壮实的枝条!他松了口气,双手缠绕树枝,慢慢地让

---

① 陇南方言:窑窠,即人工山洞。

晃悠着的身子稳定下来。他往下一看,云腾雾荡,深不见底。往上看,一面巨大的悬崖峭壁劈头盖脸地向他压来,压得他喘不过气。机不可失!他舒了口长气,一个深呼吸后,瞅准目标,拼尽全力,一个秋千荡过去,整个身子平平稳稳地落在了树身上!

他暂时脱险了。

他骑在树杈上,双腿发软,四肢无力,一阵侥幸过后,忍不住泪流满面。

这是一株因地势所迫而倒长在半崖上的丝粘木树。它枝丫或斜或逸或垂或伸,奇形怪状,苍劲遒健,仿佛是专为救杨二旦一命而生。现在,它静静地倒挂在悬崖上,一动不动地好像也处于劫后余生的酣憩之中。

一阵山风吹来,树叶婆娑,枝条招展,轻轻地拂拭着他的全身,遍体鳞伤的他立即感到针插火燎似的疼痛起来。他张了张嘴,嘴如什么黏液封住似的,怎么也扯不开,他焦灼地一用力,两片嘴唇竟被撕裂。直到这时,他才猛然感到口干舌燥,饥肠辘辘。距他不远,一眼山泉闪着银光,活蹦乱跳地发出悦耳动听的乐声,仿佛在挑逗着他的干渴。他贪婪地舔舔嘴唇,又舔舔嘴唇,恨不得一下子插翅向那眼泉飞去,一口气把它喝个一干二净!可是,他上不沾天,下不落地,当务之急,就是如何完全脱离险境。

眼看着就要日到中天了,一会儿,阳光斜射过来,那火辣辣的"秋老虎"炭火般的迎面烤来,情形就更不用说了。杨二旦手搭凉棚,四下观看:峰峦起伏,云蒸霞蔚。突然,他眼睛一亮:青青草丛中,隐隐约约间一条梅花状细小的兽迹曲曲弯弯地通向白云深处。这一般人根本看不出端倪的发现,一下子使他抓住了新的生机。他激动地张合着干裂的嘴唇,心儿扑腾扑腾地跳个不停。他知道:野兽出没的地方,一定有猎人活动。只要有人,他就不会永远悬在空中。他扯长脖子,放开嗓子,大吼一声:"噢嗬嗬——"茫茫云海,峰峦叠嶂立即回应起来:"噢嗬嗬——噢嗬嗬——"顿时云海沸腾,山谷震荡,惊兽大乱,蹦的跳的飞的,啪啪嗒嗒,扑扑棱棱,刷刷拉拉,热闹极了。他精神为之一振,激动得眼珠子发光,就一声连一声地大吼着、大叫着。空寂的山谷被他闹得沸沸扬扬,天翻地覆。

可是,前后左右,周围远近,连个人影也没出现。

太阳已不知不觉间移步中天,先前在习习凉风中婆娑招展的树叶,慢慢地蔫了下来,软绵绵地塌在树枝上,毒辣辣的日光直照着,火苗般的舔着杨二旦。杨二旦身上被挂破的伤口经骄阳一晒,火烧火燎的,如撒了把盐粒,疼得他满头大汗,招来成群结队的蚂蚁、苍蝇,轮番轰炸似的直叮他的伤口。

空寂的群山经他一嗓子连一嗓子的狂吼,百兽们趋于习惯,从惊慌失措中安静下来,山谷也仿佛麻木不仁起来了,对他的吼叫再也没有兴趣应和了。他一下子丧气地停了下来。不料,他一停止吼叫,远远近近顿时静得怕人,不禁令人毛骨悚然。他一急之下,又不顾一切地吼了起来:

"来人啊——"

"救命啊——"

他一声声又一声声地呼着。

他一遍遍又一遍遍地喊着。

他嗓子发哑了,喉咙充血了,淅淅沥沥的血珠从嘴角点点滴滴地流下来……

终于,在日薄西山时分,茫茫暮色中,一个人影大步流星地向他走来……

……

冷,好冷啊!杨二旦打了个冷颤,又打了个冷颤。他抬头看看天空,一轮老红的日头高高地挂在天空,蝉儿拼命地嘶叫着,遍地的一星花儿热火朝天地盛开怒放着,香喷喷的气儿扑面而来。可他为什么还感到一阵阵的寒冷呢？这到底是怎么啦？放眼远望：翠绿色的苞谷林一望无际，一绺绺苞谷缨儿在轻轻地飘拂着。

"叮当，叮当……"一阵驴铃声在很远很远的地方若有若无地飘荡着。杨二旦刷刷几下，爬上一棵白杨树，手搭凉棚，四处观望，茫茫苞谷林里，碧波汹涌处，一头大黑驴上骑着一个红衣女子悠悠忽忽地向他走来，红扑扑的瓜子脸晒出一层细碎的汗珠子在阳光下亮晶晶的。大黑驴前头，一个汉子腰缠一根黑布带，倒背着手，忽闪忽闪地走着。这，不就是杨大旦吗？

燕子！杨二旦的热血呼地涌上了头顶。

杨二旦溜下树来，伏在苞谷林里，耐心地等着大黑驴一步步地向他走近。就在大黑驴离他三四十步的当口，他不管三七二十一地打了个悠长的口哨，转身就跑。大黑驴一听这熟悉的口哨，两只耳朵刷地一竖，"咴咴——"一声嘶鸣，连尥几蹶子，将企图让大黑驴就范的杨大旦摔了个嘴啃泥。它扬起头来，不顾一切地向响起口哨的地方，放开四蹄，狂奔而去。

杨二旦一边打着口哨，一边向茂密的苞谷林深处跑去。大黑驴驮着燕子，一步不离地紧随着他。他跑呀跑呀，一直跑到气喘吁吁，筋疲力尽，一头栽倒在地。大黑驴通人性似的，又是一蹶子，把背上的燕子摔下地来，结结实实地丢在杨二旦怀里。

杨二旦愣了。

燕子傻了。

"燕子，燕子！……"杨二旦喃喃地、轻声地唤着，他粗大的喉结有力地滚动着，两行滚烫的泪水夺眶而出。

燕子脸羞得通红，两扇眼帘扑闪扑闪的，如蝴蝶的花翅膀直撩人的心弦。她极力地避开杨二旦火辣辣的仿佛要吃人的眼睛，一头扑进杨二旦的怀抱，双手紧紧地搂住他的脖子，发出幸福的呓语。

杨二旦望着心上人那张叫他魂牵梦绕的娇娇脸，一腔激情，带着人类原始的冲动，喷泉一样，在他身上欢畅地奔流着。他口干舌燥，他心急火燎，他气喘如牛，他的整个身心都要化为一团火焰冲天而起。他想说，说不出口，他想喊，喊不出声，他脑中一塌糊涂，渐渐地又是一阵空白，眼前的一切，心中的一切，都烟一样，雾一般的远了、淡了，代之以密密麻麻的雨点，铺天盖地地向他袭来。他睁开眼睛，黑咕隆咚的窑窠里，阵阵冷风裹着秋意从窑口刮来，他不禁打了个颤儿，全身往紧里蜷了蜷，肚子也不失时机地饿了起来。

　　天，不知什么时候，已完全黑了下来。雨，还是无休无止地下着。杨二旦躺在一堆潮乎乎的乱树叶之中，耳听外边的秋风苦雨，睁大眼睛看着什么也看不见的窑窠，苦苦地盼望着东方天际的那颗启明星早早升空而起。

　　杨二旦跑了。他力战群徒，凭着机智，更凭着一身蛮力，冲出虎穴，消失在黑沉沉的夜幕之中。身后是一片狼奔豕突般的脚步声。可就因他这一跑，张红脸在气急败坏之后，一不做二不休，顺乎其然地把他定为"共匪分子"，连夜跑到县城嘀里嘟噜的一阵子，于是乎，贴满县城内外的告示上，杨二旦摇身一变，成为全县通缉捉拿的在逃犯，并标有赏悬——十块大洋，最后竟三天一小涨，半月一大涨，杨二旦的身价随着时间的推移，最终涨到二百块大洋。杨二旦就这样成了"共产党的探子"，被野马河两岸传得沸沸扬扬。这，就使他不得不更加小心翼翼，远离人家，钻入深山老林里面，过着野人般的生活。不到一个月下来，他的衣服便索索挂挂，头发则如狂风刮乱的茅草，两个颧骨也高高地突了起来，一双眼睛深深地陷了下去，茹毛饮血，野果果腹，昼伏夜出，使他更加怀念和渴望人间烟火。多少次与野兽相遇、搏斗，多少次凶象环生，多少次死里逃生，使他侥幸，也使他害怕。走投无路之下，根据人们的传说，他横下心来，干脆来了个林冲雪夜上梁山,辗转来到八爷岭上,寻找共产党游击队。可茫茫八爷岭上,偌大的原始森林一望无际,一落入其间,便如一颗沙粒掉在海里,他怎能找得见呢?杨二旦竟成了上不沾天,下不落地,无处来也无处去的人!

天,眼看着一天天凉下来了。大森林里,可供他充饥的东西越来越少。他像个夜游神似的在大林莽里荡悠着。秋雨,一场场又一场场地下着。每场雨后,枯叶便唰拉拉地落下一层,每层树叶落下,寒气便加重些许。杨二旦尽量闭着眼睛不去看这些,也不去想这些。而一旦失了神看到或是想到,他就头大如斗,心乱如麻。

有次,他无意间发现:朗朗日光下,一块案板大小的青石板上,整齐有序地摆放着一层厚厚的核桃,远远近近阒无人影,只有两只松鼠背着漂亮的大尾巴,蹲在不远处的两棵大桑树上。杨二旦大吃一惊,警觉地刹住脚步,隐蔽在一处丛林中,脑子飞快地转动着,心中紧张地判断着。从这种迹象来看,附近肯定有人活动。但这人究竟是干什么的?是为悬赏来抓他的?还是、还是……呵!或者就是共产党的人!他一阵心跳,激动地按捺不住,差点儿大吼一声,奔上前去。但且慢!他一个激灵,冷静了下来,越发谨慎地恨不得把自己缩小数倍,悄悄地蹲了下来,不出声息地观察着。

风儿,轻轻地吹着。

树叶,沙沙地响着。

空旷的山谷显得格外寂静,静得就连落片羽毛也能听得一清二楚。杨二旦双目一动不动地盯着那块青石板,他多么渴望前来收拾核桃的就是共产党的人啊!他焦急地等待着,幻想着奇迹的出现。

突然,那两只蹲在不远地方的松鼠倏地耳朵一伸,跳下树来,一前一后地蹿上青石板,在核桃上面用爪子刨动着、翻腾着,核桃发出细碎的响声。

日头西斜,一面崖影重重地压了过来,投在青石板上。仿佛有什么召唤了一下,树枝上、草丛中,变戏法一样,箭一般的蹿出不计其数的松鼠来,纷纷爬上青石板去,三下五除二地把核桃衔的衔,含的含,抱的抱,一眨眼间便整齐有序地收了个干干净净,只留下一块空荡荡的青石板。在这一刹那间,杨二旦恍然大悟:松鼠们是在储备冬粮。他灵机一动,蹑手蹑脚地跟在松鼠后边,直看见松鼠们把核桃衔进一个石洞里,他才放下心来,松了口气,捋捋袖子,准备一跃而上,去把洞里的核桃统统据为己有的一刹那,他醍醐灌顶般猛地清醒过来:不!不能啊!张红脸夺了他的粮,把他逼上死路,他抢了松鼠们的粮,这群松鼠就无法越冬,一只只死于非命。这样做了,那他与张红脸还有何区别?他宁可饿死,也不做这伤天害理的事!就在这一瞬间,他眼前一亮,得到一个惊喜的启发,自己何不也像松鼠们一样,借果子成熟季节,收藏一些东西,做个长远的打算呢?他高兴地一拍大腿,差点跳了起来。

雨,还在不停地下着。

夜,一点一点地向前移动着,或者说是干脆凝固了似的停留在某一时刻,赖在杨二旦焦灼的心情上,赶也赶不走,急得杨二旦好烦躁啊!

其实,对杨二旦来说,就是天一下子亮了,又能起到什么实际性的作用呢?大白天他上奔下波地跑了不少路,不就是为了找一个可靠的躲风避雨的栖身之处吗?天明了,他要干什么,连他自己也不清楚。那么,他为什么如饥似渴地盼望着天明呢?他不知道。

大林莽里,凶兽成群,险象环生,时不时就有丧失性命的可能。杨二旦凭借着一身蛮力,一次次化险为夷,绝处逢生。事过之后,一想起来,不由得惊出一身身冷汗。而一阵风后,浑身就冻得筛糠般的发抖。每到这时,一股酸楚就涌上心头,使他在自艾自叹的同时,更加怀念人间烟火。

他惦记着张大胡子的安危。

他惦念着美丽动人的燕子。

他也挂念着生他养他的娘——那个不幸的女人。她看尽了杨家院的眉眼高低,受尽了杨家院的欺辱,才把自己拉扯成人,她的一腔期望完全倾注在自己身上,她出人头地的一宝押在自己身上,她是个争强好胜的女人,她能接受自己弃她而去的这一事实吗?为自己所受的屈辱,他深深地恨着她。多少年来,他只与她为命,却不与她相依,既反感她,又关心她,不离不即,伤透了她的心。但她伤痕斑斑的心,一直贴在自己身上。这他最清楚,也最明白。"娘!"他内疚地垂下头,感到无比的孤独、凄凉。

一声狼嗥,阴森森的,打破了沉沉的旷夜。

(节选自长篇小说《野马河苍生·上部》)

长篇小说（节选）

刘背锅的丧事

一

　　为了亲手抓住张红脸，杨二旦又一次上了八爷岭。不过，这回不同于前次，他还领着二十多个精力强壮的小伙子，白天搜寻，夜晚大伙找个窑窠，一身疲乏地坐在篝火面前，烤着被汗水湿透的衣服，吃着自带的干粮，喝着甜蜜蜜的山泉水，有说有笑地充满了无限的乐趣。

　　有时候，杨二旦就独自一人躺在远离众人的一角，枕着双手，摆出一个大字形，仰面朝天，听着林涛不息的怒吼，想着张红脸的种种罪行，心中就气得不行。别人毕竟是间接的受害者，而他则差点送了命。张大胡子为了他，至今下落不明。面对这么有利的时机，借助这么多人的势力，兴师动众地抓了好几天,连张红脸的一根毫毛也没见,这不说明自己没本事吗?

不对,这样的方法,看来看去,还是不对头!

也许,张红脸说不定就躲在家里头!

也许,张红脸说不定就藏在庄里边!

也许……

大伙儿说笑了一阵子,一个个东倒西歪地进入梦乡了。

大林莽陷入在沉沉的夜空中,阵阵寒气不动声色地悄然袭来,远远近近的落叶声刷——刷——,拉得长长的,慢慢的,连在半空打着旋儿的声音都隐约入耳。

杨二旦听着别人香甜的鼾声,心中翻来覆去地久久难以入睡。

突然,杨二旦在沉思中好像听到一声轻微的脚步声。他立即警觉地侧耳谛听。可是,久久地,除了偶尔掠过的一阵秋风或落叶的声音外,一切都处于万籁俱寂中。杨二旦解嘲地苦笑着摇了摇头,重新躺下来,继续想他的心事。可无独有偶,偏偏又是一声蹑着的脚步声准确无误地传进了杨二旦的耳朵。这次,杨二旦毫不含糊地一翻身坐起,猫着腰摸到洞口,悄悄地隐在茅草丛里,警惕地观察着。

大林莽里漆黑一片,只有凭着敏锐的感觉捕捉前后左右的动静,再从动静中辨别面临的情况。杨二旦睁大眼睛,看着什么也看不见的夜空,屏息静气地听着一种绝非虚幻的脚步声,正探探索索地向他所处的洞口走来。

脚步声鬼鬼祟祟。

脚步声胆战心惊。

脚步声越来越近。

终于,一个人影蹑手蹑脚地从洞口走过。

"谁?!"他一声呵斥,霹雳般的响起,并一个箭步冲了上去,一边扯着嗓门儿大喊:"回来!你给我回来!要不老子就不客气啦!"一边撩开长腿,奋力追赶。

正在洞内酣睡的人也一个个一跃而起,呐喊着冲出洞来,紧随在杨二旦身后。

那人显然是吓坏了,他一个趔趄,栽倒在地,但很快地就爬了起来。可未等他站稳脚跟,就被赶上前来的杨二旦一梭镖①刺翻在地。一声惨叫未落,随杨二旦一拥而上的人梭镖、大刀、棍棒纷纷出手,一眨眼间,那人便长长地软瘫在地上,一哼不哼,一动不动了。

大伙儿兴奋地欢呼起来。

有人点起火把,打上前来。火光下,那人血肉模糊地趴在血泊中。杨二旦一脚踢去,将那人翻了个过儿。不料,这一翻,竟叫杨二旦目瞪口呆。

"刘背锅!"

有人下意识地叫出了声。

"刘爸!"杨二旦大叫一声,扑了上去。

"刘爸,刘爸啊——"杨二旦紧紧抱住刘背锅,奋力摇晃着。

"刘爸,咋就是你啊?"杨二旦肝肠寸断,痛不欲生。

刘背锅死了。

他生前背着一个大罗锅,死后垫着一个大罗锅,如块榆木疙瘩似的蜷缩着身子,带着一张被痛苦扭曲得变了形的悲惨面容,死了。他一双惊恐的眼睛,几乎要爆出眼眶般的望着这黑沉沉的大林莽,望着这惊愕万状的人群。

天亮了,东方的山巅,一点鲜红在茫茫雾气中慢慢地向四周扩涸着。

---

① 陇南方言:梭镖,即长矛。

风儿凄凄地漫过来,满目肃杀。

杨二旦把刘背锅放在一堆厚厚的树叶上,脱下刘背锅血淋淋的衣服,再把自己上身的衣服脱了个精光,给刘背锅穿上,用山泉水轻轻地洗净了他满脸的鲜血。

杨二旦全身打起一层密密麻麻的鸡皮疙瘩。有人减下自己的衣服让杨二旦暂用。他默默地拒绝了。

杨二旦重重地向刘背锅磕了三个响头,又转身向众人同样磕了三个响头:"有劳了。请各位尽力护送我刘爸回家吧!"

"起——驾——!"

杨二旦背起了刘背锅。

"老刘,从这走!"李麻子用树枝当引魂幡,高高地招摇着,在前边领路。

"刘爸哟,回家吧!"杨二旦跟在李麻子后边,一边哭,一边喊。

所有的人都情绪低落地垂着头,倒拖着兵器,排成长长的一溜,在前边走着,每走三步,就要停下来,拖长嗓子喊一句:"老刘哟——,从这走!"

刘背锅趴在杨二旦背上,仿佛沉沉地睡着了似的。

"刘爸哟——,哎咳咳!"杨二旦涕一把泪一把地哭着。

好几次,同伴们争着提出要换换杨二旦,杨二旦就哭得更厉害了。他死活不肯放手,同伴们无奈,只好眼睁睁地看着他累得已打颤的双腿干着急。

杨二旦精着上身,赤着双脚,一步一步地走着。

杨二旦在深深的罪恶感中走着。

杨二旦在他与刘背锅之间的交往回忆中走着。

杨二旦在无法弥补的情感中走着。

杨二旦在恍如梦境的迷茫中走着。

杨二旦的全身麻木了,感不到冷,也感不到热。

杨二旦的脚磨破了,身后留下一个又一个血迹斑斑的脚印。

杨二旦的嗓子哭哑了。

杨二旦真想一头撞死在石头上,以一死来谢刘背锅的在天之灵啊!

起风了,凛冽的风头鞭梢一样呼啸着抽过来了。

二

梨树湾在惶恐不安中进入了黄昏。

杨二旦被吊在村边的大柿子树上已一天一夜滴水未进了,他赤裸裸的身子冻得像褪了毛的乌鸡——黑过了头。时令正是霜冻期间,一场场白花花的霜,面粉似的撒下来,落在枝枝杈杈上,也落在杨二旦光溜溜的身上,紧接着又化为水,滴滴答答地流下来。这时若有一阵秋风吹来,杨二旦就更苦不堪言了。

刘背锅自十四岁卖身杨家院,一直跟随杨耀祖左右,杨耀祖也没把他当外人。但刘背锅不是个见点颜色就开染坊的人,他知道自己的高低贵贱,他会摆平自己的位置——主就是主,奴就是奴。他小心谨慎地侍候着杨家院的老老少少。尽管杨耀祖不止一次地张罗着要给他娶亲成家,但每次他都态度坚决地婉言谢绝了。这倒不是他不想媳妇,而是他一直生活在自卑的阴影中不能自拔。这个巨大的罗锅不光压在他的背上,最重要的是压在他的心上,使他在世人面前抬不起头。他给杨家院放过牛、垫过圈、讨过账,也代杨耀祖得罪过、坑害过不少人。

曾几何时,孩提时代的刘背锅又是多么的活泼可爱啊!他是刘家堡人,刘家堡每年正月都要耍社火,而刘家堡的社火经过一代代民间艺人的提炼,文场子是出了名的压轴戏。这场面,刘背锅的大罗锅在本地寓谐于庄的民间艺术要求中就成了得天独厚的优势,他瘦骨伶仃的身子背着一个硕大无朋的锅,所穿裤子出奇地短,上衣则分外地长,腰夸张性一弯,罗锅就翘得高高的。那时的刘背锅还不懂事,他快乐得像只鸟,社火里的文场子他耍的丑,生动诙谐,妙语连珠,让人捧腹大笑,回味无穷。"刘背锅"这个诨名就是在这时期叫开的。使杨老太爷最开心的事,就莫过于看刘背锅的耍丑了。

　　灯笼火把照亮了半边天,弥漫着春节气氛的庭院打扫得一尘不染。锣鼓喧天,急如骤雨,那是武场子,没看头,狮子狂舞,海蚌相斗,那是花架子,哄妇女娃娃的。单等那二胡吱吱扭扭、悠悠扬扬地拉起来,刘背锅身背一个大罗锅走上场来,杨老太爷才手端盖碗茶走出来,往太师椅上一坐,细细地品味着刘背锅那抑扬顿挫的数来宝:

　　　　八爷岭,笔架子,
　　　　办篇文章①费啥子!
　　　　软扇窗子软扇门,
　　　　厅堂坐的当家人;
　　　　十个儿子九个官,
　　　　剩下一个进状元!
　　　　……

　　竹板有节有奏地打着,刘背锅妙趣横生地扭着,围观的男女老少嘻嘻哈哈地笑着,给节日增添了额外一份欢乐气氛。

---

　　① 陇南方言:办篇文章,即写篇文章。

春节一过,山村的岁月又复归于静,一切都返回原始,刘背锅自然而然地被人们晾到一边,他背上的罗锅失去了艺术的观赏性,成为人们取笑、嘲弄的对象。

后来,刘背锅长大了,有年春节他突然间死活不耍丑了,也不跟着社火走村串乡了,更不在公开场合抛头露面了。他常常一人卑微地蹲在墙角或躲在山坡的树林子里,远远地看着纷纷攘攘的人群伤心落泪。

再后来,刘背锅进了杨家院。

按风俗,暴死在外的人尸体是不能进村的。刘背锅被停放在村外的一株大柿子树下,身盖一片雪白的晒席,旁边生一堆柴火,冒着浓烟,噼噼啪啪地蹿起四五尺高的火焰。村里人听说刘背锅死了,都感慨不已。年老的披着棉袄,凑上前来,围着火堆,默默地为刘背锅守丧。年轻的摩拳擦掌只等杨二旦的吩咐。妇女小孩则远远地望着,一言不发,有的还抹着眼泪。

杨二旦为难地不知如何是好。本来嘛,以他的心思,事已发生,就是哭死悔死或是杀死自己都无济于事。目下最好的也是唯一能让他赎罪的方式,就是厚葬刘背锅。可接踵而来的问题是:他名义上早已被杨家院分出去了,这事已与杨家院没有任何纠葛,自己是张家院的义子,但他自进张家院以来,张家院就因自己没过上一天安稳的日子。如今突然间又背回去一个死人,忌讳到头不说,自己的脸往哪里藏呢?况且,刘背锅死后,到底是进杨家坟,还是进刘家坟,这些,还得与杨、刘两家伙子①商量哩。

杨二旦把刘背锅安顿停当,汗未擦,气未歇,便忙忙乎乎地来到梨树湾民间早已约定俗成的大总管杨石头家,进门二话没说,趴在当堂咚咚咚地连磕三个响头,站起来,叫声:"二爸,求你了!"

---

① 陇南方言:伙子,即家族。

杨石头立马站起,拖上杨二旦挨家挨户逢门就进,进去就叫杨二旦磕头作揖。他往人家当堂一站,唱个喏,对当家人说声:"有劳了,二旦请你哩,你就是天塌了,地陷了,火上房梁了,也得去给娃娃帮忙!"说得斩钉截铁,理直气壮,当家人还得赔着笑脸,满口答应。

女子靠娘家,儿子靠房下。这房下,就是本姓伙子。遇上红白喜事,全伙子人都得出动,浩浩荡荡,热火朝天,以示伙子势力,也好让伙子人大吃二喝一顿。

杨二旦这事,算是惹大了,已非独自能够承担。按理,杨家伙子应该义不容辞地出面,妥善处理的。可难就难在杨二旦给张家院当了义子,背叛了杨家伙子,给伙子人脸上抹了黑。杨家伙子一直耿耿于怀,引以为耻。所以杨家伙子幸灾乐祸都还来不及呢。而张家伙子,就更有话可说了,你给张大胡子当没当儿子,张家院一没仪式,二没给伙子人吭过一声,谁吃饱了撑得慌,管你的这闲事?

杨二旦年轻,遇事少主见,像个没头的苍蝇,东一下,西一下地乱碰着。

不料,夜长梦多。

头一天风平浪静。第二天可就不对劲了,野马河两岸的刘家伙子一时之间像冲出了巢的蜂群,手持大刀梭镖,男女老少黑压压的一大片涌进了梨树湾,团团围住杨二旦。这是刘背锅卖身为奴杨家院以来,刘家伙子首次从记忆的封尘中挖出了这个几近遗忘的罗锅子,为维护伙子尊严,呼着喊着要为刘背锅讨个公平。此时此刻,如果杨家伙子出面,来个针锋相对,持戈对峙,刘家伙子就会或是做些让步或是打个血肉横飞。总之,这样的大祸,当事人已无法承担,必须由伙子借众人的力量平息。

但张、杨两家伙子站在同一条线上——坐山观虎斗。

杨二旦木了呆了聋了痴了,一声不吭地任凭愤怒的人群啐他骂他打他。他脸上挂满了唾沫,身上落满了密密麻麻的伤痕。他多么希望这些人下手狠些,力出大些,把他活活地打死啊!可这么多人揍一个乖乖挨打的人又多么索然无味。打着骂着,有人觉得这样下去,万一把杨二旦打死,刘背锅的丧事又由谁来办呢?"停下停下,都停下!问问杨家娃,这事究竟咋价了消①呢?"

杨二旦痛苦地垂下头,无言以答。

"快说!"

杨二旦突然间泪水盈眶。

"你哑了?"

"你害禁口喉了?"

人们七言八语地骂着。

忽而有人就想起了杨二旦目下的处境。谁知不想则已,一想就给人以万念俱灰的感觉。这他娘的是个身无分文的穷光蛋,又是个无立锥之地的野路子,你杀了他,也只能剐这么多肉。算了算了,干脆告上衙门,叫他一命抵一命。去你的吧,国民党跑了,朱毛又没来,在这两不管的节骨眼,告状,起个屁用!那难道就算了吗?不!不能便宜了这小子!不能叫杨、张两伙子看刘家伙子无能人,以后顺藤摸瓜——顺杆上,就势骑在刘家人头上称王称霸。一不做,二不休,叫他杨家娃过刀山,跳油锅,出出我们的一口恶气,刘背锅我们自己草草入葬就行了。大伙看,行不行?行行行!就这样说定了!

于是,山村流传千百年来的陋习登场了。

杨二旦被剥光衣服,挂在村头的柿子树上。

刘家伙子有恃无恐,燃起熊熊大火。在冲天的火光中,搬来一口大毛

---

① 陇南方言:咋价了消,即如何收场。

边锅,用三个碌碡一支,碗口粗壮的丬子柴一劈四半,一个劲儿地朝锅底塞。不一会儿,这口大锅红通通地亮了起来,只等清油下锅,嗞的一声,冒起缕缕白烟。但在这当口,麻烦事来了——找不到油!而锅眼看着慢慢地变成了煞白色。没办法,又有人想出新花招,干脆以水代油,让杨二旦赤脚走过一排磨得锋利无比的铡刀后,跳进沸腾的开水锅里,活活地煮熟以祭刘背锅的亡灵。

两排闪着寒光的铡刀一字形地排起来了。

满当当的一毛边锅水热气腾腾,翻滚着巨大的水泡,咕咚咕咚地响着。

午时三刻到了,太阳白煞煞地直照下来,月光似的冷冰冰地有些寒气逼人。

杨二旦被解下树来,左右胳膊由两个青壮少年扯开,背部逼着四把锋利的矛尖,一步步,一步步地向铡刀走去。

在这一瞬间,杨二旦想起了燕子那扑闪闪的大眼睛,想起了命运坎坷的娘,想起了蒙受不白之冤的张大胡子,想起了下落不明的张玉杰,想起了自己苦难、不幸的人生历程,也想起了善良可怜的刘背锅……

桩桩往事,历历在目。杨二旦不禁悲从中来,心如刀绞。他一扬头,极力想从往事中挣脱出来,不料反而陷得更深。他干脆胸膛有力地一挺,脑海蓦然浮现出大戏台上"斩单童"的情景来。天知道究竟怎么了,竟扯开嗓门儿吼起了他平日唯一记得的、当然也是他最喜爱的秦腔句子:

　　大吼一声绑帐外,
　　不由得豪杰泪下来!

他翻来覆去就唱着这两句,却唱得慷慨激昂,荡气回肠,也唱得悲壮、苍凉。

三步,两步,一步……

杨二旦来到了铡刀前。他牙一咬,眼一闭,狠下心来,抬起脚向铡刀踩去。

"等一等!"

突然,平地里响起一声雷!杨二旦下意识地收回了迈出去的脚,待他睁开眼睛时,已经当啷一声,身后的四把梭镖不翼而飞,他身子也不由得被扯了个趔趄。

张玉杰怒气冲天地站在他面前!

"玉杰!"杨二旦热泪盈眶。

"二旦!"张玉杰心潮起伏。

"谁?哪块石缝里蹦出个癞蛤蟆?"

"打死他!"

"对!叫他管闲事!"

刘家伙子蜂拥而上,把张玉杰团团围住。一霎时,喊声雷动,骂声如潮,梭镖晃动。

张玉杰面不改色心不跳,他拍拍胸膛,一直紧闭着的嘴猛然一张,竟声如洪钟:"本人张玉杰,杨二旦的异姓兄弟。你们先别乱来,刘家有啥条件,我姓张的若办不到,杨二旦上刀山过火海下油锅,我姓张的若放个屁,就是狗娘养的!"

张玉杰慷慨激昂的一席话,使刘家伙子面面相觑,不知所措。

风,带着料峭的寒意,呼呼地刮着。

火,熊熊烈烈地燃烧着,蹿起数丈烈焰。

水,在大毛边锅里翻江倒海地沸腾着。

一阵短暂的沉默之后,刘家伙子突然像受惊的雀鸟,喊喊喳喳地叫了起来：

"要为我们的背锅子做七天七夜的道场！"

"我答应！"张玉杰一口应承。

"背锅子要背柏木的棺材桐木板子的椁！"

"能行！"张玉杰坦然自若。

"张家院老小要为背锅子披麻戴孝，三步一磕头，五步一作揖，把背锅子送进刘家坟！"

"在背锅子的丧期内，不论是乞吃的讨要的串亲的过路的，张家院都得请来坐席，宾客相待！"

"刘家伙子按人头算，每人得裁一身孝！"

"……"

面对刘家伙子苛刻的条件，张玉杰一一答应，刘家伙子总算是争得了面子，一个个眉飞色舞、欢天喜地的样子。

张玉杰三下五除二地脱下自己的衣服，不容分说地往杨二旦身上一披，背起杨二旦转身就往家里走。在他身后，刘家伙子抬着刘背锅的尸体，扛着大刀梭镖，一派大进军的气势向张家院进发。

刘背锅停放在张家院厅堂，张玉杰搬出给老父张大胡子准备的全套棺板寿衣，刘背锅身穿里三新外三新的寿衣，足蹬莲花宝座寿鞋，安然入殓了。棺材前面挂起一面白绫，正中央大写一个"奠"字，奠字下设祭坛，烛光摇曳，香烟袅袅。棺材头档一盏灯，脚档一盏灯，两盏灯得不分昼夜地亮着，照耀着刘背锅的亡灵在奔赴阴间的路上不迷方向。

张家院从里到外素灯高悬。

张家院从外到里白幡飘扬。

两班子吹鼓手排开阵势，在拉得很长很长、闷声闷气的鼕——鼕——鼓声中，唢呐悠悠忽忽地响起来了。十二头褪尽毛的猪一字形排在祭坛上，二十四只剥得一干二净的羊摆在祭坛上，猪、羊头上各挂一束红绫子，在微风中飘动着。大捆大捆的黄表纸丢进火堆，用铁钗一阵翻搅，转瞬间化为片片黑色的蝴蝶，在冲鼻的浓烟中满院子乱飞。磬声袅袅，梵音缭绕，青龙寺的和尚们分为两班，不分昼夜地轮番诵着悠长的经文，超度着刘背锅苦难的亡灵。张家院里里外外一片人声鼎沸，硕大无朋的筐子一溜儿从门口摆到院外，筐子里高得冒尖的馍，雪白雪白地当顶绽开一朵三角梅，不论大人小孩，不论村里村外，只要是人，谁都可以随意地将这些馒头拿上大吃大嚼，更有甚者，不但吃饱喝足，还要顺手牵羊或袖口里或衣襟里盛上几个，大模大样地向外走。在此期间，若碰上主家，即便心里一万个不高兴，脸上还得赔着笑容，招呼人家吃好喝好，千万不可饿着肚子云云，把人家送上几步才返回来忙自己的事。

张家院大小人等与杨二旦一起为刘背锅披麻戴孝，刘家伙子倾巢而出，老太婆拐着小脚，小孩子拖着鼻涕，搀老携幼，熙熙攘攘地涌进张家院，放开肚皮，吃吃喝喝，吵吵闹闹，嘻嘻哈哈，且每人获得一身孝衣，穿在身上拉拉扯扯，左看右看地互相比试着，一个个兴高采烈，眉飞色舞。

唢呐奏着《雁落沙滩》的凄凉、悲伤。

鼓点敲着《得胜令》的雄壮、欢乐。

杨二旦与张玉杰并排跪在一起，在典礼官的拨弄下时而双双跪在灵前，时而跪到院中，时而磕头，时而作揖打拱，新穿的孝裤子膝盖处已磨出两个洞来。可跪下起来，再起来再跪下的仪式还是没完没了地进行着。刘家伙子的老老少少看戏般的指指点点、评头品足。杨二旦内疚地瞥张玉杰一眼，又瞥张玉杰一眼，张玉杰非常认真地做着他该做的一切。

"动哭——"典礼官拖长音调喊。

杨二旦和张玉杰立即放声大哭。

"不行不行，得叫爹哭！"刘家伙子叫着嚷着不愿意。

杨二旦一愣,为难地看张玉杰一眼。

"我的大唉——"张玉杰马上换了口,抽抽噎噎地哭起来了。

杨二旦心中的负罪感在刘家伙子无休无止的折腾中渐渐地荡然无存了。他撕心裂肺的悲伤也渐渐地化为乌有了,代之以对刘家伙子深深的憎恶。他知道张玉杰之所以忍气吞声,完全是为了让自己得到彻底的解脱,以便尽快地息事宁人——花钱买平安,以人格换平安,平平安安就是福啊!杨二旦在祈福,张玉杰在祈福。但祈来祈去,到头来,仍然是应了祸不单行的古训。

祸,使张家院摇摇欲坠。

祸,让杨二旦万念俱灰。

祸,叫张玉杰无法隐匿,不得不挺身而出,与杨二旦一起肩并肩地面对这场巨大的灾难。杨二旦是父亲认定的义子,是自己的义兄,是为了张家院的深仇大恨才追杀张红脸的,谁知天不遂人愿,错杀了刘背锅,给自己招来杀身之祸。此时此刻,自己躲在一边,睁大眼睛看着让杨二旦去过刀山、跳油锅,这,大悖于张家院的治家祖训,也是被人唾弃百年的事。如果父亲张大胡子在家,这事是用不着他管的。可如今,父亲生死不明,张家院里里外外大事小事全压在他一人肩上,他左想右想,急出了一身的汗,也没急出一个万全之策来。而事又不容他躲在一边继续想,眼看着杨二旦就要丧命于大毛边锅之中了,一股巨大的勇气油然而生,推动着他不管三七二十一地冲了出去。

君子一言,驷马难追。张玉杰响当当地答应了刘家伙子的所有要求。他又是个不干则已,干就干出个名堂来的人。试想张家院百十年来一直雀噪野马河两岸,从没在人面前栽过跟头,也没在理上丢过面子,至于父亲身陷囹圄那完全是张红脸的陷害,这在野马河两岸人人皆知。可在杨二旦这件事上,自己如果龟缩不出,就会落个名声扫地的下场。人生一世,草木一春,雁过留声,人过留名。被千人指万夫骂的人,活在世上,即使穿绸缎,坐大轿,又有什么用呢?钱财是什么?钱财是人身上的垢痂,洗刷一遍又重添。何况偏逢多事之秋,兵荒马乱的,人人都朝不保夕的,花钱消灾,何乐而不为呢?忍得一时辱,可求全家安。张玉杰在冲进刘家伙子的一刹那间,就做好了含垢忍辱的思想准备,他决心舍得一身剐,也要把杨二旦解救出来。不给祖先丢人,做个张家院顶天立地的男子汉,让野马河所有的人都睁大眼睛看一看,张家院的好汉是代代相传、层出不穷的!

杨二旦可就不这么想了。他看着张家院大把大把的钱像水一样地花,张玉杰被刘家伙子无理的要求折磨得没有了脾气,一味地迁就刘家伙子,他的心就针刺般的痛,他就恨不得一头撞死在刘家伙子面前。回想自己从一脚踏进张家院来,张家院就祸不单行,直至沦落到家破人亡的地步。这一切都与自己环环相扣,脱不了干系。而一次次张家院都默不作声,毫无怨言承担了所有的灾难。这真叫他羞愧难当啊!事已至此,他不得不回过头来重新审视自己一番:难道自己真的就是丧门星或扫帚星,走到哪霉到哪吗?难道说他今生今世就这么命穷命苦?

"玉杰!……"杨二旦嘴唇颤动,泪水盈盈。

"玉杰……!"杨二旦满腹的话儿在喉头打转。

"玉杰啊!……"杨二旦欠你张家院两代人的情,来世当牛做马也报答不完,偿还不尽。

杨二旦泪眼婆娑中,透过模糊的视线,看见张玉杰憔悴的面容,筋疲力尽的样子,心中充满了无限的关爱。此时此刻,他多么渴望自己有个分身术,蒙过刘家伙子的眼,把两人的仪式他一人做,让张玉杰好好地睡一觉啊!可话说回来,张玉杰累,他比张玉杰更累。他已经记不清多少天没合眼了,他全身的关节都已散架般的感不到痛感不到酸地一片麻木了,每次他都是机械站起、跪下、出来、进去。他深深地相信:如果刘背锅在天有灵,也会为此对刘家伙子大发雷霆的。

"刘爸,我对不起你……"他的眼泪又不由自主地流下来了。

就在杨二旦自思自叹的当口,突然间一声枪响,惊得满院人像炸了群的雀儿。杨二旦震惊地抬起头来,只见一群国军蜂拥而来,进院子顺手抓起筐子里的馒头就往口里塞,舀起锅里的汤汤水水仰起脖子一个劲地喝,见到衣服就往自己身上穿,对满院子东躲西窜的人视而不见。

杨二旦猛地醒过头来,他一把抓起张玉杰,推他一下:"快!快跑!"与张玉杰一起就朝院外跑。不料,跑不到两步,就与另一股涌进院子的国军碰了个满怀。

"哪里走?"这股人中站出一个满脸络腮胡子的,一枪口顶住杨二旦。杨二旦倒退一步,下意识地以身子挡住了张玉杰……

(节选自长篇小说《野马河苍生·上部》)

长篇小说（节选）

少女丁香

一

风乍起，吹皱了一池春水。

那场轩然大波，在丁香心中激起了经久不息的波澜。

小牛倌啊，你活活要了我的命……

唉！不是冤家不聚头啊。

丁香一声叹息，翻了个身，掖了掖被子，强制自己不想这些对她来说已是陈谷子烂芝麻的事。可这由得了她吗？就像当年在那惊心动魄的一瞬间，没管住自己一样，她的心无论怎样，再也平静不下来了。

浩浩荡荡的野马河一路放荡不羁，挟雷裹电地呼风而来，摇头摆尾地唤雨而去。但在翠竹寨却老远就露出一丝少有的羞涩,温柔地孕育出了一片龙吟凤啸的翠竹林。

翡翠般的竹林深处,在凤尾低吟,绿阴摇曳的幽静中错落有致地坐落着几十户人家。虽是家家茅庵,户户草舍,上顿粗茶,下顿淡饭,天生就是吃苦的命。但这一座座烟熏火燎得炕洞般黑乎乎的屋子里,却活脱脱就是一个个倾国倾城的美人窝!

而牛家院的丁香,就是这美人窝里的人梢子。

她不穿金,不戴银,不搽粉,不抹脂,爹娘给她的这身段,亭亭玉立的,仿佛修竹在风中袅袅婷婷地摆,脸像一笔画出的,又像是桃花骨朵育出的,红红的又粉粉的,一指能弹出一片飞溅的水花来。

翠竹寨的女儿美,美得乐死了野马河畔九十九个村子的少年。于是,翠竹寨就成了野马河两岸名副其实的风月渊薮之地、风流演绎之处。来到翠竹寨,远远地就感到一片醉人的温柔,嗅到一方芬芳的美人气息。但这么一来,翠竹寨的女儿就苦了。阴盛阳衰的翠竹寨,祖祖辈辈想儿子想得发疯,恨女儿恨得要命,女儿成了父母的出气筒,打也挨,骂也挨,常年提心吊胆地低眉出、垂头入。

但唯独丁香是全家的掌上明珠。这完全得力于牛家祖先高瞻远瞩,不惜重金请来马阴阳爷爷的爷爷,抱着个斗大的罗针,把翠竹寨方圆的山山水水勘了个遍,最后下针在日照金盆穴位,占尽了翠竹寨的阳刚之气,使坐落在这个穴位的牛家院主人已连续五代不论正房还是偏房,一个个呱呱坠地的都是枪杆一样笔直、牛犊子一般壮实的男子汉。全村人都把女儿恨得要掉命,而牛家院则把女儿当金疙瘩似的盼望着。

丁财两旺的牛家院,在外面一副心满意足的神色,可关在家中,听着左邻右舍燕语莺歌般的呼爹唤娘声,心中就羡慕得直痒痒。虽然牛家院并不缺乏云彩一样轻盈的倩姿娉影,百灵一样美妙的欢声笑语。但那是儿媳妇,一声声客客气气的嘘寒问暖,总让牛家的长辈们觉得仿佛是镀了层什么,很难融洽地贴在一起的。为此,女儿就成了牛家院镜中的花、水里的月,是一块什么灵丹妙药也医不好的心头病!

到了牛纪年这一代,满打满算,已六辈人没见亲生女儿的面了。牛纪年是家中老小,他的嫂嫂们早已生了一窝又一窝生龙活虎的儿娃子,牛家院跑出一个花朵般姑娘的唯一希望就寄托在牛纪年身上了。可牛纪年家的①仿佛攒足了劲,一口气就给牛家院生了四个打虎将!

唉——!一声叹息后,牛家院盼望女儿的念头偃旗息鼓了。

儿子也好,传宗接代,香火不断,源远流长。这是多少人祖祖辈辈烧高香磕响头盼望着的事啊!牛家院应该谢天谢地才对啊!

牛家院的老辈们想通了,也知足了,再也不对儿媳妇横挑鼻子竖挑眼了,抱着活蹦乱跳的孙子们,企图在浓浓的天伦之乐中忘掉心头那时不时就云雾一样飘上来的隐痛。

可偏偏就在牛家院老辈们心灰意冷,引颈接受命运安排的当口,牛纪年家的回眸一笑,花开独枝,把一个桃花骨朵般鲜艳夺目的女孩儿有声有色地生在了牛家院!

这,就是万绿丛中一点红的丁香!

哟!丁香,爷爷说她是牛家院的宝贝,要取个贱名字,免得老天爷眼红,不成人之美,叫牛家院老少空喜一场。爷爷专门跑到几十里路外的梨花镇,给她打了个生辰八字长命锁。

也就因丁香,爹爹一跃而上,成了牛家院的当家人!爷爷疼,奶奶爱,爹娘把她当成心瓣瓣。丁香娇,丁香也横,在牛家院没有逆着她心意来的事——哥哥们护着她,嫂嫂们让着她,八九岁的女孩儿了,还没大没小的,

---

① 陇南方言:家的,出现在男性姓名后,特指配偶。

动不动就不分场合地扑向娘,掏出娘小兔一样雪白的奶子津津有味地哂。一双大脚片吧嗒吧嗒地满地跑,撵得鸡飞狗跳墙。哥哥们上山,她爬坡;哥哥们上树,她攀枝,活脱脱就是一只梅花鹿,在悬崖峭壁上敏捷自如地穿梭着,吓得哥哥们大呼小叫,惊出一身身冷森森的汗。

于是,长辈就用世俗的尺码修剪她的行为了。

爹娘一个眼色,哥哥们一拥而上,把她强按在地,三下五除二就把她那双自由生长着的天足格里格吧的一阵脆响,折叠成两朵臃肿而不秀气的小金莲。

任凭她怎样呼天抢地地喊,可一点也没改变爹娘那岩石般坚毅的神色,更没挣脱哥哥们那铁钳一样有力的大手!

她只觉得天塌了,地陷了,往日其乐融融的牛家院眨眼间变成了暗无天日的人间地狱,往日和蔼可亲的哥哥们变成了凶神恶煞的帮凶。她只觉得一向亲切得如自己身体一样的东西一瞬间变得叫她异常陌生了,令她望而生畏了,更令她迷惑不解了。

她躺在炕上,下半截身子仿佛飞掉了,滴水不进,粒米不咽,两眼直勾勾地盯着屋顶发愣,往日桃花般娇艳的脸上如同蒙了层黄表纸,又仿佛是遭霜煞雪后的花儿。一汪泪水,盈盈的在眼眶里久久地打转。

而在此时,爹娘又成了往日的爹娘,哥哥又成了往日的哥哥,仿佛什么也没发生似的围上前来,亲亲热热地给她端药送水,背着她上茅房,从老远的八爷岭上撕来柔软的桦树皮给她擦屁股,采来翠绿的指甲草,在蒜臼里捣得碎碎的,笨手笨脚地要给她染指甲。

"死远!你们都给我死远!"她鼻涕一把泪一把地哭着喊着,抓起手边的东西狠命地砸向哥哥们。直到现在,她满腹委屈才像山谷间腾腾云雾一样翻江倒海起来了。她一阵低咽后,放开嗓门号啕大哭了。

她捶胸撞头地哭。

她翻来滚去地哭。

她把浑身的衣服撕扯成了布条条,布片片,天女散花般的满屋子扔着。她把炕头的被子、枕头、烂鞋破袜子通通撂在了地上。她把端来的水送来的饭菜一股脑儿地泼向了窗外,她把满头青丝左一绺右一绺地撕扯着。她毫无节制地哭喊,撕裂了嗓子,滴滴答答的血珠子玛瑙般的从她苍白的嘴角一串串滚滚而出……

唉,女儿苦!

可最苦的还在后边哩。半个月后,她的两只脚血一股脓一股,发出一屋子难闻的、腐烂的恶臭味,火辣辣的如架在烈火上烤。但爹娘还是寸步不让,毫不手软地用长长的布带子一遍遍狠命地缠。每缠一次,她都要一身热一身冷地死去活来好几次。每缠一次,脚上淤积的脓血就喷泉般的迸流着,湿透了层层叠叠的布带子。而布带子很快就干成了铁壳子,里边的几层因不透气,渐渐地与脓血烂肉腐化在一起,紧箍咒一样地贴在她的脚骨骼上,永远也扯不下来了。

"闺女,这都是爹娘为你好!"娘满脸用心良苦的神色。

她赌气地将脸转向一边,不听话的泪珠子又一次扑簌簌地夺眶而出。

"傻女子,长大你就晓得爹娘到底是为了谁!"娘摇摇头,宽容地一笑,转身忙自己的活去了。

丁香赌气地拉开那扇半掩着的窗子,一阵清新、湿润的空气扑面而来,几声婉转的鸟语从远处轻轻袅袅地飘来,她那颗几近枯槁的心豁然开朗起来了。一种久违的冲动,飓风般在她全身鼓荡开来。她不顾一切地溜下炕去。可腿一打颤,身子就失重地倒在了地上。

"我的个天爷爷!你要干啥咋不对我说?"娘慌颠颠地跑进来,手忙脚乱地来扶她。她一用力,把娘推倒在一边。她手脚并地向门外爬去。娘不知她要干什么,扑上前来,狠命地拉扯她。她奋力反抗着,母女俩难分难解地纠缠在一起。

这时,院门吱呀一响,走进了银须冉冉的七爷爷,身后跟着一个陌生的小男孩。

二

丁香做梦也没想到七爷爷领来的小男孩就是这冤家!事隔多年之后,她回想起自己当时的狼狈样,还是那么地难为情。

小男孩虎头虎脑的。他一进院子就主动地把手中的一串山楂果递给了正呼天抢地的疯女子。碧绿婆娑的叶子间点缀着一嘟噜一嘟噜红得透亮、红得仿佛通体都流动着鲜活的血液一样可爱的果实,尤其是那飘着的一缕缕山野气息,使歇斯底里的丁香安静下来了,连她也不明白,为什么一瞬间她竟傻乎乎地接过了小男孩的礼物。

这小男孩就是三牛。他五岁丧父,八岁丧母,孤苦伶仃的,一路飘零,来到了翠竹寨。七爷爷心软,灵机一动,把他领到了牛家院。

他成了牛家院不掏钱的小牛倌。牛家院的三十头牛马撒手交给了他,他毫不怯场地应承下来。一柄蝇拂飘飘洒洒,一把毛刷上上下下,牛马们低眉顺眼地让他随心所欲地摆布。

几个月间,变戏法似的,牛马们一头头、一匹匹全都换了个样,屁股滚圆了,头颅高昂了,四蹄飞扬了,毛色光亮得如抹了层油,声音响亮得穿云越霄,来时烟尘滚滚,去时滚滚烟尘。

小牛倌一杆鞭梢甩得脆脆地响,一把铁铲随身带,一只背篓不离身。随时随地的牛粪马粪羊粪都逃不脱他尖亮的眼睛,被他那只灵巧的铲子铲进背篓,牛家院牛马圈里的粪厚厚地铺了一层又一层,乐得当家人牛纪年一天数次衔着那杆长长的烟锅,双脚踩在软绵绵、厚墩墩的干粪上面,心里比吃了蜜还甜，嘴里一遍遍地喃喃自语着：

"好肥料，真是好肥料哟！哈哈哈……"

小牛倌手脚不停地干。天知道他那不高的个头中哪来的这么多力气。即使牛马们在悠闲自如地吃草或你追我逐地撒欢的当口，他也闲不下来，把那青青的、嫩嫩的，牛马们喜吃的草割了一堆又一堆，待归牧时，龙腾虎跃的牲畜群中，他背负着一座翠绿的山峰在后面慢慢地挪动着。远远看去，不是他背着草山移动，而是草山在拖着他蠕动！

当然，满头大汗、气喘吁吁地回来的小牛倌，每次总是忘不了给丁香摘串野山果或采朵蒲公英，并且老远就做出一个夸张的怪相，坏坏地投向她。

丁香也乐意跟在这小牛倌屁股后面，一张小嘴甜甜地讨他烦。可他口里说丁香烦，心底里还是蛮喜欢和她在一起。有时对她坏过头了，她小嘴一噘，阴着脸不理他了。他就仿佛遭霜煞的花儿蔫不耷拉的，跟失了魂似的。丁香看在眼中，喜在心头，故意更狠地板起脸不理他。可他自有一套办法。

隐隐地窗外一声轻微的响，未等丁香回过神，扑噜一下，一只半片扇面大的蝴蝶翩然飞进屋子来。丁香的心翼马上伴随着这只绚丽多彩的花蝴蝶翩翩起舞了，她先是目光追随着蝴蝶前后左右上上下下移动着，后来干脆跳下炕去，时而轻手轻脚，时而蹦蹦跳跳地扑。可那蝴蝶儿忽高忽低，调皮而灵敏地左躲右闪，累得丁香上气不接下气的，它却悠然如故地展示着美丽的舞姿。

忽然，她又觉得脑后有习习微风吹过，下意识一回头，又是一只素绢般的白蝴蝶在轻盈地蹁跹着。窗口传来扑哧一笑，她转眼看去，只见窗棂上垂进半截袖筒，袖口忽忽啦啦地飞出一只只大小不一、媚如彩霞、灿如锦缎的蝴蝶来。一瞬间，她的房子里变成了一个飞动着五彩缤纷的世界。

她愣了。

这旋转着花团锦簇的新奇，实实在在叫她分辨不出东南西北了。

丁香又成了小牛倌随身的影子，像只快乐的小鸟，只要小牛倌一进院子，就叽叽喳喳地叫个不停。丁香无法拂掉哥哥们给她那凶神恶煞的阴影，她朦朦胧胧间把小牛倌当成了哥哥一样的好伙伴。

光阴在快乐中飞快地流逝着。小牛倌就像雨后竹笋一样刷刷刷地向上蹿。不经意间，他已长成了一棵笔直颀长的钻天杨。黑褐色的土布褂子配上腰间一束勒得紧紧的长带子，带子的两梢不长不短地垂下来，走起路来飘飘扬扬的。四方四亭的国字脸上泛着光亮的黝黑色，一口牙齿白白的，一双剑眉黑黑的，全身洋溢着一股朝气蓬勃的活力，实在英俊极了。

丁香也毫不谦让地紧跟着肩头浑圆了，身材苗条了，眉毛纤细了，脸盘子更加白里透红了，尤其是那双大大的、美丽的杏仁眼更加水汪汪的，在童稚的天真中掩饰不住地荡漾起一泓盈盈的、柔和的秋波，漆黑、清秀的眼睫毛，一动就扑闪闪地仿佛要说话。

但姑娘的烦恼和惶恐也随之不甘落后地到来了。

先不说胸前那两疙瘩肉团子无论怎么缠也不可抗拒地鼓起来了，顶得胸部高起来，怪叫人难为情的，单说那天夜里一觉醒来，只觉得两腿间热辣辣、黏糊糊，令人心惊肉跳的。她不知又发生什么事情了，下意识间伸手一摸。坏了，炕席上、屁股下全是湿漉漉的！她一动不动地躺着，屏息敛声地在惶恐中好不容易熬到天亮，将手打在窗外投进来的晨曦中一看，满手鲜红的血迹，使她不禁尖叫一声，软软地瘫在了被窝中。

躺在身旁的娘闻声而起，抱着面如土色的女儿，惊慌失措间一指甲掐住了她的人中，呼天抢地地叫起来。

一霎时，全家人火急火燎地赶来，在炕边围了个圈。哥在情急之下，舀来一瓢凉水，劈头盖脸地向她泼来。一个激灵，使她哭出了声：

"娘！娘……我、我活不成了……我、我身、身上出、出血了……我……"

"在、在哪里？我、我看……"娘也一时间被她吓昏了头，结结巴巴就要动手在她身上看。

"不！不嘛……娘！"丁香一害羞，急出了一身汗，下意识地把双腿夹得紧紧的。

"我的个天爷爷！"娘猛然醒过神来，立即松了口气，对着所有的人又是挥手又是喊："出去！你们都给我出去，这里没有你们的事！……"

等全家人一头雾水地退出门，娘胸有成竹地揭开炕旮旯的席子，抽出一条软墩墩的棉垫子，一边心领神会地往她那个地方垫，一边怪模怪样地笑着说："大了，我的死女子长大了！我的死女子省事了……"娘笑得脸上每一条细密的皱纹都在快乐地抖动着。

丁香愣愣地望着娘，从懵懂中蓦然一怔，心中咯噔一响，顿时浑身一阵燥热，头一低，热血汹涌中，心咚咚地狂跳起来了。

娘笑得更欢了。

也就从这一天起，娘又对丁香有了新的约束，娘不准她抛头露面了，把她交给了三嫂子，叫她跟着三嫂子学纺线学织布学做饭学绣花，娘再也不准她没大没小地与小牛倌打打笑笑了。小牛倌也自觉地和她拉开了距离。

她好落寞啊！

丁香极不情愿地坐在三嫂子房间里，心却在翩翩起舞着，她不是摇着纺车忘了扯线，就是只顾扯线忘了摇纺车，急得三嫂子在一旁火烧火燎地叫。

独木难燃，独子难教。牛家院这个唯一的宝贝女儿，的确是任性得叫全家老少都头疼。她与牛家院的条条框框形成了尖锐的对立。

三嫂子是众儿媳中的佼佼者,她不光人长得漂亮出众,而且还做得一手出色的女红。婆婆把小姑子交给她,她就得倾尽全力把丁香教出个样子来。可丁香的心思不在纺车上,也不在机杼上,更不在描描绣绣上,她故意丢三落四,叫三嫂子那张秀气可人的脸蛋苦苦的。

可三嫂子的耐心也算是修炼到家了,不管丁香怎么捣蛋,她都不恼不火不怨不躁,以她那水一样柔和的性子轻声慢语地给小姑子指点着,有时口里还情不自禁地哼几句歌词含糊的调子。丁香初始心烦意乱地并不在意她哼的是什么。可日子长了,她慢慢地听出了三嫂子低吟浅唱的歌词是故意不让她听。可越是藏藏掖掖,丁香就越想弄个明白。终于有那么一天,丁香借休憩眯着眼睛装睡时,三嫂子一边呜呜咽咽地哼唱着,一边不时偷偷左右环顾着,胆子也越来越大了,口里着意模糊了的歌词也越来越清晰了:

哥哥你今来着哩,
我给你做下鞋着哩。
我给你做下鞋着哩,
麦子篰里藏着哩。
……

天!三嫂子竟然在哼酸曲!

渐渐地,丁香觉得三嫂子并不那么地讨人嫌。后来,丁香干脆喜欢上了三嫂子。这原因就是看似温文尔雅的三嫂子与丁香相处的日子长了,她到底还是压抑不住自己的天性,又恢复了往日她在自己小天地的生活。

哟!关在屋子里的三嫂子并不是牛家院人人印象中的三嫂子。她热情,她放荡,她一张嘴巴什么话也说得出口。她趁婆婆不在时,关上门子,硬是撕开了丁香的前襟，与丁香比奶子，两只紧绷绷的、弹性很强的奶子在一块久久地摩擦着，嘴里咯咯咯地笑着，毫无顾忌地说起男人来了。这可是丁香平生第一次听到女人如此大胆地说男人。

她脸热心跳。

她心旷神驰。

她只觉得三嫂子口里飞出来的话，是那么地新奇，那么地动人心魄，又那么地叫人羞涩难当，可她还是按捺不住好奇心的驱动，变着法子引三嫂子一路畅所欲言地满足她。可三嫂子是何等人，她说着说着就警觉地刹住了话匣子。

"不说了不说了！免得小姑子心花了！"三嫂子意味深长地一脸坏笑。

"……"丁香心痒痒的，她犹豫再三，最终还是按捺不住那份鲜鲜的好奇心，抹下脸来，一头抵在三嫂子怀中，撒娇着："说啊，我叫你说嘛！……"

"说？说啥呀？"三嫂子摆起架子，满脸的正经。

"就说、就说……哎呀！你、你……"丁香红着脸，羞答答地头都抬不起来了。

"咯咯咯！……"三嫂子的笑声更响了。她一边刮着自己的脸颊羞丁香，一边故意卖关子，娴熟自如地吊丁香的胃口："算了，算了！你又不爱听，何必叫我白白地费口舌！"

"你就给我往够里说嘛！"丁香顾不得害羞了，觍着脸一个劲地求三嫂子。

"真爱听？"三嫂子咻咻咻地笑着，还是不依不饶地叫她难为情。

"真爱听，有人爱讲有人就爱听！"丁香野了，疯了，干脆火辣辣地撒起泼来了，她出其不意地把三嫂子压倒在炕头，两只手就像小鸟一样灵敏

长篇小说(节选)·少女丁香　209

地在三嫂子的胳肢窝反复出没着,三嫂子笑得岔了气,拉住丁香的手求饶:

"我说我说,饶了吧,饶了吧……"

丁香停下手来,三嫂子坐起身子,理理她凌乱的头发,满脸神秘地示意丁香离她坐近点,直到近得两人都能隐隐约约地感到对方的脸部绒毛了,三嫂子把嘴轻轻地搭到丁香耳边,突如其来地说了句:

"小牛倌摸你的奶子了?"

丁香一惊,浑身的热血顿时哗地一下涌上了头顶,在一阵魂驰魄荡的奇妙感觉中,她只觉得紧闭着的心扉被一种异样的东西猛然撞开了……

三

又一个寒冷的冬天过去了。

飘飘洒洒的牛毛细雨,如天地间千万条错落有致的银线,缜密地在斜风中飞扬着。山润了,坡绿了,柳条柔了,桃花红了,梨花白了,鸟儿的鸣叫清脆婉转了。

小牛倌早已出脱成一个壮壮实实的大小伙子了。他成了牛家院的长工头,领着一帮子伙计,吆五喝六地出出进进着,早不给丁香捉蝴蝶,不给丁香采野花,不给丁香使鬼脸了。丁香也早不跟着他的屁股转来转去了。

三嫂子的一句话,石破天惊,仿佛击中了丁香心中的什么隐秘,丁香一想起心就忍不住怦怦地跳,脸就不由自主地一个劲地烧。她已是情窦初开的少女了,她把三嫂子当成了天地间唯一的知音,羞答答的又难于向三嫂子启齿她心中的秘密。她不知道自己该怎么办,偌大的牛家院,黑压压的一院子人,没有一个能引导丁香走出少女青春期困惑的人。

于是,丁香就偷偷地学三嫂子的样,背着家人哼酸曲:

把你世①到我眼前,
缺吃少喝都安然;
把你世到我手里。
胜过吃肉喝酒哩!
……

丁香哼着哼着,就忘记了周围的一切。三嫂子冷不丁一下子扑上来,扑哧一下笑出了声。丁香顿时面红耳赤的,羞得抬不起头,呼吸紧张得喘不过气,额头渗出密密的汗珠子晶莹地滚动着。

"把谁噙在你嘴哩?"三嫂子笑得好开心,口气坏坏地问。

丁香垂下头,恨不得一脚踩出个洞,整个身子钻进去。

"你把人家噙在嘴里干啥价?"三嫂子笑得更欢了,话也更加没边没际了。

"嫂子——我的三嫂子……"丁香急得快要给三嫂子下跪了。她搂住三嫂子白净、细长的脖颈,一双会说话的大眼睛无声地向三嫂子讨饶。

偏偏就在这当口,屋后幽深的竹林中,远远地传来一声悠扬婉转的口哨,接着便回应似的响起一个青年男子绵长、热烈的歌声:

哎哟哟——
姐家门前一树桃,
桃花开得火样红。
等到你的花谢了,
黄瓜菜晾成干树了。

---

① 陇南方言:世,即出生。

丁香偷偷地望了三嫂子一眼。三嫂子抿嘴一笑,正要用她那伶牙俐齿说什么,不料对面山坡上的竹林中又传来另一个男子更叫人无地自容的歌子:

哟嗬嗬——
哥哥你头蒙着哩,
妹给你留下门着哩。
妹给你留下门着哩,
就看你敢不敢来着哩!

不容丁香细回味,也不容三嫂子咻咻咻地再取笑,屋后的歌子马上就应过去:

二细草帽软修修,
把妹引到陕西走。
八百里秦川大无边,
男耕女织不羡仙!
……

"哎哟哟!我家的小姑子长大了,牛家院要被小伙子踏破门槛了!"三嫂子拊掌大笑。丁香脸上渗满了细小的汗珠子,羞得抬不起头,胸部急剧地起伏着,心中却甜滋滋的好惬意。

"陕西坝里我去哩,单等阿哥主意哩!快!快唱,你阿哥等你回话哩!"三嫂子拿腔作调地一扭捏,娇滴滴的语气一出口,她自己都笑得拾不起腰来了。

丁香一头扑进三嫂子怀中,把烧红的脸深深地埋在三嫂子酥软的胸沟里,两手神出鬼没地在三嫂子胳肢窝捣鼓着。三嫂子也毫不相让地伸手还击,姑嫂二人翻来扑去地闹成了一团。

姑嫂俩玩得好开心。可开心过后,丁香随之而来的就是无边无际的落寞、孤独和忧伤。三嫂子与丁香口没遮拦的说笑惯了,可说者无意,听者有心。丁香每次都被三嫂子的话弄得脸热心跳后,又像嚼五味子一样,品出悠悠的余味来。

唉!这恼人的风流胜地翠竹寨,生长在这里的女儿好烦心……

丁香开始找小牛倌的不是了。小牛倌是牛家院的长工头,在爹爹面前有头有脸的。每次听爹爹把他当成牛家人,她就恨得要哭出声,千方百计丢小牛倌的丑。

"小牛倌,小牛倌,你不就是个放牛娃!"丁香鼻子哼哼的,一遍遍暗暗地把他叫小牛倌,就是不把他称为有头有脸的长工头。

"小牛倌,我爹叫你去上厢房商量事。"丁香故意当着众伙计扯着嗓门喊。

"小牛倌,厨房的水没了!"丁香借小牛倌在众伙计面前指指点点时,冷不防喊一声。

这还不算过火的。最解恨的一次是丁香干脆叫他给东家交不了差。东家叫他带领长工们去锄黄豆,等他走到村头了,丁香赶上去告诉他东家改变主意了,让他和大家伙儿把插在田间地头轰鸟的稻草人,放火烧掉。他狐疑地看了她一眼。她一脸真诚。他又犹豫了一下,领着众伙计去拔稻草人。

这无疑捅了马蜂窝。爹爹火冒三丈。长工们噤若寒蝉。他老老实实地站在东家面前,乖乖地挨东家的训斥。丁香乐得合不拢口,笑弯了腰。

同时,丁香又担心这恶作剧做过了头。他要是为摆脱干系,一口把她供出来,那她就得吃不完兜着走。可他天大的事情一人担,硬是叫爹爹给骂了个狗血喷头。事后,丁香等着他来问自己。他竟没事人一样的闭口不提。这,倒叫丁香好生气。

一不做,二不休。他撞在丁香手里的机会总是那么多。野马河两岸九十九个村,有的商户人家给长工们故意做半生不熟的饭,有的蒸夹生馍,从长工口里节省粮。牛家院的当家人严禁下眼观长工,坚持不分贵贱同吃一锅饭。丁香小时候,厨房里嫂嫂们掌勺把,丁香大了,嫂嫂们成了她的帮厨。

牛家院家规严。面要擀得薄如纸、圆如筛,下到锅里龙摆须,汤要清清的,面条一绺一绺的细得像韭叶,在碗里活灵活现的鱼一样游动着,汤上面漂着嫩绿的酸菜叶,再撒一把红红的辣椒面,叫人看着悦目,吃着可口,饭后舒心。

丁香做一手好茶饭,掌着厨房的勺把子。勺起勺落,稀稀稠稠,全在她手里把分寸。丁香知道小牛倌为牛家不惜力,整日价拼死拼活地干着,所以不敢在他的饭上恶作剧。但她却变着法子为难他。

这不又来了。你看无数只黑油油的陶瓷碗围着锅灶环绕过来,丁香手中的大马勺一起一扬,一只只碗便满当当地如平静的湖心耸立起一座山峰,泼泼洒洒地满意而去。轮到小牛倌伸过来的那只碗了,丁香的勺子在锅底搅了搅,舀出满满的一勺面条来,眼看着要勺子一扬,落进小牛倌碗中了,却偏偏虚晃一枪,倒进了挨在小牛倌后边的牛疙瘩碗中。臊得小牛倌面红耳赤的,站也不是,退也不是,伸出来的碗不知怎么好,尴尬地停在半空中。

丁香心中乐开了花。

四

积雪融化了,竹笋破土了,燕子回来了,山青了,草绿了。野马河上镜面一样明晃晃的冰块仿佛从沉重的桎梏中奋力一跃,随着一声破裂的巨响,在一阵长久得有些可怕的寂静之后,从遥远的天际慢慢地、慢慢地画出一线生动的白痕,渐渐地又像一条迎风招展的哈达,轻盈地、潇洒自如地轻舒曼卷着飞快地飘来。

接着,天地间隐隐约约地回荡起一阵阵清脆的、持久的霹雳一样的响声,人们脚下的土地开始微微震动了,固若金汤的河面顿时兴奋地摇晃起来。而那条洁白的哈达早已摇身一变,化为一群齐头并进的白龙马,呼啸着、追逐着,铺天盖地地厮杀过来,平静了整整一个冬季的野马河一下子卷入惊涛骇浪的中心。那块浑然一体的冰面瞬间化为无数破裂的冰块,被怒潮猛地抛上高高的天空,又重重地摔下来跌成细碎的银屑,纷纷扬扬地飞溅开来。

野马河沸腾了。

沸腾的野马河成了鼓角争鸣的古战场!

这期间,正是羊肚菜脱颖而出的当口。

羊肚菜不恋平川大坝,孤僻地选择了高寒的山巅、阴坡,在淅淅沥沥的春雨中寂寞地依附着地衣开放出淡淡的毫不起眼的灰色花朵,越是乍暖还寒,越是精神抖擞。她花朵很小,质地柔软,不喜欢群居,总是星星点点地散落在山山坡坡的沟沟岔岔中,点缀着宁静的天籁,稍有风吹草动,立即隐身于天地万物之间。

牛家院是有头有脸的大户人家,羊肚菜是炖汤的上等珍品,味美汤鲜,口感敦厚而又回味绵长。逢年过节时待客,一只油黑发亮的陶瓷盖盆往炕桌上很气魄地一摆,二寸长、两指宽的白水肉,陈年萝卜干和丝丝缕缕的豇豆干深卧于汤底,撇去了油花的素汤面上,在寥若晨星般的几粒鲜红的枸杞烘托中,几朵羊肚菜仿佛有些诡谲地出没于其中,调皮地挑逗着人的食欲,不断地吊着人的胃口。一顿酣畅淋漓的海吃豪喝之后,人人擦着满脸细密的汗珠子,打着惬意而响亮的饱嗝儿时,宾主们又回头细细品味起那微妙的口感。

于是,客人从中品出了自己的身份。

于是,主人从中品出了自己的价值。

然后,相视一笑,感情又亲近了足足一大拃。

为此,牛家院每年野马河破冰那段日子里,当家人牛纪年就虎着脸,把女眷们羊一样地撵上坡,叫她们漫山遍野地去采羊肚菜。可羊肚菜是个鬼精灵,她哪能叫你牛家一窝子花喜鹊叽叽喳喳乘兴而来,满载而归呢?

一天大海捞针般的找下来,个个累得腰酸背痛,败兵一样垂头丧气地撤回家,被当家人唬着一张包公脸挡在了大门口,劈头盖脸地好一场骂。

爹爹是何等的精明!羊肚菜虽说是美味佳肴中的珍品,可获得她不折弓不损箭的,只需跑出两条硬腿来,牛家院当家人就可风风光光地在外人面前露一脸了。找不到羊肚菜,就等于当众丢了当家人的丑。不挨训斥才怪哩!

牛家院的女人们好恨那神出鬼没的羊肚菜。

可小牛倌忙里偷闲间却轻而易举地采来了一帽壳羊肚菜。

哟,羊肚菜,这叫人又喜又恼的菜!

唉,羊肚菜,这踏破铁鞋无觅处,可小牛倌得来却全不费工夫的菜!

嫂子们围上去,指指点点着,对小牛倌佩服得快要拜倒在脚下了。一张张桃花般好看的笑脸争相开颜,燕语莺歌的声音甜甜地向小牛倌询问窍门,恨不得马上就行拜师礼。可小牛倌很平静,翻来覆去一句话:"是无意中碰上的!"一脸坦诚,令人不得不相信他说的全是真话。

这冤家,连丁香都给他轻而易举地蒙过去了。

可接着,他又找了个僻静处,把嘴搭在丁香耳根悄悄地说:

"其实、其实……采羊肚菜有窍门……"

"有窍门?有窍门你咋不早点说?你这人阴着哩,今后再不理你喽!"丁香生气地一噘嘴,背过身子掉泪珠子。

羊肚菜喜阴躲阳,对气候特挑剔。小牛倌轻声细语地告诉她:太热她隐,过冷她躲,只有在日光远远照来,在一种明显的乍暖还寒中她才出来。她整个形状就像一柄竖立的汤匙,纤细的茎颈托着一朵椭圆形的花冠,正面是一张笑眯眯的娃娃脸,眉毛、眼睛、鼻子、嘴巴逼真毕现……

丁香不由得点着头,小牛倌这点没说错。

可要采她,你千万不要毛手毛脚的,你要屏息静气的,蹑手蹑脚地猫着腰从她背面兜过去……

"呸!"丁香响亮地朝他啐了口,对小牛倌故意神神秘秘的叙述提出抗议了。

嘘——小牛倌陶醉在采羊肚菜的氛围中,他正猫腰给丁香演示着:你睁大眼睛,躲在她后面,顺着她瞭望的前方,从她身边轻轻绕过,找下去前面不远肯定有一朵羊肚菜呢。这时,你再回过身来采掉第一朵,之后又用同样的办法去找第三朵、第四朵……就这样一路绕下去找下去采下去,漫山遍野的羊肚菜你就是一辈子也采不完……

"骗人!你骗人!"丁香双手蒙住耳朵,跺着脚,知道自己又上小牛倌的当了。

"信不信由你。哄了你,你就干脆给我当媳妇!"小牛倌冷不防丢下这么一句话,早笑嘻嘻地跑得无影无踪了,甩给丁香一脸火辣辣。

这小牛倌,越来越没遮没拦了!小牛倌,小牛倌!……丁香就是眼看着太阳掉进了炕眼里,她也不相信小牛倌传授给她的是真经。可面红耳赤后,细思量,她最终还是半信半疑地一人悄悄地来到了青龙山半腰上,一边口里不停地骂着该死的小牛倌,一边按小牛倌说的方法找下去。

嗨!神啦!小牛倌说的一点也没错,这羊肚菜就是个鬼机灵。丁香还发现:所有的羊肚菜脸都朝着同一个方向,你如果贸然采了第一朵,就很难找到第二朵。你每次发现的第一朵,都是给前前后后的伙伴以身殉职的哨兵!

哦,好神奇的羊肚菜!

多么美好的回忆呀!那时候,小牛倌还是个白屁不懂的毛孩子,可他就敢厚着脸儿逗丁香。可长成牛犊子一样壮实的小伙子后,反倒与丁香疏远了,把丁香不放在眼里了……

丁香好伤心。

都是爹爹惯出的毛病!丁香悻悻地想。

丁香把采羊肚菜的妙法点滴不留地传给了嫂嫂们。她才不愿同小牛倌那样做个短韩信呢!嫂嫂们如法炮制,一个个笑逐颜开地在打情骂俏中满载而归了。

丁香又爬上青龙山半腰采羊肚菜了。嫂嫂们早已尝到甜头,不成群结队,一个个分散在漫山遍野的沟沟岔岔中。积雪开始融化了,到处都湿漉漉地滋润出浅浅的鹅黄色,幽深的竹林里锦鸡展开绚丽的翼羽,悠闲地踱着方步,野兔竖直两只长长的耳朵,哆嗦着三瓣嘴,飞快地啃着嫩嫩的笋尖。凭经验,丁香知道这里的羊肚菜已不会显身了。她得再往山上走,山顶总要把气候多挽留几天。

丁香站起身子,舒了口气。突然前边隐隐约约传来一阵异样的响声。她狐疑地四处望了望,一切都静悄悄的,只有竹叶轻轻地吟唱着。她换了下挎在左手的篮子，准备离开这里。

就在这时，幽静的梦幻一般的竹林中，那只全神贯注地啃竹笋的兔子突然箭一样纵身一跳，蹿入竹丛之中不见了。斑鸠吃惊地一拍翅膀，扑棱棱地冲天而起。

丁香在一片惊愕间，见前边的竹林中走出了小牛倌，不容分说地挡住了她的去路。

你?！这冤家哟……丁香顿时又惊又喜，又羞又恼地呆住了。

小牛倌涨红着脸，一双明亮的、调皮的眸子燃烧着火一样热烈的激情。他傻傻地望着丁香。渐渐地，他粗大的喉结轻轻地上下滚动了，他的呼吸像拉风箱一样的急促了。

丁香看了看周围静悄悄空无一人的竹林，心突突突地跳着，在一种难耐的燥热中出了一身淋淋大汗。她胆怯了，她害怕了，她要尽快地逃离这个鬼地方！

她脚动了动，可双腿软塌塌的，怎么也提不起来。

就在这当口，小牛倌一个饿虎扑食，不容她做任何反应，就猿臂轻舒，狼腰款动，微微一拢，把她轻轻地举离了地面。

她昏了，她怔了，她懵了，在一阵惊心动魄的晕头转向中，她失去了所有的抵抗力。她整个身子柔若无骨地瘫在小牛倌两道铁箍似的臂弯中。

竹子快乐地舞蹈。

竹叶沙沙地吟唱。

天在旋，地在转。小牛倌急匆匆的脚步声，一声声都重重地踩在丁香的心窝窝，引起她一阵阵甜蜜的惶恐和眩晕。她轻轻地闭上了湿润的眼睛。

小牛倌一阵疾走，把丁香抱进一孔守秋的窑窠，放在一张毛茸茸、绵墩墩的狗皮褥子上，他则跪在一边，一脸神圣而肃穆的表情，一颗一颗地解开了丁香的纽扣。少女线条丰满的胴体如洁白无瑕的雕像，圣洁地展示在了天地间。小牛倌一阵目眩，使劲地眨眨眼睛。一瞬间，他被这圣洁的少女形体震慑了，他迟迟疑疑地两眼傻傻地有些手足无措了。可少女雪白的酥胸间两只玉兔般蹦跳着的奶子，又使他不顾一切地扑上去，双手紧紧地抓住了这两只柔嫩的、热腾腾的、皮球一样弹性十足的乳峰。

一阵奇异的颤栗，通过小牛倌的手指迅速地传遍了丁香全身。小牛倌两手不停地轻揉着欢乐地跳动着的乳房，揉着揉着，手指又得陇望蜀地滑下乳峰，试试探探地朝她身体的隐秘处伸去。丁香一个激灵，从懵懂中回过神来，下意识地阻止了小牛倌的手。

可就在这一霎间，她滚烫的身子烈火一样地熊熊燃烧起来了，她干裂的嘴唇蝶翼般的一张一翕着。突然间，天知道怎么了，不知哪里冒出的一个念头，使她紧接着火辣辣地回应了小牛倌那两只不老实的手。

她紧紧地抱住了小牛倌，用她那桃花瓣一样鲜红、香甜的小嘴亲着小牛倌，尽情地抒发着郁积在心中已久的那团解不开、理还乱的苦闷。

在一种异样的、奇妙的颤栗中，丁香只觉得心中仿佛是潮汛远远而来，又仿佛是花儿在露珠中悄悄绽放，仿佛是海啸席卷而来，又仿佛是飓风横扫落叶。她兴奋地大叫一声，让小牛倌覆盖了自己的身子。

天旋了，地转了，云三了，雾四了，娴静的云彩飘动着，缤纷的鲜花盛开着。少女幸福的脸蛋像熟透的红苹果，她喃喃自语着什么，她急切地渴望着什么，她深深地呼唤着什么。她鼻音水波般轻柔地呻吟着。

突然，一种陌生而又亲切的感觉带着小牛倌强悍的雄风长驱直入，一种新奇的、神秘的锐痛后追着另一种妙不可言的快感，触电似的飞速传遍了她全身的梢梢末末，又把她轻轻地送上了碧空万里的云霄，她仙女般的广舒长袖，轻歌曼舞。

路滑坡陡慢慢溜，
贤妹害羞慢慢逗；
有朝一日逗到手，
蛇咬百口死不丢！

远远的对面山坡上，幽深的竹林中，风儿把又一个男子不知唱给哪位姑娘的情歌，断断续续地送给了在梦幻一样美妙的境界中展翅翱翔的丁香。

……

丁香哭了。她望着狗皮褥子上那斑斑点点梅花骨朵般鲜艳夺目的处女红，伤心地哭了。

一切都是小牛倌蓄意安排的！

可一切全不怪小牛倌！

牛家院世世代代好不容易才盼来的一个姑娘，不可能嫁给一个房无一间、地无一垄的小牛倌——尽管你是长工头！都是你！都是你！！……丁香拳头雨点般落在小牛倌肩头上。小牛倌垂下头，自知理亏地一言不发。

丁香失魂落魄地回到了牛家院。

丁香惶恐不安了好多天，可牛家院的老老少少竟没有丝毫的觉察。丁香心中又渐渐地轻松起来了，她把重重的失落暂时搁置一边，又按捺不住地开始想小牛倌了。

她的心乱了……

……爹爹一声威严的咳嗽，惊起一对正爱得死去活来的美鸳鸯！

牛家院顿时阴云密布。在一片波澜不兴的平静中，在隐含着腾腾杀机的气氛中，爹爹选择了含辱忍耻，悄悄地把小牛倌叫到八爷岭上的八爷庙,点燃香纸,让他跪在八爷神像前发了永远守口如瓶的毒誓后,丢给他两块大洋,叫他永世不得再回野马河!

萧萧秋风中,他渺无踪影了。

(节选自长篇小说《野马河苍生·中部》)

长篇小说（节选）

离 婚

一

杨耀祖舒了口长气，整个身心轻松了许多。他蹲在左厢房的炕头上，嘴含着那枚羊腿骨旱烟锅，慢悠悠地吸着，从鼻孔中轻轻地吐出一缕缕淡蓝的青烟，看着宽敞了不少的屋子，心里像投进了一片灿烂的阳光。

他知道杨二旦不会善罢甘休的，可他还是压抑不住内心的激动。对他来说，这毕竟不是一件简单的事啊。从偏厦到左厢房这段不远的路，虽然只需几大步就可以迈过去，可杨耀祖却费尽了九牛二虎之力，比他建杨家院厅堂难百倍。杨耀祖人坐在厢房里，表面上是如愿以偿了，可他心里却老是提防着。他在梨树湾里，在杨家院里，头垂得低低的，腰弯得低低的，声音压得小小的，走路步子小心翼翼的，满脸的卑微，一身的恭顺，看上去，比从前更老实，也更邋遢了。

左厢房光线明亮，房间宽敞，一家人住在里面，各有居室，互不妨碍。杨耀祖也有了自己的天地，他的言谈举止，喜怒哀乐，再不叫全家人尽收眼底了。他失去的尊严又悄悄地回到了身上。

他威严地端坐炕头，一声咳嗽，招来全家人，压低声音，反复强调不要在屋子里高声喧哗，不要在院子里追逐嬉笑，不要信口开河地说一些语气模糊不清的话，不要……杨耀祖顾虑重重，他生怕略有不慎，引起杨二旦的猜疑，招来不必要的祸端。他需要的是平安，他得躲开杨二旦的锋芒。

就在这当口，水仙经过一番深思熟虑和紧锣密鼓的准备后，与杨耀祖叫板了。

那是一天晌午饭后，趁着全家人还没离开饭桌，水仙一改常态，拦住了正在收拾碗筷的燕子，叫住了正要向门外走去的杨大旦，她当屋子一站，冲着杨耀祖，也冲着全家人，声音不高不低地说了句：

"我要离婚！"

"离婚？"杨耀祖迷惑不解地看了水仙一眼，又看了全家人一眼，一瞬间，杨耀祖还真有些云三雾四的，辨不清这女人在说什么糊涂话。

"对！反正我在这屋子里是多余人，我……"水仙哭了，她越说越伤心，泪珠吧嗒吧嗒地掉着。

哦！杨耀祖这才回过神来，明白了水仙在向他说什么。他脸色变了，端在手里的碗啪的一声成了碎片，怒不可遏地吼了句："反了你！"跳下炕头，抓起鞋子就要往水仙脸上扇。

杨大旦拼命地拉住了杨耀祖。

燕子和杨春妹死命地把水仙往外面推。

杨腊妹抽抽噎噎地哭成了一团。

丁香被这突如其来的变故惊呆了。

水仙奋力地挣扎着，她一把揉开燕子和杨春妹，反向杨耀祖扑去，扯着杨耀祖的衣襟，跪在杨耀祖面前，一把鼻涕一把泪，哽哽咽咽地说："打，你打吧，我白吃了你多少年的饭，白穿了你多少年的衣，你打死我，我都不觉得冤，我……呜呜……"

水仙声音越来越高，杨耀祖向外面一看，只见有人在朝他的屋子里张望。他脸上又有些抹不下来了，可水仙的话，一字字，一句句，都深深地打动了他的心。他手里举起的鞋子，不知什么时候已无声地落在了地上。他的眼眶也转动着盈盈泪水。

一年前，野马河两岸沸沸扬扬地传说着一个叫做什么"婚姻法"的东西，男男女女争相议论，不少夫妻打打闹闹地走进了梨花镇政府，或是男的把女人休了，或是女人休了男人。杨耀祖或多或少地略有耳闻，但他从没在意。他觉得这分明是胡闹，恩恩爱爱的几十年了，一夜之间咋说走就走了。一切都是那个"婚姻法"在作怪。杨耀祖只是随便听听，只是浅浅地想想，便过眼云烟一样的忘掉了。有时，杨耀祖静下心来，不禁感到这些男男女女的做法太可笑。

杨耀祖做梦也想不到，这件本来就与他很远很远或者说是根本不沾边的事，怎么一刹那间，就出现在自己身上了呢？老天爷，你真是要了杨耀祖的命啊！杨耀祖本就争强好胜了大半辈子，到头来，杨家院在他手里失掉了，上百顷土地被他葬送了，成了无处容身的穷光蛋，脸早已不叫脸了，礼义廉耻不复存在了。可如今，水仙，这个平时看起来蔫不拉叽的水仙，也公然向他挑战了。

是可忍，孰不可忍？！杨耀祖不能向她让步。龙困沙滩遭虾戏，虎落平原被犬欺。杨耀祖觉得丁香要与他离婚，他能接受，杨二旦反复羞辱他，他也能接受。可水仙也变着法子欺侮他，他就不能容忍了。他没有对不起水仙的地方,水仙为什么偏偏要在自己心窝子里插一把刀子呢?

可,杨耀祖不想把事情传出去,让梨树湾,让野马河两岸的人再次看他的笑话。他要悄悄地把这件事情按在被窝里处理掉,神不知鬼不觉,让水仙乖乖就范。杨耀祖有这个能力,更有这个信心。

他一动不动地站着,任凭水仙一个劲地拉拉扯扯,哭哭啼啼。他四处张望,无可奈何之际,只好再次把目光投向丁香。丁香心领神会的一个眼色把全家人叫出了屋子。

宽敞干净的左厢房,左看左舒心,右看右惬意。杨耀祖本该好好躺下来,口含羊腿骨旱烟锅,一边慢悠悠地抽着烟,一边心旷神怡地满屋子欣赏。可……水仙却冷不防大煞风景了。杨耀祖不无遗憾地叹了口气。

杨耀祖做了个深呼吸,平静了自己的心情。他俯下身子,慢慢地蹲下去,顺着水仙的拉力,整个身子倒向水仙,软绵绵地瘫在了水仙的怀里。与此同时,他又一次施展开自己的老手段,一双手不老实地投进水仙的衣襟,轻轻地抚摸着。

水仙的哭声越来越低了,鼓得硬邦邦的身子也渐渐地软下来了,又像团发面一样柔软起来了。他起伏有致的手指弹上去,还是那样的光滑细腻,还是那样的弹性十足。水仙不动了,一泓碧波,柔情万种地向杨耀祖偎依了过来。

渐渐地,杨耀祖的呼吸急促了,久违的冲动,随着浑身的热血像远远的潮汛一样涌来。杨耀祖的眼睛发亮了,脸色红润了,他的目光中又闪出鹰一样犀利的东西。

水仙的手颤抖着慢慢地伸向杨耀祖的腰围,一阵轻松的感觉传遍了杨耀祖全身。杨耀祖的裤带被解开了,裤头被拉开了,杨耀祖猛然站起,鹰鹞一般地来了个饿虎扑食,把水仙拦腰一抱,在地上旋了个九十度的转儿,重重地丢在了炕头。

水仙躺倒在炕头上,双眼微闭,泪水打湿了眼睫毛。她胸部起伏,如波涛汹涌的大海。

杨耀祖插上门子,返身扑向了水仙。

水一样柔情的水仙,花一样美丽的水仙啊!月亮落下去了,星星铺满了深邃的天空,萤火虫绿莹莹的像灯笼儿静静地飘荡着。湖水欢笑着漫过来了,浪花跳跃着奔过来了,鱼儿欢快地游出了水底,突然一个猛子深深地扎进了烟波浩渺的湖心,一圈圈涟漪荡漾开来,静静的湖面上沸腾了,潮涨了,涨潮了,惊涛拍岸,卷起千堆雪。

这湖水好温柔,好迷人,好动人啊!

杨耀祖深深地沉入湖底了。他的苦闷,他的不幸,他的失落,他的荣辱,统统在一瞬间烟消云散。他只觉得他像一只憋足了气的大铁桶,突然间爆裂了,又像一扇关了很久的窗户突然间被打开,在一种八面来风的舒畅中,他尽情地呼吸着扑面而来的劲风。

美!好美哟……这女人!水仙两只雪白的胳膊,如两条滚烫的银项圈,紧紧地缠绕着杨耀祖,把杨耀祖往自己身上粘。她眼睛微翕,如醉如梦般的喃喃自语着,呻吟着,整个身子蛇一样柔和地扭动着。

"肉肉,我的肉肉哟……"水仙流泪了,一行行清清的泪水,顺着脸颊欢快奔流着。鲜樱桃般的嘴唇一遍遍地亲着杨耀祖的脸,亲着杨耀祖的胳膊,脖颈……

杨耀祖把这个小巧的女人覆盖了,他又感到了征服的快感和幸福。女人的指甲深深地掐进了他的两肩,他感不到痛,他只感到了刻骨铭心的幸福。他渴望她锋利的指甲一直掐进他的五脏六腑,掐进他灵魂的深处。

他偷偷地笑了。这就是女人!这就是被男人彻底征服了的女人!她像一块熟透的土地,把自己一览无余地展现在男人面前,坦坦荡荡,毫不害羞,任凭男人欣赏、把玩。杨耀祖长长地、美滋滋地舒了口气,又一个猛子扎进了深不见底的湖水。

男人的雄风又一次在他浑身鼓荡起来了。

杨耀祖又一次找到了失去的自己。

杨耀祖大汗淋漓,气喘吁吁,他瘫在水仙身上一动不动了。水仙的脸好红,红得仿佛是一片露珠中的花瓣瓣,扑闪闪地直勾人魂魄。

杨耀祖满足了。杨耀祖得意了。这就是女人!哭哭啼啼要死要活地闹个不可开交,可转眼间就乖乖地躺在你身下一动不动了!杨耀祖轻轻地在水仙身上拍了一巴掌。水仙微闭的眼睛睁开了,明亮的眸子黑葡萄一样闪闪发光。

"你还说不说跟我离婚的事?"杨耀祖拍着水仙秀色可餐的脸蛋,笑着问。

水仙一愣,大梦初醒般的回过神来。顿时,一道忧戚掠过了她明朗的神色。她的目光黯淡了,她轻轻地叹了口气。兴奋、激动变成了凄然、苦楚。她坚决地点了点头。

"嗯?"杨耀祖大吃一惊,直愣愣地望着眼前这个变得谜一样不可理喻的女人。

"你让我走吧……"水仙又哭了。

"你?你这是咋啦?"杨耀祖想不通,又陷入了丈二和尚摸不着头脑的境地。他的手又一次摸向了女人隐秘的地方,水仙积极地应和了他。他停下手,搬过女人的脸,久久望着她一脸的冷静,彻底迷惑了。水仙一把搂住他,让他的头紧紧地埋在自己柔软的乳沟间,抱得他喘不过气来了,还照旧使着劲。

"记着我,肉肉!我……我也是没办法!"水仙哭着说。

杨耀祖呼地一下昂起了头。他一把推开水仙,紧接着又一把抓住水仙,用力地摇晃着,咬牙切齿地说出一句话:

"你别做白日梦！"

杨耀祖到底还是没按住满腔的怒火，狠狠地扇了水仙一记响亮的耳光："除非你死了，我才让你横着身子出门！"

"打，你好好打，使劲打，只要能让你解气，你咋打都行！你咋做都行……"水仙又扑向杨耀祖，紧紧地抱住了他，脸蛋贴在他脸上摩擦着，一遍遍地亲着他，把他气得发黑的、干裂的嘴唇轻轻地舔得湿湿的、润润的。

杨耀祖木雕泥塑一般的任凭水仙摆布着。他失去了知觉，他不知自己在干什么，不知自己要干什么。他从里到外麻木了。他表情怪怪的，木木的，似笑非笑，似怒非怒。突然，他目光中爆发出一种恶狼一样凶残的东西，一声怒吼，雷鸣般的从他嘴里迸出……

二

水仙是个被宠惯的女人。她是作为丁香的对立面出现在杨家院的。杨耀祖为了折磨丁香的感情，变着法子，打着转儿，在丁香面前百般地宠水仙。水仙当仁不让地接受着杨耀祖的宠爱。她接受不了与丁香平起平坐的事实。她习惯了在丁香面前高人一等的感觉。她不在乎杨耀祖的荣辱起伏，她要的是完全占有杨耀祖。杨家院的败落，虽然给她以致命的打击，但她本来就是个吃粮不管事、穿衣不问价的主儿，嫁鸡随鸡，嫁狗随狗，她从没动过要弃杨耀祖而去的念头，她一直抱着与杨耀祖同甘共苦的想法。可失势的杨耀祖，人穷志短，或许是迫于杨二旦的权威，与丁香和好了，把丁香和她同拉在一条线上了。这使水仙好伤心，也好痛苦。她打心底里看贱了杨耀祖。

水仙和丁香是天敌。她嫉妒丁香的天生丽质，嫉妒丁香的精明能干，更嫉妒丁香无论在哪里都能落个好人缘。她苦恼，她愤恨，她不甘居丁香之下，可她又难以超越丁香。她唯一得以安慰的是自己完全拥有了杨耀祖的宠爱。她称丁香为骚狐狸，瞧不起丁香唯一的理由也就是丁香在杨耀祖面前不如自己吃得香。

杨耀祖与丁香和好了，水仙一百个不乐意。可她使了一段小性子，慢慢地也就想通了。不管怎么说，丁香名分上都是杨家院的大房。何况，现在的杨家院失势了，杨耀祖成了窝囊废，走到哪里哪里臭，自己何必要与她争风吃醋呢？

可杨大旦却异乎寻常地敬佩丁香，达到了五体投地的地步，这让水仙不能忍受。连自己的亲生儿子都守不住，跑到别人的怀里认母了。这还了得，她先是板着脸对杨耀祖使性子，希望杨耀祖能帮自己一把，让杨大旦回到自己身边来。可杨耀祖睁一只眼闭一只眼，装聋作哑地任凭事态一个劲地朝不利于水仙的方向发展。水仙一计不成，又生一计，向杨大旦直接下手。可杨大旦反感她的这一套，与她更加疏远了。这使水仙好伤心啊。

抛开十月怀胎不说，也抛开八爷岭上那惊心动魄的分娩风险不说，光是一把屎、一把尿、一口汤、一口水地喂养了多少年，杨大旦也不该丢失自己的亲生娘，去对亲生娘的仇人丁香毕恭毕敬。水仙满腹的苦处无法说，她夜夜左胳膊搂着杨春妹，右胳膊搂着杨腊妹，眼睛睁得大大的，望着瓦罅里漏下来的点点星光，听着村子里远远近近的犬吠，泪水哗哗地在心里淌。两个女孩是那么的可爱，又是那么的小，她们寸步不离娘，可娘的苦衷，她们又怎能理解呢？

杨大旦的行为，太叫她伤心了。要知道，她比丁香高一码，她在杨家院横行天下的砝码就是杨大旦。现在，杨大旦讨厌她了，喜欢丁香了，成了丁香的亲儿子，她一想起来，就为自己的窝囊感到羞耻，感到痛苦。与抬头不见低头见的丁香一天也混不下去了。她心口堵得慌，她快要憋死了。

在一个黑灯瞎火的晚上,她翻来覆去,再也躺不下去了。她悄悄起身,披着衣服,推开门子,来到星光灿烂的院子里。夜风轻轻地吹着,她在院边的青石板上坐了很久很久,又回到屋子里,摸摸索索了很久,才找出一根绳子,重新回到院子里。她拿着绳子细思量,她要挂在村中央的大梨树上,她不愿在这伤心的院子了此残生。她走了几步,回过头来,向屋子里看了看,屋子静静的。她一狠心,泪水止不住下来了。黑压压的一屋子人,难道就没一个人会预感到其中的一人要寻短见了,应该起身救救她?

水仙一扬手,绳子飞出了很远。她一没偷,二没抢,光明磊落的,为什么要不明不白地死去呢?她给谁死呢?她又给谁活呢?骚狐狸,一切都怪这个骚狐狸!是她搅浑了杨家院的水,闹得杨家院鸡犬不宁。水仙一气之下死掉了,不是正中骚狐狸的下怀吗?水仙回到屋子,又躺下来,但她不再流泪了。

屋子里静静的,每个人都睡得很香,也很甜。水仙出出进进,一举一动,没有影响到任何一个人的正常睡眠。水仙伤心了,她不禁又抽抽噎噎地啜泣起来。一大家子人,谁关心她的死活呢?她又一次感到了自己的多余。

她精神的支柱是杨耀祖和杨大旦。这两个人是她的骄傲,是她和丁香抗衡的资本。现在,这两个人不约而同地被丁香拉过去了,她的精神也就倒塌了。水仙从始至终把杨耀祖和杨大旦对她的疏远,统统归结于丁香的挑唆上。她断定丁香对杨耀祖、杨大旦使用了手腕。

杨大旦是直肠子,不懂事,丁香没安好心,三言两语就哄得他团团转。水仙要是撒手不管,任其自然,后果不堪设想。水仙越想越焦急,越急越担忧。可杨大旦是个木头墩墩子,千刀万斧劈不开,把水仙的一番苦心,一席良言,当作耳边风,反过来劝自己的娘不要小心眼,说了丁香不少的好话,把水仙差点儿气了个半死。

罢罢罢!水仙一气之下,脚一跺,决定撒手不管了。她咬咬牙,放弃了杨大旦。她觉得自己好命苦,靠山山坍,靠水水流,连儿子都让人夺去了,她算是窝囊到头了。她的心灰了,意冷了,世界在她面前失去了所有的色彩,生活在她眼中失去了全部的意义。

她整个人都恍恍惚惚的。她噘着嘴给杨耀祖使性子,可杨耀祖忙着进互助组,忙着给杨大旦治伤,根本顾不上她微妙的情绪。低矮、潮湿的偏厦,成了丁香的天下,水仙倒成了孤家寡人。她听着丁香对燕子和杨大旦吩咐这吩咐那,她生气;听着杨大旦和燕子对丁香的言听计从,她生气;看着杨耀祖不对丁香过分的行为进行限制,她生气。她整天黑着脸,心中压着火,摔碟子丢碗的,可全家人都小心翼翼地回避着她,容忍着她,这使她更加怒不可遏了。可她又不敢明火执仗地与丁香对着干。她尝过丁香的厉害劲,过去,她仗着杨耀祖那么大的势力,都不是丁香的对手,现在,她就更不用提了。

但水仙又不愿善罢甘休。她只好拿出自己一贯的方法——冷对抗。她整天头梳得乌黑发亮,衣服穿得整整齐齐,什么活也不干,什么心也不操,抄着两手,站出来,站进去,斜着眼睛看全家人忙忙碌碌的,饭熟了,她抢先吃,天黑了,她抢先睡,她成了这个家庭的旁观者。她等着杨耀祖给她说什么,等着丁香顶自己,她在找茬儿!可大家伙儿都对她敬而远之,使她有火无处发,有气无处泄。

偏厦憋得慌,她的脑袋要爆炸,她的心口要燃烧。她待不下去了。她来到了梨树湾的大梨树下,她厚着脸皮与村子里过去她熟悉或不熟悉的妇女们搭讪着,无话找话套近乎。山里女人厚道,情面软,一来二去的,水仙就交了两三个知心姊妹,田瓜子家的,杨四娃家的,李黑狗家的,都和水仙成了好伙伴。

水仙每天饭一吃,嘴一抹,全身收拾得干干净净的,清清爽爽地去田瓜子家串串门,到李黑狗家坐一会儿,一边叽叽喳喳地聊天,一边帮人家干些零碎活儿。但从不在别人家吃饭——她怕落个混饭之嫌。她的苦闷,她的失落,得到了释放。她总算是找到了属于自己的天地。在与这些婆娘们叽叽咕咕的嘻嘻笑笑中,暂时忘记了心中的烦恼与苦闷,她尽量不想家中的事,尽量不提杨大旦。她从内心极力地逃避着杨家院。

突然,仿佛平地刮起了一股风,一个令人备感新奇的名词——"婚姻法",在野马河两岸的妇女口中叽叽喳喳地传开了。这些平日里就爱东家谷子西家米的说个不够的婆娘们,或在炕头或在灶间或在墙角地头,或在河边岸畔,头对着头,嘴对着嘴,或咬耳朵或高喉咙大嗓门,像嚼甘蔗一样津津有味地传递着自己的新发现,倾诉着自己的新见解,并很快地付诸实施。往日里被男人们喊牲口一样训斥着的婆娘们,一夜之间挺起了腰杆,变得天不怕地不怕,与自己的顶头上司丈夫分庭抗礼了。动不动,就脸一黑,一改过去的逆来顺受,扯着男人的衣袖要去梨花镇办离婚。而往日里凶神恶煞的男人们则如霜冻的叶子——蔫了。

紧接着,野马河畔九十九个村,村村敲锣打鼓,寨寨欢天喜地,又载歌载舞地扭起了秧歌来。

媒人是个贼呀,
中间胡捣鬼,
吃了东家吃西家,
拆散了多少好鸳鸯,
结成了无数死冤家。

水仙挤在热热闹闹的人群中,伸长脖子,睁大眼睛,尽情地看着,如醉如痴地听着。那飘飘洒洒的红绫带,那杨柳一样婀娜多姿的少男少女们,深深地感染了水仙,陶醉了水仙,使她从无边无际的苦闷中看到了一丝灿烂的阳光。有时,她也情不自禁地跟着哼起来,腰身也不由自主地扭起来。直到有目光追过来,她才红着脸低下了头。

　　杨柳条,编簸箕,
　　自小当了童养媳。
　　鸦片烟的骨朵子,
　　爱儿不爱媳妇子……

　　翻了身的妇女们尽情地扭着、唱着,把满腹的苦水,淋漓尽致地倾诉着,把对新生活的热爱尽情地抒发着。妇女们忍气吞声的日子结束了。妇女们不再是拴在男人们身上的一头牛或一只羊了,她们成了真正的当家人,与男人们平起平坐了。

　　水仙有天找李黑狗家的串门子,碰上李家两口子在吵架。李黑狗被婆娘当胸揪住,往门外使劲地拉扯着,李黑狗一声不吭,一动不动向后退缩着。李黑狗家的得理不饶人,一面哭哭啼啼的,一面咄咄逼人地吼着:

　　"给介绍,给我给介绍!"

　　一时间,给介绍,成了婆娘制服男人的杀手锏。有了介绍,婆娘们就可拿着它,名正言顺地办离婚。男人们最怕婆娘跟自己要介绍,女人们抓住了男人们的这一点,动不动就向男人要介绍。男人们一听女人们跟自己要介绍,火气就小了,声音也低了,乖乖地向女人们举手投降了。

　　水仙看在眼中,乐在心头,不禁长长地舒了一口气。很解气地在一旁瞧着男人们在女人面前低眉顺眼的样子,双手不由地攥成了两个结实的拳头,要奋力地向谁挥出去。但很快地,她就深深地叹了口气。

野马河两岸的妇女们闹得沸沸扬扬,梨树湾的婆娘们也毫不犹豫地应和。可杨家院依然静悄悄的,死水一潭。杨耀祖仍然是杨家院高高在上的一重天,杨家院大大小小的事,仍然是杨耀祖说了算。丁香、水仙、燕子仍然在自己的丈夫面前低眉顺眼,言听计从。杨家院里好沉闷啊,闷得她喘不过气,她渴望自由,她要像一个人那样生活,杨家院不是水仙的,无论天翻地覆,水仙都改变不了她偏房的身份,她永远都低丁香一头。眼目之下的杨家院已成了野马河畔最下等的一家人,她在杨家院也仍然是没地位,没名分,就连自己的亲生儿子都站在了丁香一边。杨家院与她越来越远了,她从内容到形式,都成了杨家院的院外人。她对杨家院没有丝毫的留恋,没有丁点儿的牵挂。在杨家院,她找不到一丝一缕家的温馨了。

水仙一头扎进梨树湾这些婆娘中间,像一块干透的海绵,丢进汪洋大海,拼命地吸收着大量的水分。她听着别人的,比着自己的,打问东,打问西,渐渐地,她找到了自己。自己本是受压迫者,是万恶的旧社会的牺牲品。她听着听着,泪水就控制不住地流下来了。

是啊,自己在杨家院人不人、鬼不鬼的,虽被杨耀祖宠过,但场面上,她到底还是个偏房,连伙计们都藐视她。穿的是绫罗绸缎,吃的是白米细面,可坐的却是下等人的地位。杨家院落魄了,主人还是轮不到她。相反,她更不如从前了。她这么傻乎乎地待下去,等待她的,还不知是什么厄运呢!比来比去,水仙觉得,杨家院数她冤,数她划不来。她算个什么呢?杨家院的苦日子是无尽头的,她替杨家院背黑锅的日子也是无尽头的。不!水仙才不那么傻呢。她才不愿意在一棵树上吊死呢。

现在的杨家院,不是从前的杨家院。现在的杨耀祖,更不是从前的杨耀祖。水仙不怕他,水仙只要脚一迈,走出杨家院,水仙就变成了另一个人。水仙就会大大方方地摆脱这层皮,成为贫下中农,与过去一刀两断。她可以头昂得高高的,腰挺得直直的,像所有翻身得解放的贫下中农一样，兴高采烈地出出进进着。她人模样不错，身段也不差，秧歌队里扭上一段子，也不是拿不下来的。何苦要守着死气沉沉的杨家院？

水仙越想越觉得自己屈，越觉得屈，就越有勇气要离开杨家院。她的腰杆挺直了，杨家院在她眼中不堪一击了。杨耀祖在她心中成了落水狗。她从心底里瞧不起杨耀祖了。杨家院的恩恩怨怨与她越来越远了，再不那么锐利地刺伤她的心了。她憋足了勇气，咬紧了牙关，攥紧了拳头，当着全家老老少少的面，义无反顾、斩钉截铁地向杨耀祖，也向杨家院所有的人勇敢地提出了两个不啻晴天霹雳的字：

"离婚！"

三

杨耀祖万万没有想到水仙是吃了秤砣铁了心地跟自己闹离婚。起初，杨耀祖认为水仙是给自己耍小性子，玩小心眼，他强忍着心头的怒火，低声下气地好好哄哄她——家和万事兴，杨家院再也经不起一点儿风吹草动了。可一来二去的，杨耀祖发觉这女人是狠下心要离开杨家院了。

直到现在，杨耀祖才真真切切地感到了事情的严重性。水仙不像往日那样哭哭啼啼地闹一番就罢休。她是有目的，有步骤的，她要离开一落千丈的杨家院，她要丢尿布一样丢掉杨耀祖。杨耀祖顿时气昏了头。

龙困沙滩遭虾戏，虎落平原被犬欺。往日低眉顺眼、百般温柔体贴的水仙，一转眼要弃暗投明了，这确实又给杨耀祖脸上狠狠的一耳光。他像被雷击一样傻傻地愣住了。他呆呆地望着眼前这个突然变得陌生起来的女人，恍恍惚惚地如在梦境里行走。然而，残酷的事实，又叫他的内心深处发出一阵阵锐痛。

杨耀祖被彻底击倒在地了。

他艰难地抬起头来,两眼昏花中,望着满屋子旋转的家具,也望着模模糊糊的水仙。他一遍遍拧着自己的胳膊,他多么渴望这只是一场噩梦!他呻吟着,他夸张地呻吟着;他挣扎着,他夸张地挣扎着,他等待着水仙来搀扶他。果然,水仙迟迟疑疑地来到他身边,用抚摸过他无数次的那双纤纤玉手,挽住了他的胳膊。他顺势倒在水仙怀里,上气不接下气地呼吸着,一口浓痰噎在喉头,故意不下咽,也不吐出,叫水仙急,也叫水仙疼。

"你、你要离开杨家院,我、我就先死给你看!……"杨耀祖气喘吁吁地说。

水仙不语。

杨耀祖心中定了定,紧接着又展开更强大的攻势:"你敢离开杨家院一步,我、我就拼出性命,先打断你的两条腿!"他牙齿咬得咯咯响。

水仙还是不语。

"你生是我杨耀祖的人,死是我杨耀祖的鬼!"杨耀祖恶狠狠地抓住水仙的衣襟,用力地摇晃着、摇晃着。渐渐地,杨耀祖感到自己又占上风了,他又有些霸气十足的样子,不可一世地吼叫起来了。

突然,一直沉默不语的水仙,眉毛飞快地一扬,冷笑一声,用带有威胁的语气说:"你敢!"

杨耀祖一愣,浑身不禁打了个冷颤。

水仙丢开他,猛然起身,整了整衣角,扔给他一句更加厉害的话:"你不要逼我!如果、如果……"水仙犹豫片刻,最终还是把憋在心头的话说出了口:"如果你不放我走,敢打我骂我,我就去梨花镇告你!"

"你?……"杨耀祖语噎了。

"多少年来,我一直受你的压迫,受你的剥削,为你生儿育女,为你铺床扫地,可在你的眼中,我还不如一条狗!如今毛主席给我们穷苦人撑腰,叫我们穷苦人翻身,要解放我们穷苦人。你杨耀祖三妻四妾的日子早过去了,我要解放,我要翻身,我要……"水仙越说越激动,越激动声音就越大,她像一头发怒的母狮子,血红着眼,向杨耀祖咆哮着。

杨耀祖早听不下去了。水仙的话,一字字,一句句,都针一样锋利地、深深地扎进了他的心窝里,又惊雷一样轰鸣着从他的心头滚过。他呆了,他木了。水仙在他眼中成了一个陌生得让他惊悸,让他不寒而栗的女人。

水仙?这是水仙说的话吗?压迫?剥削?解放?翻身?……这些梨树湾贫下中农们在斗争杨耀祖的大会上才说的话,怎么也从水仙口里出来了?我怎么压迫你水仙了?我怎么剥削你水仙了?杨耀祖委屈,杨耀祖更多的是伤心,心理防线土崩瓦解后的颓丧使杨耀祖瘫软在了地上。水仙还说了些什么,水仙是什么时候走出门的,丁香、杨大旦、燕子,一家人是什么时候围过来的,他浑然不知。

"不!我绝不能让她在这时刻走!"杨耀祖心里固执地说,也对全家人斩钉截铁地说。看到全家人一张张茫然若失的脸,杨耀祖一阵失望,一阵恼怒,为自己失去了往日的响应,他深深地被激怒了。

他早在梨树湾失去了尊严。

现在,他又在全家人面前失去了尊严。

将来,他不知还要在什么时候、什么地方失去更多的尊严!

杨耀祖不能让这个步!

杨耀祖感到这比他失去了杨家院还耻辱。他一个男人的尊严全丢了,他活在世上还有什么意思呢?我哪里对不住你?你虽是偏房,但我给了你正房的享受。为了折磨丁香,我处处宠你,压丁香,这,梨树湾谁不知晓?到头来,你猪八戒倒打一耙!杨耀祖无论如何也接受不了。

杨耀祖躺不下去了。他不能被水仙牵着鼻子走,他不能给水仙充足的时间。他手一扬,掀开被子,一咕噜坐起来,目光环视一周,炕头站着的一家人中,唯独没有水仙。他目光顿时有些虚弱起来,怯生生地避开了丁香。一瞬间,杨耀祖羞耻难当,他双眼一闭,猛然向墙壁撞去。

"他爹!"这猝不及防的一招,使丁香大惊失色地叫出了声。

"爹!"孩子们失声痛哭。

杨耀祖血流满面,整个身子软软地瘫在了墙角。

杨耀祖昏过去了。

丁香扑上前去,把他的整个身子抱起来,让他躺在自己怀抱,让他的头轻轻地仰靠在自己臂弯里。杨耀祖一脸胡子拉碴的看不出往日的面容,根根青筋历历可数,像一条条蚯蚓静卧在薄薄的皮肤下。他脸色煞白,手脚冰凉。从额头中央蓦然绽开的一个三角口,汩汩涌出的鲜血,模糊了他的脸面,也点点滴滴地落在了丁香的胳膊上,热辣辣地浸透了丁香。

丁香心酸了,眼眶潮湿了。眼前的一切,模糊不清地晃动起来。这是结婚二十多年来,丁香第一次对杨耀祖产生了强烈的怜悯之情。她轻轻地将自己热热的脸蛋贴在杨耀祖冒血的伤口上,她控制不住地流下了两行伤心的泪水……

杨大旦找到了娘。娘也哭得泪涟涟的。可她一看见杨大旦,就两把擦掉泪水,冷着脸,漠视着杨大旦。杨大旦站在娘面前,个子比娘高一截,他心中嘀咕着,不禁有些替娘害臊了。儿女成群的人了,还叫着喊着要离婚,面对着枪杆一样的儿子,看你这张老脸往哪边放?杨大旦一言不发地站在娘面前,与娘久久地对视着,他就是要让娘看着自己的儿子,慢慢地改变想法。

可杨大旦错了。

水仙一见杨大旦,反而气不打一处来。把自己逼上这条路,主要还是杨大旦伤了她的心,她在杨家院唯一的精神寄托闪了她,她成了无依无靠的人,人生的全部希望灰飞烟灭之后,在万不得已的情况下,她才走出这一步的。水仙无论怎么,也容忍不了杨大旦与丁香亲近。鸠占鹊巢的无奈与愤恨,深深地伤透了水仙的心。她对杨大旦彻底失去了信心。杨家院一落千丈的现实,杨大旦的没心没肺,使她拿定了离开杨家院的主意。

"娘……"杨大旦在娘的异常冷漠面前怯场了。他到底还是沉不住气了,胆怯地叫了声。

"你没有娘!"水仙语气生硬地说,可忍不住,泪花在眼眶里打转。

"娘!……"杨大旦不管娘说什么,他还是叫了声。

"你娘是丁香!"水仙捂住嘴巴,哭泣着。

"娘!娘啊……"杨大旦鼻孔一酸,泪珠爆豆般的滚出了眼眶。杨大旦没想到自己把娘竟伤害得这么重,他不是故意与娘作对的啊!娘在他心中的地位,丁香是永远无法代替的。他只不过是为了替爹爹分忧解愁,佩服丁香的为人处世,才不听娘的话。

杨大旦好委屈。可自己的良苦用心,娘根本不理解,娘只恨他伤害了自己的自尊心,娘不管杨家院的死活。娘的心中没有杨家院,娘心中只有她自己。杨大旦可不能没有杨家院,但杨大旦也不能因为杨家院而失去娘啊!

杨大旦心乱如麻。一刹那间,他不知如何是好了。他含着泪花,不禁忆起了娘点点滴滴的好,熟悉的乳香,温暖的体香,一声声关切的呼唤,一声声细微的叮咛,一针针缝缝补补,一遍遍洗洗涮涮,一夜夜摸摸索索地盖上他踢开的被子,一天天用那双充满关爱的眼睛看着他出出进进……杨大旦忘记了娘的蛮横无理,忘记了娘的自私自利,忘记了娘的心胸狭窄,娘的全身都散发出的浓郁的母爱,层层包围了他,深深地陶醉了他,也感动了他。他后悔自己太傻,太迟钝,对这一切都感受得太迟了。他对不住娘……

"娘啊……"杨大旦心灵深处哭泣着。他要留住娘,他一定要留住娘！今后，不管天塌地陷，他都要和娘在一起，让娘高兴，让娘快乐。他想象不出，没有娘的日子，自己会怎么活？直到现在，杨大旦深刻地感受到，偌大的杨家院，如果失去了娘，自己将是多么孤立无援啊！

"娘……"杨大旦万箭穿心。他一头扑过去，把脑袋深深地扎进娘怀中，久久地、贪婪地感受着娘的温暖。

这一幕，如果发生在一天前，水仙也许会放弃自己的打算，可却偏偏晚了那么一点点。泼水难收，水仙的这一步可是费了九牛二虎之力才迈出去的啊！开弓没有回头箭，水仙不能让丁香再看自己的笑话了，她要硬朗到底给丁香看，她要做一回自己的主，像个真正的女人，走出这没有一丝生机的杨家院，去寻找自己的幸福。她拥有这个条件，她不能失去这个机会。她要带走杨腊妹，四个孩子中，数杨腊妹小，她没来得及看见杨家院的荣华富贵，杨家院就一败涂地了，她和自己一样，没有为杨家院背黑锅的义务，她应该是贫下中农，贫下中农孩子有的，杨腊妹应该全部有！至于其他的人，水仙可管不得那么多。何况，她带走杨腊妹，杨家院就可逃出一个人，孩子也可获得一个好前程。

水仙咬了咬牙，铁了心。她不能被杨大旦的哀求打动，她不能犹豫不决，她怕再听杨大旦的一阵哭泣，她怕在杨家院多待一会儿，她会心一软改变自己的主意。她狠狠地甩开了杨大旦的手，头也不回地走了。然而，她的泪水却不听话地大颗大颗地迸出了眼眶。

水仙知道杨耀祖拗不过她。这么多天来，水仙听到的看到的想到的，都远远地超过了杨耀祖。而杨耀祖却孤陋寡闻地窝在杨家院，没有从杨家院一家之主的感觉中完全摆脱出来。水仙不怕杨耀祖不答应，她有人民政府撑腰，一夫一妻是政府的政策，杨耀祖再凶，再不讲理，也只能在自己家里人面前。在人民政府那里，叫他东，他绝不敢西。

"偏房，本就是剥削阶级对妇女压迫的见证，水仙是千万个受压迫妇女中的一员,她要求解放,要求自由的权利是正当的,政府理应支持!"这是梨花镇米镇长亲口说的一席话。可在水仙心中,还是充满了深深的歉疚。与此同时,她又获得了一种从未有过的快感。

四

杨家院左厢房一片死气沉沉。全家人都被水仙这出乎意料的一招击懵了。起初,谁都不相信水仙是动真格的。她就是这么一个人,常常闹些小别扭,搞点不痛快,然后就悄然无声地卷旗收兵了。大家伙儿对这一套习以为常了。

可痛定思痛,杨耀祖还是从大局出发,他不能与水仙一般见识。女人就是女人,头发长见识短,杨家院轰然一塌,是她要走出杨家院的主要理由。他在杨家院赖以生活下去的唯一精神支柱,就是他一家之主的地位没有动摇,他照样是丁香和水仙的丈夫,全家人照样对他尊敬有加,从而使杨耀祖找回了失去的尊严。可现在,水仙向他的尊严挑战了,他在杨家院的尊严动摇了。他活着还有什么意思呢?不,杨耀祖不能叫水仙开这个头。即使要走,那也得杨耀祖提出。杨耀祖丢不起这个人!

杨耀祖也明白,今非昔比,老皇历失灵了。他不能对水仙吹胡子瞪眼睛地吓唬了,他得彻底向水仙屈服,把水仙祖宗一样地顶在头上,哪怕给水仙上香敬奉,只要水仙留在杨家院,留在他身边,就等于留住了他的面子,留住了他生活下去的信心。

杨耀祖叫杨大旦哭着劝,越伤心越好,最好昏死在水仙面前。

杨耀祖叫燕子、杨春妹、杨腊妹一起寸步不离地跟定水仙,水仙说什么就应什么,让水仙充分感受到她在杨家院的重要性。

杨大旦鼻涕一把泪一把地在水仙面前啼哭着。杨家院进了互助组,渐渐地和梨树湾的贫下中农的距离越来越近了，杨家院地主成分降为富农了，比张家院高了一头，杨家院全家老少由偏厦搬进了左厢房，这一切，都是多么地来之不易啊！杨大旦高兴得睡梦之中都笑出了声。杨大旦从心底深深地敬佩杨耀祖，感到爹爹真了不起！他的头昂起来了，腰板也挺直了，吃饭饭香，睡觉觉香了。他全身心都充满了力量，时时刻刻都摩拳擦掌的，准备要跟着爹爹好好地干一番，争口气给杨二旦看！

可是，娘却偏偏在这当口大煞风景。杨大旦好生娘的气，他觉得娘好不通情达理，简直和杨二旦同穿一条裤子了。他赌气地不理娘。可当娘大喊大叫着要与爹爹离婚时，杨大旦害怕了，杨大旦想起娘的许多好处，内心对娘充满了深深的眷恋。

他主动地替爹爹担忧。他不需要爹爹叮咛什么，也不需要跟爹爹商量什么，他觉得杨家院，只有他和两个妹妹能留住娘。虽然，娘生他的气，对他老是冷着一张脸。但他相信，娘还是爱他的。是他不懂事，伤了娘的心。他哪里伤了娘的心，他会在哪里弥补的。他对丁香娘，是佩服。他是为了杨家院，为了全家人，才与丁香娘亲近的。娘，我是杨家院长子，我有义务撑起摇摇欲坠的杨家院。你咋就不理解儿子的一片苦心呢？儿子再傻，也明白你是我的亲生母，和你打断骨头连着筋！你……娘啊，你叫我怎么说才好呢？

杨大旦下定决心要留住娘。

水仙看着孩子们一张张悲戚、凄楚的面容，她的心在哭泣，在流血。她舍不得孩子们，孩子是她身上掉下来的肉。是孩子，尤其是杨大旦伤了她的心，才使她心灰意冷。可现在，杨大旦哭得最伤心，一声声，都那么地感人肺腑，那么地催人泪下。水仙犹豫了，水仙动摇了。可一瞬间，她又信心坚定了，她不能心软，连自己的亲生儿子也跟着丁香转，说自己这不好，那不好。没心没肝的东西！我走了，叫你们好好尝尝遭后娘的滋味，让你们看看丁香的真面目。水仙恨恨地想着,泪珠子断线般的滚动着。

"娘……"杨大旦跪下了。

燕子跪下了。

杨春妹、杨腊妹也跪下了。

水仙的心一点一点地撕碎了。

"他娘,你、你就看在娃娃的脸上,不要走了吧……"杨耀祖额头上勒着一条黑布带子,眼含泪花,声音颤巍巍地一边说,一边吃力地挪下炕。他站在水仙面前,看着哭成了泪人的孩子们,思谋着,犹豫着,要不要自己也下一跪。可就在双膝一弯的当口,他打掉了这个念头。男儿膝下有黄金,这一跪,他就再也不是杨耀祖了。他不能这么轻易地败倒在一个女人面前。何况,这并不是一个优秀的女人。

杨耀祖不禁怒从心头起,他恶狠狠地一把扯掉额头的布带子,手一扬,呼地丢在了门外,不容分说地拉起了跪在地上哭哭啼啼的孩子们,手指利剑般的直指水仙额头,咬牙切齿地说:

"滚!你马上就给我滚!你别脏了我的屋子!"

孩子们的哭声停止了。

水仙愣住了。

杨耀祖血红着眼睛,大口大口地喘着气。他气得铁青的脸色渐渐地缓和下来了,浑身的杀气慢慢地消失了。他想通了,他不能在这样的女人面前失去自己的尊严。他受的羞辱也太多了,他不在乎再来一次。不就是个女人嘛,走不走,杨家院都塌不了天,没有她,杨家院照样是杨家院。

"走!你走啊!你早就该走了啊!"杨耀祖歇斯底里地吼叫着。

水仙浑身软了,眼睛花了,泥团一样瘫在了地上。她迈不动步子,她没有勇气听杨耀祖说下去了,她的精神彻底崩溃了,她感到自己无援无助,又多余低贱。她有气无力地躲开杨耀祖咄咄逼人的目光,可她又不甘

心就此罢休。她有人民政府撑腰,她不怕杨耀祖这个恶霸地主。可她的心里却怕得要命,她硬着头皮,鼓足勇气,大着胆子,叫了声:

"给我介绍!"

杨耀祖笑了。很快地,他的笑就变成了狞笑、嘲笑、讥笑。水仙被杨耀祖变化多端的笑弄得心惊肉跳,她猜不透杨耀祖要耍什么新花招。可她又不甘服软,她咽不下这口气,她在杨家院二十来年的时间里,儿女成群,给杨耀祖铺床执拂,没功劳了有苦劳,没苦劳了该有疲劳吧。可杨耀祖竟把话说得这么绝情,水仙实在接受不了。她就像势均力敌地夺着一根棍子时,冷不防被对方丢了手,重重地摔在了地上。她心中突然没了谱,她不知道自己走出杨家院后,到底能不能给一个贫下中农当媳妇。在新的家庭她能像田老七家的、牛疙瘩家的那样生活吗?水仙不知不觉地对自己的未来失去了信心和勇气。她不明白自己究竟怎么了,几天来哭着喊着闹着恨不得一下子就能拿到介绍便远走高飞。杨耀祖一旦答应,她却乱了方寸,一时之间,竟惶恐不安起来。

"给你介绍!不给,我就不是娘养的!"杨耀祖咬牙切齿地说。杨耀祖向前一步,声音洪亮了,两眼有光了,全身有力了,他痛快地舒了口长气,他心头的郁结吐了出来,他终于找回了失去的自我,他觉得他又一次成了真正的杨耀祖。

"爹!"杨大旦不满地叫了声,插在了爹娘中间。

"过去!这里没你的事!"杨耀祖把杨大旦推到自己身后,一语双关地说:"不用怕,离开了狗屎,照样有粪土!"然后,他一转身,冲水仙喊道:"走啊,我给你介绍!"

杨耀祖豁出去了,他压抑得太久了,他瞻前顾后得太多了,他忍气吞声得也太多了。他的愤懑一旦爆发,就重新获得了自我。

水仙挣扎着,奋力地挣扎着想站起来。可她全身软软的,一动也不能动,她的脸色白透了,她的嗓子也哑了,她有恨发不出,有苦说不出,有力使不出。她怎么也没想到在她眼中早已不堪一击的杨耀祖,此时此刻,会在她心中引起如此强烈的震撼和威慑。她浑身发颤,本想一头向杨耀祖扑去,揪住他,狠狠地咬他、扯他,打他、骂他,可却眼前一黑,什么也不知道了……

"娘!……"杨大旦大叫一声,扑向了水仙。

"娘……"杨春妹、杨腊妹也扑了过去。她们抱着水仙,哭成了一团。

五

杨大旦不知这一屋子人到底怎么了。

先是铁着心,哭着闹着要离开杨家院的娘,一旦听到杨耀祖松了口,竟无所适从了。而一直明着暗里软磨硬抗地怂恿儿女们挽留水仙的爹爹,忽然一个一百八十度的大转弯,态度异常坚决地要把娘赶出杨家院了。

杨大旦觉得娘像一团扑朔迷离的雾。

杨大旦感到爹是一则捉摸不透的谜。

他迷茫地睁大双眼,苦苦地思考着,苦闷地追问着。虽然他已婚多年,但他和燕子之间的关系则单调明了,即使偶尔斗斗嘴,生生气,也像小孩子过家家,用不了一半天,燕子郁着脸,满腹的苦水伴随着泪水流一阵子,慢慢地自己就好起来了。他从不管燕子,相反,燕子气过了,还得回过头来哄自己。他觉得燕子理应对他这般好。而爹爹却恰恰与自己相反,他对丁香娘、对娘的要求是服从,他不允许杨家院女人有半点不驯。

杨大旦知道娘这次公开向爹叫板,伤了爹的脸。争强好胜半辈子的爹,无论如何是咽不下这口气的。连他做儿子的都感到丢人。他苦苦地向娘哀求,他跟定娘寸步不离,他挖空心思地给娘动脑筋,还不是为了留住娘?留住娘,就等于留住了爹爹的面子,也留住了自己的面子。他把自己这次能否留住娘,当作自己有没有本事,能不能为爹分忧解愁,能不能将来斗过杨二旦的法宝来看待。

娘虽然还是不松口,还是固执已见地要离开杨家院,可杨大旦感到他到底还是拖住了娘的后腿,给娘设下了障碍,使娘不能顺利地实现她的愿望。杨大旦觉得这就不错了,只要自己再加把劲,只要爹爹再向娘低低头,娘就会回心转意的。

杨大旦万万没想到的是,偏偏在这节骨眼上,爹爹却强硬起来了。他三言两语就把杨大旦苦苦地作了好几天的努力葬送了。杨大旦好不恼火,好不懊丧,他一头栽进被窝,捂住嘴巴,哭起来了。他觉得爹爹真像个老小孩儿,咋就这么不懂脸色呢?杨家院早已成了一堆狼藉不堪的废墟。如果娘再一走,就真有些巢烂雀飞的征兆了。此时此刻,爹爹不应逞一时之强,把娘赶出杨家院,而是要诚恳地挽留娘,保全杨家院的完美,从而不给杨二旦留笑柄。

杨大旦好生爹爹的气啊。可他又不能说爹爹的什么。他只能把对爹爹的不满压在心底,又苦口婆心地劝说起爹爹来了。但杨耀祖不是水仙,他干起事来决不拖泥带水,认准了的事,十头牛也拉不回头。何况,杨大旦在爹爹面前总是不由自主地怯场。

"爹……"杨大旦凑上前去,看了看爹爹的脸色,小心翼翼地叫了声。

杨耀祖不用看,就知道杨大旦想说的话。他抬起头,眼圈发红了,嗓子发哽了。他以强有力的眼神,制止了杨大旦要说的话,反过来对杨大旦说:"孩子,你不懂,你要听我的话,让她走……"

"不!不啊……"杨大旦哭了。

杨耀祖也流泪了。

杨大旦哪里还不懂事呢？他已长大了，他知道了人世间的许多道理。青崖梁上的一场大火，把他烧得遍体鳞伤，疼得他死去活来无数次。后来，浑身上下，皮落了一层又一层，可奇怪的是，自从他那天跑出杨家院，沿着野马河畔狂奔乱跑了一气，一头栽倒在地上，不省人事地被爹爹背回家，伤口竟一天天地好起来了。他的个头高挑了，全身的赘肉褪尽了，人也精干了，精力一天天地充沛了，他过去看见就皱眉、咽不下去、嚼不碎的食物，如今老远就能嗅到浓浓的、馋人的香味。他的肚子里存不住食了，无论什么东西，只要在肚皮里打几个滚就不见了。他的胳膊，他的双腿，他身子的骨骨节节都风一样鼓起来了，到处活跃着一股蓬勃的力量。他不怕毒毒的阳光了，他不怕脏活苦活了，他不再那么情有独钟地恋床了。他闲不住了。一旦无事可干，他就憋得慌，就觉得百无聊赖。

他常常痛心疾首地想起自己引来的那场大火。他愧对爹爹，他叫燕子灰心，让娘失望。他给梨树湾老老少少增添了笑料。他在杨家院抬不起头，他在梨树湾挺不起胸。他打内心深处充满了犯罪感。爹爹在无可奈何中进了互助组，使杨大旦来到了另一个天地，他为避人说闲话，怕自己懒，不愿和自己互助，就一直等到全身的伤口完全恢复了，踢腿耍胳膊什么感觉都没有了，才跟着爹爹，憋着一股子力气，来到了自家互助的对象——李麻子地里掰苞谷。

呵！远远地他就看见偌大的田地里，男的女的，老的少的，在硕果累累的苞谷林子里穿梭活动着。身临其境，到处笑语喧哗。杨大旦自卑地与众人拉开一段距离，低下头来，一声不响地掰起苞谷来。苞谷好大，也好牛皮啊，仿佛欺他是生手，明明干干的，连皮都焦黄了，别人的手一伸，应声而落，可被杨大旦抓住，则要狠狠地连拧几下，才藕断丝连地掉下来，还要再用力地扯，才离开苞谷秆。杨大旦不怕麻烦，也不怕累，他很有耐心地掰了一个又一个，两手被生硬的苞谷皮划破了。殷红的血，漫出了手背,钻心地疼痛。可他咬咬牙,忍住了。他的手麻木了,手指失去了知觉,握不住苞谷棒子了,脸憋得通红,头上汗水露珠般的流动着。他弯下腰去,用口在苞谷与秸秆的结合部咬起来。就这样,一个时辰下来,杨大旦掰的苞谷,与众人相比起来还是不算少的。杨大旦累得呼哧呼哧的,但脸上总算有些光彩了。他自慰地看着眼前的一堆苞谷棒子,心里甜滋滋的。

往回背苞谷时,杨大旦硬是倔强地把一只特大的背篓装冒了尖,他咬着牙,腰间鼓起一股劲,双腿打着颤,硬是站了起来。顿时,肩头火辣辣地疼起来,背带深深地像锋利的刀刃一样刺进了他的肩胛,背部泰山压顶似的,骨骨节节都咯咯吱吱地发出了沉闷的响声。他眼前金花乱溅,黑云翻滚,他的喉头涌起一丝淡淡的血腥味儿。他的整个身子摇晃着,摇晃着,他要栽倒在地了。

但,他憋着气,铁着脸,双脚鹰爪一样勾起来,仿佛要抓紧地皮似的,仿佛要就地生根似的,身子一动不动地抗衡着,抗衡着,终于,他稳稳当当地站住了,也许是身子麻木了,也许是力量凝聚了,也许是苍天怜悯了,也许是拥有了神力,杨大旦没有倒下去,杨大旦试探着迈动步子,一步,两步……五步……他竟然走到了地头,走下了山,走进了梨树湾,把这么一背篓苞谷倒进了李麻子的屋子里。杨大旦一屁股坐在苞谷堆子上,身子并没像他想象的那样,泥团一样地瘫软下来,而是整个身子云朵般轻轻地飘起来了,他头重脚轻的,在站起的一瞬间差点儿栽倒在地上。

一趟,两趟……杨大旦除了步子比别人慢点外,他背的并不比别人少。他终于赢得了众人的赞许,人们再不拿老眼光看他了,甚至有人心疼地劝他少背点,多跑几趟也行。杨大旦心里暖融融的,热泪一下子涌出了眼眶。

独木难生火,单苗难成树。杨二旦吊在口边的这句话,杨大旦越听越觉得有道理。要想过上好日子,单家独户是不行的。大家伙儿只有抱成团,力往一处使,劲向一块拧,日子才能越过越红火。杨二旦在大会小会这样讲,在田间地头也这样讲。杨大旦过去从没听过这么深刻的道理,他有耳目一新、醍醐灌顶的感觉。他对杨二旦渐渐地不再那么恨了。他觉得只要梨树湾人不嫌弃他,不孤立他,他就会拼命地帮助别人的。他无论在谁家干活,都不偷懒,不惜力,如给自己做活一样。遇到妇女娃娃们,比他小的或比他大的,看见背背篓或换脚,他就主动地跑上前去,帮着提一把,或推一把,让对方轻松地站起来,对方冲着他笑笑,他也回对方一个灿烂的笑。

杨大旦获得了好人缘。

杨大旦感到眼前的路越来越宽了。他不管刮风下雨,只要看见有人往田间地头走,就捞起农具跟上去。他不误工,把别人的活当自己的干,别人也把他的活当自己的干。青崖梁上的一片荞麦长得好茂盛,很喜人。杨家院又一次出现了新的生机。不料,爹娘却闹离婚了。这真给杨大旦迎头泼了一瓢水。

杨大旦内心充满了苦恼。

杨大旦实在弄不明白爹娘到底是哪里出岔了。这好端端的一个家,眼看着就要像火一样重新呼啦啦地燃起来了,连他都感到了,可爹娘为什么就感觉不到呢?难道,他们要把杨家院闹个昏天黑地才罢休?

夜,已经很深了,杨大旦还在野马河畔,踩着厚厚的一层落叶,久久地徘徊着……

六

水仙走了。

正逢多雨的秋天,一片片落叶打着旋儿,漫天飘荡着。一阵风儿凄凄地漫过,丝丝缕缕的细雨,紧跟着就淅淅沥沥地下起来,网一样缜密地笼罩了整个天地。

大梨树上的乌鸦,一声声,又一声声,叫人心烦。

水仙打点一番,还是娘家陪嫁的那面蓝皮包袱,只不过是被岁月褪了层色泽。她把自己平时穿的戴的搭的抹的,鼓鼓囊囊地打了个不大也不小的包袱,看了看,泪水不由地又吧嗒吧嗒地掉下来。

杨耀祖给她特意换了一身新衣服,是流行的阴单兰,她自己动手,裁缝成大襟褂子,蝴蝶结纽扣,加上她高高绾起的鬏儿,用一枚竹子自制的发卡一卡,显得格外别致、雅气,人也精神了不少。她的脸上布满了无限忧伤。一瞬间,她对杨家院,对这间屋子,产生了深深的眷恋。

杨春妹和杨腊妹也换了身新衣服。姊妹俩也要离开杨家院了。水仙带走了杨腊妹,又放心不下杨春妹,思来想去,她干脆把杨春妹也要带走了。女娃是条亲戚路,她在哪里长大成人,都丢不下杨家院。她这样安慰杨耀祖。

杨耀祖蹲在门槛上,一锅接一锅地抽烟。

"他爹……"水仙站在屋子里,轻轻地、充满柔情地叫了声。

杨耀祖抬起头,他的眉毛一夜间发白了,两眼失神,眼眶深陷。

水仙走过来,扶杨耀祖坐到炕沿上,让他身子坐直,双手抚膝。然后,拉过来哭得上气不接下气的杨春妹和杨腊妹,给她们整了整衣服,理理头发,自己也哭着说:

"跪下,给你爹磕头!"

两个孩子应声跪倒在地,额头重重地磕碰在地面上。

杨耀祖的心碎了,他再也挺不下去了。他拉起两个泣不成声的孩子,轻轻地擦去了她们满脸的泪花,把她们一把搂进怀中,恨不得与她们融为一体。

直到现在,杨耀祖才感到了两个孩子在他心目中的分量。这真是割他的心头肉啊!这么两个活泼、可爱的女儿,过去自己怎么就没发现呢?杨耀祖的心动摇了,要死,死在一起,要活,活在一起。野马河两岸九十九个村子里,地主富农一大层哩,不见得人家都妻离子散了!无能,杨耀祖真无能啊!过去,如日中天的商户人家中,谁能比得过杨耀祖的骨气?现在,在落魄的商户人家中,杨耀祖又能比谁呢?杨耀祖啊杨耀祖,你还是个男子汉吗?

他是一个堂堂正正的男子汉,他有一身使不完的力气,他有无穷的聪明智慧把一家子人养活下去,并保证不饿肚子,不受寒冷,可他没办法让儿女们在梨树湾抬起头。啊!离开杨家院,她们就能走出一片新天地,这一点,不用水仙解释杨耀祖也清楚。

杨耀祖带领全家人进了互助组,老老实实地干活,费尽心机地想拉近与贫下中农的距离,以减轻心理的压力。他掀掉了杨二旦强压在他头上的地主成分的帽子,使杨二旦不得不有所收敛。杨耀祖进了互助组,觉得给他的生活并没带来什么好处,但却使他从众人的谈天说地中,知道不少的政策法规。他一一牢记在心,然后再一一整理,逐条逐句地与杨二旦的所作所为对比,想找出杨二旦的破绽,使杨二旦不敢再放肆。杨耀祖觉得互助组没白进,他要以政策为武器,与杨二旦周旋,保护自己,保护杨家院老老少少。

不料,好花不常开,好景不常在。就在这几天,突然平地一声雷,互助组要解散,贫下中农们要进什么农业合作社,走合作化道路。杨耀祖云三雾四地还没弄明白,就听说合作社不吸收地主富农,只要清一色的贫下中农。完了,刚刚出现在杨耀祖眼前的一线生机,昙花一现般的消失了。

杨耀祖又孤零零地被晾在一边了。眼看着黑压压的一村子人欢天喜地地拥着杨二旦,高喉咙大嗓子地说着笑着闹着,牵着牛马,掮着犁头,扛着耙子,满脸憧憬地要进入合作社了,要走幸福的金光大道了。

杨家院和张家院这次全被丢在同一条凳子上。可杨耀祖心中没有平衡的感觉。通向杨二旦那里的门彻底堵死了,杨二旦脸上又一次浮现出得意洋洋的笑容,显得不可一世的样子,站在大梨树下的碌碡上,俯视梨树湾的男女老少们,声如洪钟般的对大家伙儿指手画脚地横挑鼻子竖挑眼。

杨耀祖闭上了眼睛,暗暗叫苦了。

他知道与杨二旦的仇结深了,杨二旦这次是不会对杨家院心慈手软的。他不禁后悔了,不就是一顶地主帽子吗?摘了和戴上,你都是杨耀祖,何必要把已缓和下来的关系闹得这么紧张呢?

唉——杨耀祖又一次无路可走了。他揣测着,富农和地主,这两个成分,现在也错不到哪里去,关键的是要能赶上趟。如今这么一落,杨家院何年何月才能赶上步子呢?他是富农,丁香和水仙是富农婆,杨大旦和燕子等孩子,都是富农子女,祖祖辈辈这么传下去,他抬不起头,孩子们也抬不起头,子子孙孙没盼头,生不如死啊。

杨耀祖感到是自己害了全家人。都是他争强好胜的性格在作怪,明明已平静下来的事,杨二旦看在张玉杰面子上,让杨家院进了互助组,他本该对杨二旦俯首帖耳的,可他却偏偏听信了任队长的话,告了杨二旦一状,给杨二旦丢了人,为自己降了成分。可他还未来得及喘口气,互助组却要解散了,他又得看杨二旦的脸色行事了。

就在这当口,杨耀祖眼前一亮,觉得水仙闹离婚,倒给子女闹出一线希望来。夫妻本是同林鸟,风雨来时各自飞。杨耀祖为自己突然间看到的这丝希望潸然泪下。

走吧,让水仙带着杨春妹和杨腊妹两个最小的孩子走得远远的,找到一个贫下中农成分的人家,长大成人,再找一个贫下中农的婆家,和杨家院一刀两断,把杨家院忘个一干二净。杨家院的苦难,就让他和丁香、杨大旦、燕子承担下来,一点一点地往肚子里吞吧。

杨耀祖拉水仙坐到自己刚才坐过的炕头上,他恭恭敬敬地站在水仙对面,向水仙深鞠一躬,然后,回头向杨大旦和燕子说:

"大旦,燕子,跪下,给你娘磕头!"

杨大旦不跪,他拉住水仙的手摇晃着,声泪俱下:"娘……娘啊,你别走,我不要你走……"杨大旦还在苦苦地挽留着水仙。他知道这一跪,就等于放走了娘,他就再也没有娘了。"娘……"杨大旦肝肠寸断。

母子俩抱头痛哭。

杨大旦不知道爹娘已在昨天背着他去梨花镇扯了离婚证。事到如今,杨大旦不得不深深地生起爹爹的气来了。他认定是爹爹变了心,他弄不明白爹爹究竟要干什么,好端端的一个家,自己好不容易稳住了娘的步子,只要娘再不接着闹离婚,爹爹就势下坡,不就没事了吗,可爹爹却要穷追猛打,把娘逼得走投无路了。互助组解散了,合作社又不要地富成分的人家进,杨家院本来就够惨了,爹爹还这么死爱面子,揪住娘的过错不放。娘又要带走两个妹妹,哗啦啦一大家子人眨眼间就去了一半。杨大旦心里好凄惨,也好孤独啊。杨大旦的心被活活地割掉了一大半。

"大旦,听话,让你娘走!"杨耀祖厉声喝道,转身进了秸秆编隔的里屋。

"不!我不……"杨大旦拧着脖子吼叫起来。

杨耀祖一掀帘子走出来,杨大旦一惊,低头不敢吭声了。他平生以来,从没违抗过爹爹一次,他是一个乖孩子。可今天,他不得不与爹爹背水一战了。

"大旦……"杨耀祖喉头哽咽了,他轻轻地抚摸着杨大旦的头。杨大旦吃惊地看着爹爹,他又弄不明白爹爹要干什么了。他本是硬着头皮等待着爹爹大发雷霆的。

"你娘,她是个好女人,她在杨家院受了不少苦,我们不能再连累她了,让她走吧……"杨耀祖说。

杨大旦愣了,杨大旦懵了。他不知道爹爹说的究竟是些什么话。既然娘是个好女人,那么,为什么还要叫娘走呢?这不是明明在撒谎?这、这……杨大旦实在搞不清爹爹哪边儿错乱了。他只感到爹爹一个劲儿地把全家人往悬崖推,爹爹不顾杨家院了,爹爹要破罐子破摔了,杨家院真正的灾难到来了。

杨大旦好生爹爹的气,杨大旦更生自己的气。都是自己没本事,眼看着呼嚷嚷的一家人就这么活活地分散了,从今以后的杨家院,孤零零地丢下他一人。杨大旦悲从心来,恼也从心来。他一扬胳膊,劈开杨耀祖的手,双目怒视着杨耀祖,咬牙切齿地冲杨耀祖吼了声:

"滚开!是你逼走了娘,我恨你,恨你!"

"旦,我的旦啊,不怪你爹!你爹……"水仙拉住杨大旦,把杨大旦搂进怀抱,让杨大旦的脸贴在自己剧烈起伏的胸脯上。

秋叶儿飒飒地响着,秋风凄凉地从杨大旦心田掠过。杨大旦从没感到过秋天是这么漫长,这么落寞,又这么凄楚。

天要下雨,娘要嫁人。这人生最无奈的事,让杨大旦焦头烂额了。他到底还是没挽留住娘,含着泪花把娘送出了杨家院。

两个妹妹一左一右地随在娘两边,娘胳肢窝里掖着那个蓝花包袱,哭过的红眼圈浮肿得像个熟透的水蜜桃,一头乌发衬托得脸盘煞白煞白的,嘴唇如发黑的荔枝,皱皱巴巴地布满了鱼鳞般的裂纹。

娘一直向前走着,步子很慢、很慢,也很虚、很虚,仿佛踩在棉花团子上,仿佛只要有风儿吹来,就会羽毛一样地飘起来。

雨,又丝丝缕缕地飘下来了。漫天乌云,铅一样沉重地压下来,八爷岭在茫茫云海中浮动着。

　　杨大旦和燕子双双跟在娘身后,把娘送过了大梨树,送出了山垭口,送了一程又一程。娘的衣服淋湿了,两个妹妹的衣服淋湿了,杨大旦和燕子的衣服也淋湿了。

　　杨大旦心中充满了眷恋,他不知道怎么才能把对娘的眷恋之情、热爱之情、愧疚之情、依依惜别之情准确地表达出来。他茫然地走着,他痛苦地走着。他仿佛一头钻进了一条无边无际、云雾缭绕的大峡谷,抬头不见天,前后没有路,找不到一个能引领自己走出迷宫的人。

　　他眼前没有着落。

　　他心中没有着落。

　　他不知何处是归途。

　　征雁行行,划过苍茫的天空,留下阵阵凄凉。

　　河水清洌,浪花卷过了蹬石。杨大旦俯身背起妹妹,稳稳当当地蹚过了小河。

　　"哥……"两个妹妹跪倒在杨大旦脚下,放声痛哭。

　　杨大旦哭不出声,也流不出泪。他的整个心境就像秋风扫荡过的旷野,显得那么荒凉、那么悲苦,又那么空旷、凋零。

(节选自长篇小说《野马河苍生·中部》)

长篇小说（节选）

杨二旦吃豆

一

李麻子出卖了大家伙儿。

这挨千刀的李麻子！

这断子绝孙的李麻子！

梨树湾男男女女、老老少少，个个恨透了李麻子，人人诅咒着李麻子。李麻子一夜之间竟摇身一变，成了梨树湾生产队的副队长，并名列牛疙瘩之前。这是梨花公社米主任亲自点的将，李麻子大摇大摆地、堂而皇之地跟在杨二旦屁股后面，对敢怒而不敢言的梨树湾贫下中农指手画脚起来了。

梨树湾的民兵靠不住事了，家家是贼，户户有盗，往往杨二旦的话刚落音，任务还没布置完毕，消息就泄密了，人人就有防备了。杨二旦的措施一次次地扑空，各条路口的关卡形同虚设，可地里的庄稼锐减不止，这不能不使杨二旦忧心如焚啊。杨二旦知道粮食都被梨树湾社员们藏起来了，可就是从他们身上什么也搜不出来。杨二旦眼巴巴地看着遍地秋庄稼被社员们一粒一粒的剥下来，可又不知他们用什么办法带回家去了。杨二旦快要急疯了，快要急死了。

李麻子就是在这当口出现的。

"真的?"杨二旦半信半疑地眨动着眼睛。

"信不信由你!"李麻子生气了。

杨二旦一笑，紧接着眉头便皱起来了。他深知这一行动要稳要准要狠，要起到有力地刹住偷粮风的作用，必须神不知鬼不觉，以迅雷不及掩耳之势掩杀过来，打个措手不及。

杨二旦想到牛疙瘩。他失望地摇头了。

杨二旦想到李二娃，他也失望地摇头了。

杨二旦看了看李麻子，不用想，他就否定了。

杨二旦左顾右盼，找不到一个可以守口如瓶，和自己一起实心实意干的人。他们都有家有口的，拖儿带女的，扯着肠子连着心，丢不下这，放不下那，名为民兵，在保卫梨树湾生产队的果实，实为家家户户的耳目，杨二旦这边一有风吹草动，他们就会闻风而动。杨二旦再不能相信他们了。

杨二旦和吴主任头对着头，嘀咕了多半夜，也没想出个法子来。鸡叫了，鸟鸣了，东方的天际亮起一颗又大又亮的启明星，在静静的黎明前显得格外耀眼。

杨二旦大腿一拍，计上心头。

"高!"吴主任听杨二旦一说，跷起了大拇指。

说干就干。情况立即反映到了米主任那里。米主任毫不犹豫地就答应了杨二旦的请求——把自己手下的王牌苦瓜湾民兵拨给了梨树湾,连夜包围了禾田湾,遍地挖赃物的小偷一个不剩地被抓获了。

杨二旦举着火把,走上前来,在黑压压地站成一字长蛇阵的小偷大军前,一个个辨认着,有时还不放心地扳起他们的脸,仔细地看看。他又失望了。燕子和娘都没有来!杨二旦不相信,他又细细地查看了一遍,还是没有来。

"搜!"杨二旦不甘心地一挥手,民兵立即展开了篦梳般的清理。杨二旦跟在后面,这里打一棍子,那里敲一棒子,他相信燕子或娘两人里面肯定有一人在禾田湾。他是杨家院出来的人,他太了解娘和燕子了,她们肯定事先发现了什么,悄悄地隐藏起来了。杨二旦要狠狠煞一煞燕子的傲气,然后再找个理由,从轻处理。他就是要让燕子欠他的,让燕子还不清他的账,让燕子在他面前抬不起头,让燕子觉得对不起他。

远远近近、旮旮旯旯都搜遍了,就是没有娘和燕子的影儿。杨二旦惆怅若失地叹了口长气,鸣金收兵了。

天阴沉沉的,乌云低低地压下来,冷风呜呜地吼着,大片大片枯黄的梨叶盘旋着、飞舞着,终归轻轻地落下来,发出轻微的脆响。大梨树下拖儿带女的小偷们惊魂未定地东张西望着,孩子们饿得哭出了声,一双小手紧紧地拽着母亲的衣角。有的妇女撩起衣襟,将干瘪得像苦瓜一样下垂的奶子塞进孩子的嘴里。乌鸦打着扇子一样的翅膀,飞来了,又飞去了,呱呱地叫得人好心烦。

民兵们一个个荷枪实弹,来来回回地在小偷们周围巡逻着。

家家户户的门窗被强行打开了,民兵在杨二旦的带领下,翻箱倒柜地搜查着。杨二旦的劲头上来了,他仿佛神灵附身一样的机灵起来,办法也随之一套一套地出来了。这些民兵们因不沾亲带故的,很积极,也很有纪律性，对杨二旦的话执行起来毫不走样儿，所以搜查工作进行得异常彻底。

杨二旦明白，梨树湾的贫下中农早把他当作外人，对他满腹怨恨了。他们不会把粮食摆放在眼皮子底下的。民兵先秋风扫落叶地大扫一遍，剩下的就由杨二旦亲自上阵了。

杨二旦不看锅，不看囤，不看盆盆碗碗，他专捡那些平时人们不经意的地方翻。杨二旦来到牛疙瘩家，二话没说，一眼就盯住了牛疙瘩炕旮旯里的枕头。他不动声色地连鞋子上了炕，抓起枕头掂了掂，好沉好沉的，他啪地将枕头丢下炕，跑进厨房去，找出一把菜刀，嘶的一声，划开一条缝子，金灿灿的黄豆粒儿欢笑着蹦蹦跳跳地跑了满满的一地。

杨二旦来到王憨憨家里，到处找遍了，也没找出一粒粮食来。大家伙儿泄气了，准备收场。杨二旦还不走，他一双眼睛总是能从不露任何破绽的地方看出蛛丝马迹来。他皱着眉头，思量着，估摸着，胸有成竹的样子，不慌不忙地揭过了炕眼门前的那堆柴草，用脚踩了踩，脚底虚虚的。杨二旦心中有底了。挖！一阵镢头挖下去，一口缸里面装满了小麦！

"妈的个巴子，你想骗谁？"杨二旦愤愤地骂着，露出一脸的得意。

杨二旦大获全胜。梨树湾家家户户共搜查出三千六百八十九斤九两各种各样的粮食！踏破铁鞋无觅处，得来全不费工夫啊！杨二旦得到了米主任的高度赞扬。

以此为始，梨花公社一个新的决定出台了——野马河两岸九十九个村子的民兵互相换防，长年扎在驻守的村子，像当年的人民解放军一样，不拿群众一针一线，与当地百姓亲如一家，闲时下地干活，站岗放哨，遇到紧急情况拿起枪来保卫胜利果实！

野马河两岸的卫星一天一颗，一颗比一颗大得吓死人。杨二旦除在抓小偷方面干了件有头有脸的事，让米主任着实高兴了一番外，他又找不到突破口了。

　　大灶食堂眼看着办不下去了。社员们对大灶食堂不抱任何希望。杨二旦也胆怯了,黑压压的百十口人,一顿可吃掉一座山,自己的肚子都饿得快要贴到后背了,对大灶食堂也有所怀疑了。可米主任那里还一个劲地喊着大灶食堂的优越性,报纸上喊出了三年就要进入共产主义,"苏羞(修)"才过上了土豆烧熟了再加牛肉的生活,我们中国人民勒紧裤带,争一口气,炼出钢铁来,赶上美国,超过英国,把世界上的头号老大压在屁股下,那才多赢人呢!

　　可……吃不饱肚子,毕竟是一件最难受的事啊!

　　"梨树湾的食堂要是保不住,我撤你的职!"米主任明话明说了。

　　可食堂做不出饭,梨树湾生产队打的粮食全都上交公粮了呀……杨二旦满肚子的委屈没处说。

　　是啊,生产队仓库空空如也,一个个麻袋里面装满了草,一只只囤口上盖了层薄薄的粮食装点门面,以应付上级领导的检查。秋风越来越紧了,地里找不到野菜了,杨二旦只有学别处的先进经验,把秸秆儿铡成寸寸草,再放进磨子里推一遍,大毛边锅里一煮,一人一碗,没多余的,端在手里走不了两步,汤是汤,粉就沉下去了,喝进嘴里苦苦的,涩涩的,又刺刺的,咽不下喉咙去。可就连这样的伙食,随着冬天的到来,也要断顿了。

　　家家户户的锅锅碗碗碟碟盆盆勺勺都收进了生产队,一顿铁锤叮当叮当地响,砸成了一堆废铁,交给苦瓜湾炼铁场了。为了防范不自觉的群众在家里偷偷做饭吃,丢大灶食堂的脸,杨二旦在大梨树上设了岗哨,民兵们站在高高的大梨树杈上,肩扛着枪,一双眼睛观六路,两只耳朵听八方,发现哪里有烟火,一声号令,全体民兵力争在第一时间赶到现场,当场抓获当事人,在大梨树下开他(她)的批斗会。

　　这从家家户户搜出的粮,杨二旦如获至宝,他装了鼓鼓的二十三麻袋,锁进仓库里,派重兵把守。梨树湾生产队又有镇家之宝了!

法不责众。黑压压一村子都是贼,杨二旦罚谁呀?杨二旦一挥手,把他们放回了家。可人们谁也不感激杨二旦,个个对杨二旦恨得咬牙切齿。家家哭哭啼啼,户户如丧考妣。整个村子充满了天崩地裂般的悲哀。

大灶食堂,又有威力了,又一次成了吸引梨树湾生产队社员的磁场。为了食堂能生机勃勃地一路办下去,杨二旦要求家家门不插栓,户户窗不上销,民兵随时随地都可一步跨进要搜查的家里。

杨二旦终于找到了和燕子接触的机会。禾田湾没抓到燕子和娘,并不等于杨家院偏厦里没藏着粮食。杨二旦常常大模大样地冷不防闯进偏厦去,装模作样地这里翻一把,那里掀一下,找不到什么来,就来到燕子面前,在燕子浑身上下一遍遍地看。燕子冷着一张脸,不躲不闪,一副身正不怕影子斜的样子。

丁香在一旁冷眼观看着。

杨二旦看着看着,呼吸就急起来了,喉头就干起来了,热血就沸腾起来了。他多想伸出那只跃跃欲试的手,在燕子那张好看的脸蛋上轻轻地抚摸一下,只是轻轻的一下啊……

二

虎争岭一事,不但有惊无险,而且使杨二旦从中得到了启迪,酿出一坛"跃进大曲"果酒,红酽酽的像浓茶,又像陈醋,瓶颈缠上红布条,敲锣打鼓地到梨花公社报喜去了。

米主任高兴了。对杨二旦刮目相看,大会小会老提杨二旦的名,把杨二旦当作落后转先进的典型大讲特讲。杨二旦有头有脸了,杨二旦信心倍增了。杨二旦下决心再接再厉,争取两三年后让九十九个村子跟着自己的屁股跑。

杨二旦被自己描绘的宏伟目标振奋了。

杨二旦兴奋得夜不成眠了。

当然，杨二旦也有更多的苦恼。算起来，杨二旦也老大不小了，对他青睐的女孩子，野马河两岸有不少。可他魂牵梦萦、如醉如痴地恋着的是燕子。曾经沧海难为水，除却巫山不是云。与燕子相比，所有的女孩子在杨二旦心目中都不是女孩子。

燕子身怀有孕的消息，深深地刺痛了杨二旦的心。他躺在炕头，整夜整夜地闭不上眼睛。他时而对杨大旦很羡慕，时而对杨大旦又很嫉妒。他不是七八年前的杨二旦，那时，想起燕子来，只是缠缠绵绵、悲悲恻恻、回肠辗转的青春的骚动。可现在的杨二旦长大了，他想燕子不再仅仅是心灵的折磨了，他闭上眼睛，想象着燕子身上的每一个部位，想着想着，虚幻中的燕子就真实起来，他浑身上下就火烧火燎起来。他就按捺不住，他就跃跃欲试……

"妈的个巴子！"杨二旦恶狠狠地骂着，他容忍不了杨大旦这么一个窝囊废对燕子的占有。他觉得他最有资格拥有燕子。燕子怀孕了，杨二旦首先想到的就是杨大旦和燕子同床共枕的情景。妈的个巴子哟，这么一朵娇嫩的鲜花，咋就插在了这堆臭不可闻的牛粪上？杨二旦愤愤不平地想。

杨二旦喜欢燕子那双扑闪闪的大眼睛。

杨二旦喜欢燕子那张红扑扑的脸蛋儿。

杨二旦喜欢燕子那种玉树迎风的身段。

杨二旦疼燕子，尽量想叫燕子少受苦，可燕子不买他的账。他忍不住咬着牙，鼓足劲，对燕子要动手动脚了。可燕子那张冰冷如霜的脸，那身凛然孤傲的寒气，使杨二旦不由得自卑了，胆怯了。

有时,杨二旦觉得自己真窝囊。这么一个牛高马大的小伙子,在梨树湾跺一跺脚,八爷岭都得抖几抖,可在燕子面前咋就抬不起这颗骄傲的头颅呢?和自己一般年龄的人,孩子都会放牛牧马了,可自己还是赤条条的光棍一个。夜阑人静时分,一觉醒过来,身边空荡荡的,总觉得缺少些什么,总感到一阵阵莫名其妙的、刻骨的孤独和深深的凄凉。

杨耀祖只喂养了杨二旦,他们之间不可能进行心灵的沟通。杨二旦自懂事起就瞧不起娘,就恨透了娘,就深深地鄙夷自己的亲生母,心灵的窗户早就严严地关闭了。杨二旦打小有事就深深地埋在心底,苦苦地以自己对生活、对世道的理解来思考,来解决。他孤独的心灵常常充满了深秋般的凉意,他茫然的心灵中总是缺少一只正确的手引导着他走出人生的迷谷。

燕子,像闪电瞬息,又像昙花一现,给他嫣然一笑,给他浮想联翩,给他鼓起了人生的勇气,给了他生活的激情之后,又把他抛在了深深的苦恼中。

杨二旦后悔抓走了杨耀祖。

杨二旦后悔抓走了杨大旦。

他这么做,无疑把燕子也逼走了。是他叫燕子没脸在梨树湾活人了,是他让燕子和自己拉开距离的。燕子毕竟是杨大旦明媒正娶的媳妇儿,她无论如何也得站在杨家院一边,她得顾众人的口碑啊!可他咋早没想到这一点呢?

"呸!臭地主阶级,有啥子了不起的!"杨二旦愤恨地骂了句。此时此刻,燕子要是一朵鲜花,杨二旦会把她揉搓成碎片又要狠狠踩几脚,燕子要是一片洁白的雪地,杨二旦会带着恶意把她糟蹋得肮脏不堪。杨二旦打心底生燕子的气了。

偏厦①方向又清晰地传来了一声门响。杨二旦下意识地又一次动了动身子,想探头窗外,去看看。可浑身软软的,怎么也起不来。杨二旦肚子好饿啊。

家家户户的锅没收了,全都送到了苦瓜湾炼铁场,灶台一顿镢背掀翻了,可还是有人偷偷摸摸地在自家做饭吃。杨二旦在大梨树上专设的岗哨,渐渐地不灵了。梨树湾老百姓做饭的法子越来越巧妙,杨二旦只好一天到晚不定时地进行突然袭击式的大搜查。同时,还可一举两得地获得一两枚土钉子或放弃的马掌驴掌什么的废铁,以支援炼铁场的革命工作。家家的门扣儿挖走了,户户的箱箱柜柜上的钉锔儿卸下了,梨树湾和野马河两岸一样,都成了夜不闭户的村子。

饿,杨二旦咽着口水,还是一个劲地饿。肚子饿起来,杨二旦就顾不得燕子了。杨二旦闭上眼睛,默默地、尽情地回忆着金灿灿的苞谷粒儿,长长的荞麦面条,热气腾腾的白面馒头……

近几天来,杨二旦的脚步总是不由自主地往大灶食堂那边挪。有时,进了大灶食堂的门,炊事员们一个个带着阿谀讨好的笑容毕恭毕敬地迎上来,小心翼翼地回答着他的问话。大灶食堂就是和别的地方不一样,走进来,总是有一股儿淡淡的、熟悉的、香香的、甜甜的、撩人食欲的五谷味儿。每嗅到这诱人的味儿,杨二旦就迈不动步子了。他一双眼珠子上上下下,前前后后地看着,心不在焉地听着炊事员们喋喋不休的声音,心里烦透了。他在静静地等待着,他在耐心地等待着,他在殷殷地期盼着,他在热切地渴望着大灶食堂出现一种他也说不出是什么名堂的奇迹来,好满足他的一种什么渴求。

可,一次次的,杨二旦都失望了。

---

① 陇南方言:偏厦,即次于厢房的小房子。

杨二旦终于忍不住大发雷霆。他一下子莫名其妙地连撤了两个炊事员。可他又找不出什么理由来。

张白氏胆怯地看了他一眼,又看了他一眼,想说什么,可还是没说出口。张白氏照样在大灶食堂干得好好的。可杨二旦心一烦,老觉得张白氏横竖不顺眼,总是给自己隐隐约约的失望。

张白氏得瞧杨二旦的脸色了。

张白氏也得巴结杨二旦了。

张白氏越来越惧怕杨二旦。她老觉得欠了杨二旦天大的情,可她又实在找不到一个回报的机会。她深深地恋着大灶食堂这份活,她生怕杨二旦一不高兴,把自己也轰出大灶食堂去。杨二旦每来一次大灶食堂,张白氏的心就紧张得提到了嗓子眼。她知道杨二旦饿,可杨二旦的那脾气,她清楚,她再不敢轻易给杨二旦一点儿食堂的东西。

夜,已经很深了。正是寒冬腊月时分,漫漫长夜,仿佛没有尽头。公鸡老是静静的,总不见打鸣,启明星总是慢吞吞地爬不上东方的天际。杨二旦肚子饿得慌,久久入不了睡。

忽然,杨二旦一个激灵,精神大振了。冷冰冰的厅堂里,他清晰地嗅到了一缕儿亲切的、香香的、热热的五谷味儿。杨二旦爬起来,他抽了抽鼻孔,再静下来,细细地品,千真万确,是五谷的味儿,不是幻觉,不是梦境。深更半夜,哪儿来的这么美妙的香味呢?凭着经验,杨二旦知道附近又有人搞不法行为了。

杨二旦轻手轻脚地推开门,香味更浓了,他顺着香味跟踪过去,在牛疙瘩家门口站住了。"这死落后!"杨二旦怒不可遏,一脚踢开门,闯进去,屋子里黑灯瞎火的什么也看不见。

"人?人呢?"杨二旦大喊。

屋子静悄悄的。

杨二旦知道这是牛疙瘩在装死。他想了想,轻车熟路地摸黑来到炕眼门前,俯下身子,打开炕眼门板,搅了几搅,搅出一片火星来,顺手抓起一把柴草塞进去,不一会儿,便浓烟滚滚,燃起一团火把来,而此时此刻,一股烧熟的黄豆味儿扑鼻而来。

"我的个天爷爷呀,活不成了!"牛疙瘩家的在炕头哭出了声。

杨二旦火把一出炕眼门,牛疙瘩家的跪在了杨二旦脚下,高高地抬起头来,那张菜叶一样枯黄的脸充满了苦苦的哀求,横在脖子上的那个发面团子一样的瘿,松弛耷拉地晃动着。牛疙瘩垂着脑袋,一声不吱。

杨二旦贪婪地吮吸着、捕捉着那股越来越馋的香味儿。他不吭声,他沉着脸,他觉得那炒熟的东西就在附近,可他目光徐徐地满屋子移动一遍,到处都是冷冰冰的,没有一点儿可疑的地方。只有炕眼门前那里喷出团团热气,团团热气带着阵阵浓浓的香味儿。

杨二旦渐渐地揣出了什么,他又朝炕眼门塞进一把柴草去,蹲下身子,用火棍一搅,从火堆里搅出一片扣着的瓦片来,掀开一看,下面仰着的瓦槽里烫着一把黄豆。

杨二旦二话没说,把黄豆往衣兜里一倒,丢下哭天喊地的牛疙瘩家的,走了。

歪打正着。杨二旦本想从炕眼引一把火,照亮漆黑一团的屋子,没想到却获得了意外的收获。

杨二旦回到厅堂,他打算明天赶早将这把没收的熟黄豆归公。可躺在被窝里,那香香的、亲切的熟黄豆竟是那么撩人食欲,叫他久久地睡不着觉,使他躺着躺着,便不由自主地口水横流了。他不禁爬出被窝,点亮灯,精着身子,将那把黄豆拿过来,一粒粒地摆在手心里,眼馋馋地看着。望着望着,他的喉结蠕动了,两眼放光了。他慢慢地、慢慢地动心了,不知什么时候,他已将一粒豆子放在嘴里津津有味地嚼了起来。

他吃了一颗。

他又吃了一颗。

他本想吃三四粒豆子就狠狠地刹住嘴,可不吃则已,一吃就一发而不可收了。他一口气吃完了这把豆子,惬意地舒了舒腰身,整个身心有些妙不可言。可他的心里又隐隐地不安着,这毕竟是一件见不得人的事啊。

杨二旦惶恐不安了好几天,才渐渐地平静下来了。没什么大不了的,不就是几粒黄豆嘛,自己常年为梨树湾黑压压的一村子人辛辛苦苦的,难道就值不了几粒豆子?杨二旦想着想着,不由得就替自己开脱起来了,也就自然而然地心安理得了。

杨二旦的步子又自觉不自觉地迈进了大灶食堂。他一边装模作样地听着炊事员们喋喋不休的唠叨,一边这里一看,那里一瞧,突然,两眼一亮,站在案板前大盖盆里用竹罩子扣着的半盆剩下的苞谷面糊糊面前挪不动步子了。

"这是今天剩下的?"杨二旦满脸灿烂的笑容。

"是呀是呀。"炊事员们忙不迭地答。

"坏了没?当心发了霉,人吃了中毒……"杨二旦说着说着,下意识地捞起勺子少少地舀了一点儿,放在嘴里尝了尝,吸溜着,不禁发出一声赞叹来:好香啊!

"好香,是好香!"张白氏在一旁笑着,随声附和着。

杨二旦又舀了满满的一勺子,喝进了肚子。他不好意思地看了炊事员们一眼,尴尬地笑着。

炊事员们也跟着杨二旦木然地干笑着。

从这一天起,杨二旦进了大灶食堂,再也用不着扭扭捏捏了,他看见什么吃什么,什么时候饿了什么时候吃。炊事员们一个个如释重负,只要杨二旦到来,只需杨二旦一个微妙的眼神,便心领神会地拿出早就准备好的东西，恭恭敬敬地赔着笑脸送到杨二旦面前。直到现在，杨二旦才明白过来，大灶食堂并不是真正的空空如也，清汤寡水的后面，还有苞谷面干炕饼，荞麦面条，麸子和面粉烙成的锅盔馍，一口咬下去，暄暄的，香香的，吃起来美极了。怪不得群众对炊事员有这么大的意见，原来其中的猫腻这么多。

有次，杨二旦来大灶食堂时，见吴主任的门子开着，便走了进去。吴主任坐在凳子上，正双手抓着一块牛腿大吃大嚼着，对杨二旦的到来浑然不觉。"妈的个巴子！"杨二旦愤愤不平地暗暗骂道。他本想转身就走，可转念一想，装作什么也没看见的样子叫了声："吴主任！"吴主任一惊，下意识地把牛腿藏在了身后，红着脸站起来。

杨二旦意味深长地瞥了吴主任藏在身后的那只手，心中的隐隐不安消失了。

吴主任神色尴尬地向杨二旦解释："饿，我……我饿得慌，没办法。见笑！见笑啊！"吴主任向他举起那只牛腿。

直到现在，杨二旦才蓦然发现，吴主任手里的竟是一条风干的牛腿骨，上面找不到一星点肉痕。磨得光滑的骨头上面，落满了密密麻麻的牙印和口水。

杨二旦愣了，渐渐地，他又觉得吴主任比他傻多了。

杨二旦精神焕发。每天东方的天际才露出一点儿鱼肚白，他就准时地一个激灵醒来，翻身下炕，一边摸摸索索地系着裤带，一边朝口里塞一块麸子面烙成的锅盔，从杨家院开始绕梨树湾一周，一路从堵塞的嘴里喊出含糊不清的句子：

"上工喽——都到青崖梁送土粪去……"

（节选自长篇小说《野马河苍生·中部》）

长篇小说（节选）

恋　狱

一

野狼又凄然地嗥叫起来了。

猫头鹰也有一下、没一下地应和着。

山风卷过来了，摧枯拉朽的所向披靡，远山近岭林涛翻滚，如千军万马厮杀着、咆哮着。

红萝卜，红萝卜……好冰凉的红萝卜，它明明是在火塘里烧得热气腾腾的红萝卜，为什么一拿到手里竟这么冰？杨大旦吸了口寒气，又深深地吸了口寒气，鼓了鼓勇气，口水忍不住流下来了，胃里棍子一样有力地搅动起来了。胖胖的、红红的、润润的红萝卜啊，它散发着让人馋涎欲滴的诱惑，那么有力地吸引着杨大旦。杨大旦顾不得冰不冰了，他打在眼底看了看，又凑到鼻孔嗅了嗅，张开嘴，迫不及待地一口咬下去。

"哎哟！"杨大旦发出一声痛苦的呻吟，死死地咬在口里的手指流血了。杨大旦睁开了眼睛，他正蜷缩在一堆乱麦草中，手脚冻得猫咬般的疼。

他翻了个身子，肚子饿得更厉害了。

他抬起头来，看了看锅底一样黑沉沉的天空，没有一颗星星儿。不远处升腾起来的熊熊大火烧红了半片天空。杨大旦眯缝着眼睛，他想抓紧时间，拼命地睡下去，可肚子不依不饶地折磨着他筋疲力尽的身子。

地处野马河中游的苦瓜湾，早在明朝朱洪武年间就有炼铁的历史了。可一直是小打小闹，干干停停，停停干干的，到了民国初年，干脆卷旗收兵，销声匿迹了。废弃的炉子，颓废的矿洞，横七竖八地诉说着当年黯淡的遭遇。

现在，这里却成了全县的亮点。县城各机关单位的干部、工人、学生以及野马河两岸九十九个村子抽来的精兵强将，组成了浩浩荡荡的炼铁大军，不分昼夜地奋战在苦瓜湾炼铁场上，一颗红心要炼出乌黑发亮的钢铁来，支援社会主义革命建设。

炼铁场采用军事化管理，统一指挥。每天天不亮，起床号一响，炼铁战士就得一个鲤鱼打挺起床，先集合，后跑操，再唱歌。然后每人到大灶食堂领一个秸秆瓢子做成的窝窝头，一边吃，一边往各自的岗位赶。

杨大旦初来乍到时，由于他是被五花大绑送到苦瓜湾来的，所以被分到了地富反坏班。班长牛铁蛋，长得五大三粗的身子，黑黝黝的腱子肉一棱一棱的，干起活来，虎着脸，仿佛在生谁的气，一声不吭，屏着息，恨不得用嘴用手用脚使尽浑身解数，把眼前的活儿一下子干个干干净净，不留一点痕迹儿。

苦瓜湾村子东头依山傍水修筑着一个山堡一样大小的炼铁炉,高高的烟囱冲天而起,不分昼夜地吐着一股黑黑的浓烟,炉子正前方一个扇形的入火口,像一个巨大的无底洞,吞噬着一根根两人合抱不拢的树木,喷吐着团团红得耀眼的火苗子。入火口两边各置一只棺材般大小的风箱,四个精强力壮的小伙子,撸起袖口,双脚钉子般的深深地扎在地上,呼啦呼啦地拉着风箱杆儿。满炉子的火苗欢笑着,奔跳着,升腾着,沸腾着喷向四面八方,喷出了炉口……

发炉师是个年迈八十的老头子,脾气倔强,傲骨嶙峋,他寸步不离地守在炉口,一双眼睛死死地盯着炉口,默默地计算着时间,看着火力的大小,从火光的颜色分辨着铁的成熟度。

第一炉铁冶炼出来了,成色黯淡,缺乏硬度,是淬火过早导致的。吃在炉旁,住在炉旁,与大家伙儿同甘共苦的马副县长不满意,狠狠地训起了老头子。

老头子不服,梗着脖子与马副县长顶起来了:"明明火候不到,你犟着要出炉,这怪我吗?"

马副县长差点儿气昏了头:"什么?你说什么?现在是大跃进,一天要顶十天用,十天要当十年用!你也学苏修的样子,卡我们的脖子了?听不到布谷鸟叫,照样要种田!"

老炉师被撤换下来了。

另一个年轻的炉师匆匆上阵了。

米主任三天三夜没合眼缝儿守在炉口,与年轻的炉师一起面对面、头对头地研究着,探讨着。一张被炉火映红的脸充满了无限的憧憬,他如醉如梦地想象着、盼望着奇迹在他的手里出现。

可是,炉口里掏出的竟是一山铁不铁、石不石的渣滓。

这是杨大旦刚到苦瓜湾遇到的第一件事。他是天擦黑时被押到苦瓜湾的,脚没落稳,就稀里糊涂地投入到了转移这一山渣滓的大行动中。人人都闭着嘴,低着头,背篓、骡马、独轮车,你来我往,拥拥挤挤地把一堆堆渣滓运到后山一个坑洼里,哗啦啦地倒下去。

杨大旦借着脚底微弱的星光,背负着沉重的一背篓渣滓,吃力地走着。他已经一天没吃任何东西了,又加上这么一路的折腾,眼前不断地冒着火星子,背部的背篓越来越重,双腿越来越软,他大口大口地喘息着,控制不住就要一头栽倒下去了。他多么想停下来,他左顾右盼着,可他刚刚站住脚,后面的人就逼上来了,窄窄的山间小道上,他被推挤得摇来摆去的。

"跟上!快跟上!妈的个巴子!你要是拉了我们班的后腿,看我不骟了你!"一条大汉气冲冲地赶过来,背部的背篓里面渣滓冒了尖。他直起腰来,擦了把满脸的汗水,骂骂咧咧地推了杨大旦一把。过后,杨大旦才知道,这,就是他的班长牛铁蛋。

杨大旦的衣服湿透了。

杨大旦双肩火辣辣地疼,背绳深深地勒进了肩胛。

杨大旦跌跌撞撞,步子越来越虚起来,整个身子则轻飘飘地要飞起来。

就在这当口,杨大旦的背篓绳子叭的一声,断了,背部沉重的背篓哗啦啦一下子沉沉地掉在了地上。杨大旦浑身一阵子从未有过的轻松,他重重地一屁股跌坐在地上。

牛铁蛋虎着一张黑脸过来了。打着火把一看,二话没说,捡起背篓绳縻起来。可绳子早已磨败了头,麻丝没有韧性了。牛铁蛋縻接了,两手用力一拉,又断了,气得他呸呸地啐几口,干脆站起来,脱下自己的外衣铺在地上,把杨大旦背篓里的渣滓哗啦倒上去,紧紧地裹起来,往杨大旦肩头一搭,喊了声:"走!今晚的死命令,天明前搬不净这堆石渣子,丢了社会主义的脸,吃不了的就得兜着走!"

杨大旦在牛铁蛋縻接绳索的当口,趁机休息了一会儿,可浑身上下更软了。他多么渴望这绳子永远也縻接不起来,自己好好地歇一口气啊。他站不起身来了,他迈不动步子了,他连伸一下胳膊的力气都没有了。牛铁蛋搭过来的一包石渣滓,压得他打了个趔趄儿。

天明了,那一山渣滓总算搬得一干二净。杨大旦疲惫不堪地坐在山坡上,眯缝了一会儿眼睛。号声响起来了,人们疯了一般地往坡下赶。杨大旦不知发生了什么事儿,迎着肃杀的秋风,也跟着人群跑起来。

就在这一天,杨大旦明白了,号声就是命令,这里一切行动听号声。晚了误了事儿的,就要受批斗,加倍罚。杨大旦的背被背篓压破了,手被渣滓硌出了血,脚打泡了,脸被荆棘划出道道伤痕来,钻心地痛。

炼铁炉又呼呼地冒烟了。

一面面红旗在飒飒秋风中迎风招展着。

高亢、激越的劳动号子响彻云霄。

杨大旦领到了一只新的尖底背篓。这是一种扁形的竹子背篓,便于随时随地就势找一个依托的地方歇口气儿,更便于在高空背负,它紧紧地贴在人背部,让里面沉重的东西均匀地在人背部全面摊开来,从而可以背负更多更沉重的东西。

杨大旦随着大队人马,每天十几趟,甚至二十几趟地往返于鹞子崖与苦瓜湾之间。鹞子崖地形险要,悬崖千仞,峭壁如削,前后左右钻满了蜂窝一样密密麻麻的矿洞子。崖上崖下嶙峋怪石上雕出的浅浅的石窝子,仅仅容得下一只脚。熙熙攘攘的人群背负着沉重的矿石,要从这条唯一的通道上挤压不堪地通过,是多么的艰难,又是多么的危险。

苦瓜湾那个山堡一样的炼铁炉,就由这千军万马一背篓一背篓背来的矿石填充。在这条狭窄的、曲折的天险之道上,马不走,驴不过,骡子上不去下不来,牛就更不用提啦,只能由人脚穿铁爪,十趾紧扣进石臼,一点一点地慢慢地挪动着步子,把矿石往崖下的平缓地带转,等待在那里的骡马牛再一驮一驮地往苦瓜湾运。

杨大旦哪见过这么艰险的道路,望一眼,心就发憷,腿就打颤了。前边是高不可攀的悬崖峭壁,直插云霄,自己的鼻尖一不留神就有被人的脚跟踩一下的危险,脚下是深不可测的茫茫峡谷,云腾雾绕地升腾着森森寒气。

杨大旦背负着满满的一尖底背篓矿石,背篓发出了咯咯喳喳的呻吟,沉甸甸地像一座黑乎乎的大山死死地趴在他瘦弱的背部,他呼吸急促起来,浑身火烤一样的灼热,汗珠子滚豆似的跌下了窗户纸一样白透的脸颊,滴滴点点地顺着下巴洒落着……

杨大旦恐惧极了,惊慌极了,他紧紧地闭上眼睛,他不敢看什么,也不敢想什么,他只觉得整个身子树叶一样轻轻地飘起来了,飘起来了。

二

炼铁大军有增无减,苦瓜湾里人喊马叫。一顶顶帐篷星罗棋布,一堆堆篝火熊熊燃烧。男人们不分昼夜地一趟趟背矿,妇女娃娃们没黑没明地砸矿,饭轮流着吃,觉轮流着睡,宁可挣死牛,不可车回头。

苦瓜湾周围茂密的林子里,整日价回响着此起彼伏的砍伐声,一把把雪亮的砍刀闪着炫目的寒光,一根根水桶粗细的树轰然倒下了,碗口大小的树倒下了,胳膊大小的树也倒下了,留下一片白花花的、高低不一的树碴子、树桩子在凄风苦雨中哭泣着。山山岭岭剥光了衣服般的袒露出自己的真实面目。

鸟儿惊慌失措地飞走了……

鹿儿惊魂未定地乱窜着……

野猪疯狂地反扑着……

狼群四处哀嚎着……

渐渐地，远远近近静了下来，树木越来越少了，林子越来越远了，砍刀只好追随着林子越走越远了。崇山峻岭如剃过的脑袋瓜子，光秃秃地在深秋的肃杀气氛中沉默着。失去了家园的森林兽物们与人类展开了激烈的、残酷的争夺战。

野猪冲进村子里，用嘴一拱，连伤数十人；狼群摸进了炼铁场，一口口咬断了人的喉管，一口口掏出了人的五脏六腑，并拖得漫山遍野血迹斑斑点点。更可怕的是这些狡猾的狼群一次次贪得无厌地袭击着背矿的人群。

伸手不见五指的沉沉黑夜，悬崖峭壁上头望不到尾、尾望不到尽头的背矿人，人人口衔一枚松油亮子，背负着死沉死沉的矿石，一步一步地移动着。狼群窜过来，扶着人体竖立起两爪，两只凶狠的眼睛定定地盯着腾不出手脚，只能眼巴巴地束手就擒的人，不慌不忙地下口咬住喉咙，美美地、贪婪地吮吸着汩汩流动的、甜甜的、新鲜的血液。一直到被吸干血水的人无力松开了抓着路边荆棘或树根的手，倒下去，碰翻了后面的人，后面的人又碰翻了更后面的人，一个个落下了万丈深渊，响起一声声惨烈的叫声。

牛铁蛋就是这样与狼相遇的。可是，这一次狼却选错了对手。牛铁蛋干脆松开了抓在路边那丛荆棘的手，他紧紧地死死地箍住那只花眼狼，一声大吼，抱着狼跳下了万丈悬崖。

牛铁蛋第二天才被找到。

他甩悠着一只空空的袖管，在转矿场干起了轻松的监工。他永远地失去了一条胳膊……

杨大旦一闭上眼睛,就梦见自己被成群结队的恶狼追赶得没处躲,无处藏,惊出一身身冷汗来。尖底背篓像一副桎梏,牢牢地锁住了杨大旦的全部身子。多么大的背篓,多么沉重的矿石,又是多么瘦小的身子骨,形成了强烈的对比,使杨大旦不寒而栗,人未上阵,心先怯了三分。他站在坑道里,由别人一块一块地搬起沉得要命的矿石往背篓里丢。每一块矿石落下去,他的心就狂跳着奔向了嗓子眼,仿佛要飞出口腔来,眼前就一阵阵地发黑,耳边就蜂群一样的轰鸣。

杨大旦好累啊。

杨大旦好饿啊。

杨大旦好困啊。

杨大旦不到两个月,腿就如树杈一样的撇开了,脸就如刀子刮过一样的皮贴骨头了。他的肚子空空的,老像填不饱,常常前心贴着后背,身上冷得不行,一件寒冬腊月才穿的棉衣早就上身了,并且还着意扎了根藤条,上百斤重的矿石负在背部,压得直不起身子,一个寒颤紧接着另一个寒颤依旧从背部滚过去,又滚过来。

大灶食堂的伙食,一天不如一天了,清汤寡水也得抢,秸秆磨成的末已是上等食物了,炊事员从林子里就地捡来的叶呀茎呀的,在大毛边锅里一顿煮,打到一只只碗里,两三寸长短的挑起来一片,放下去一团,咬不烂,嚼还乱,咬肌困酸了,疲乏了,那才叫难受哩。窝窝头是橡子面做成的,涩涩地咽不进喉咙,进了肚子又迟迟地屙不出来。

环境越艰险,生活越艰苦,杨大旦就越生燕子的气。是她,是她,都是她惹给自己的祸。杨大旦恨得直咬牙。杨大旦几年前就隐隐约约地感觉到,燕子一直在心底恋着杨二旦,偏袒着杨二旦。爹爹口诛杨二旦,燕子老是默不作声地走开,一脸担忧,生怕杨二旦又吃了什么亏。如今,杨家院垮了,杨家院没救了,杨二旦一手遮天,变着法子把爹爹抓上八爷岭,把自己抓到了苦瓜湾,受着这牛马般的苦役,能不能熬出去,活着回到杨家院,杨大旦心中没底了。杨二旦心满意足了,杨二旦眼中的钉一个不剩地拔光了,他可以大放宽心地和燕子明铺暗盖了。

漆黑一团的夜晚,杨大旦一身汗一身泥一身累一肚子饥地回到窝棚,软软地往薄薄的草铺上一躺,身子一个劲地蜷缩着。外面秋风飒飒地响着,他全身冷,心里更冷。他心灵中最后的一丝温暖消失了,娘走了,两个妹妹也走了,爹爹被丁香娘迷惑了,他早已体会不到父爱的感觉了,燕子是他唯一的亲人。可就是这个亲人,与杨家院不共戴天的仇人杨二旦说不清,道不明,总有那么一段子扑朔迷离的暧昧在气恼着杨大旦,使杨大旦咽不下这口窝囊气。

杨大旦的心总是不由自主地回到了梨树湾,虽然杨家院偏厦窗口那片灯光再也勾不起他心湖上的层层涟漪了,再也唤不起他心灵中的感动了,再也荡不起阵阵温馨了。可杨大旦一想到偏厦那盏昏黄的油灯,就不由得想到燕子那张可人的脸蛋来,就不由得联想到静静的梨树湾里,杨二旦那张可憎的脸,那双肮脏的手,说不定正鬼鬼祟祟地伸向了燕子那绸缎一样光滑的身子。杨大旦对燕子全身上下太熟悉了,也太陶醉了,一想到自己心爱的女人,自己明媒正娶的女人,躺倒在了杨二旦怀中,杨大旦就痛苦得不行,对燕子更加恨之入骨了。

好狗不择二主,烈女不嫁二夫。你算个什么东西?一身狐媚,一身妖气,见头叫驴都翘尾巴!杨大旦恶狠狠地骂着燕子,恶意地想象着燕子和杨二旦的龌龊相,仿佛只有这样,他苦难的感觉才会减少一些,他沉重的心情才会轻松一些。

杨大旦死了回梨树湾的心。

杨大旦断不了思念梨树湾的情。

杨大旦不用想就知道,因为有燕子和杨二旦之间的关系在作怪,只要大炼钢铁一天不停止，他就得在炼铁场、在苦瓜湾与矿石共存亡。即使不炼钢铁了，人人都回到了各自的家，杨二旦还会找出另外一个理由来，把他打发到更远、更苦的地方去。这对狗男女！杨大旦不禁痛苦万分，妒火中烧，一双失神的眼睛猛然喷出一团怒不可遏的火光来。

号声，又嘹亮地响起来了。

杨大旦顾不得别的了。他走出窝棚，提起自己的尖底背篓，狠狠地磕碰了几下，细碎的矿渣纷纷扬扬地落了一地。他恨透了这只尖底背篓，他怕极了这只尖底背篓，可他还得依靠这只尖底背篓换一天吃不饱的两顿饭。

离窝棚不远的炼铁炉周围堆满了从各村各寨搜集来的铁锅铁勺废镰废镢废锄什么的废铁。炼铁场总指挥部领导急中生智，一边动员大家伙儿鼓足干劲，不要泄气，继续发扬革命加拼命的精神，有条件要炼铁，没条件创造条件也要炼铁，一边从野马河两岸九十九个村子收集来了家家户户所有与铁沾亲带故的有用的或没用的死铁烂铜，决定回炉，先炼出一部分钢铁来，给上级报个喜，壮壮士气！

早操做完了，杨大旦紧随着熙熙攘攘的人群，奋力地挤出一只胳膊来，把手伸向了大灶食堂的窗口。"排队去，不准加塞儿！"炊事员沉着脸，推开了杨大旦。

杨大旦沮丧地垂下了头。就在这一刻，他的肚子更饿了。他眼馋馋地看着一个个领到了窝窝头的人，正狼吞虎咽地往嘴里塞，他恨不得把自己身上的肉啃下来。

"娘！你在哪儿？……"杨大旦突然间不知怎么的，莫名其妙地想起了娘，鼻孔一酸，心里却热起来了。

杨大旦好孤独。他空旷、落寞的心田上一派凋零。他渴望着有一丝春风吹过来，他渴望着有一片云彩飞过来，他渴望着万紫千红绽开来，他渴望着母亲一样温暖的呵护和有力的依托。

沉重的矿石又一次压上了他的背部,他的腰深深地弯下去了,他的脖子长长地伸出来了,一根根粗犷的青筋在脖颈上弓一样的绷紧了。杨大旦不是个笨人,他受不了这么大的强力劳动,他看着炉子旁那些拉风箱的小伙子,他看准了那些砸矿石的妇女娃娃们。他像一只惊魂未定的鸟,整天在悬崖峭壁上度日如年,提心吊胆。他的体力一天不如一天,随时随地都有葬身悬崖的危险。

这天傍晚,杨大旦到底忍受不住了。他终于鼓起勇气,闭上眼睛,咬着牙齿,按照自己想了好久又想了好久的法子做了。他借倒矿石的一瞬间,将一块矿石砸下去,眼前冒出一片金星,他一声惨叫,左脚拇趾被活活地砸断了。

杨大旦负伤了。他被工地卫生员用担架抬回了窝棚。杨大旦躺在草铺里,那只断了拇趾的脚一蹦一跳地钻心的疼使他喘不过气来。他呻吟着,他盼望着,他思谋着将会有什么样的转机在他生活中出现。

晚饭送来了,多加了半个橡子面窝窝头。杨大旦得到了前所未有的慰藉。黎明时分,起床号响了,杨大旦赖在草铺上一动不动。他等待有人来找他,他要说出一大堆自己不能躺着不干活的道理,他要装出一副躺不下去的样子,然后,顺藤摸瓜、水到渠成地要求自己去拉风箱,先干点轻活儿,待伤养好后,再干别的重活儿。至于以后的路咋样走,杨大旦顾不上去想了。

窝棚外的脚步声很快就响起来了。杨大旦狠了狠心,一拳砸在伤口上,鲜血立即汩汩地奔流出来,他的额头挂满了水珠子一样的汗水,他的脸庞痛苦得扭曲了,变形了。

"杨大旦!"窝棚外面传来排长的一声吼。

杨大旦呻吟着,没应声。

排长进来了，一看这光景，顿时俯下身子，关切地擦了擦杨大旦满脸的汗珠子，端出一缸子开水来，扶杨大旦坐起身，让杨大旦喝下去。杨大旦心里头一热，呻吟声小了，平静下来了。

"好点了吗？"排长关心地问。

杨大旦点了点头，舒了口气，轻声说："好多了……我……"

"那就上工去吧，你这几天可以少背些嘛。"排长用更关切的口气说。

"我、我……"杨大旦心中一惊，伤口真的痛起来了。

"咋？有啥子困难吗？"

"我实在是……是上不了工地，排长，我……"杨大旦哭了。

"哎？你不是刚才还对我亲口说伤口好多了吗，咋就这么一转眼又重了呢？"排长有些迷惑不解地眨着眼睛。

"我……我是说喝了点水，我……"杨大旦急出了一身汗，他一下子坐起了身。

"轻伤不下火线嘛，你就坚持着上工地吧，下定决心，不怕牺牲，排除万难，力争赎罪吧！你的出身你该不是不晓得……"排长还是笑呵呵的，可语气却透出了火药味儿。

杨大旦一怔，低头不语了。

"我可是为了你好啊！来，我扶你，你就咬着牙，没啥子大不了的事！"排长扶起了杨大旦。杨大旦站在了排长面前，左脚虚提着，右腿微微地颤抖着，脸上一阵白，一阵青，眼前的一切都轻轻地晃动起来了，虚幻起来了……

"立正！！"排长突然发出一声霹雳般的口令。

杨大旦震惊地睁大了双眼，不由自主地站直了身子。

三

杨大旦在风雪交加中吃力地跋涉着。

砸断的那只脚趾冻伤了,血呀脓呀的整天价流个不停。他早已感觉不到钻心的疼痛了,他只觉得这条腿从膝盖以下仿佛遥远地不听指使了。

杨大旦是背不动这么一尖底背篓矿石走下悬崖峭壁的。可他又不能躺在帐篷里养伤。偷鸡不成反蚀一把米,杨大旦得不偿失啊。他沮丧到极点了。

杨大旦得想个法子了。要不,他的小命丢在这里就是迟早的事。杨大旦不想死,他想好好地活下去,他不愿像牛铁蛋那样落下万丈深渊去,捞个折胳膊跛腿的下场。杨家院偏厦里,他成了孤家寡人,梨树湾里没有他的立锥之地。苦瓜湾虽然苦一些,虽然也饿着肚子,但他再也用不着看杨二旦那张老是对他充满嘲讽的脸势了,眼不见心不烦,他也用不着生燕子和杨二旦之间黏黏糊糊的破事的气了。杨大旦顾不得别的了,也不想顾别的了。他要不惜一切地走自己眼前的道路。

杨大旦又一次跃跃欲试地要动心眼了。

他盯住背篓苦思冥想着,他要从背篓上做文章。他把背篓翻过来倒过去地比试着。渐渐地,他悟出了什么,眉毛轻轻地舒展开了。他强按着心头的喜悦,暗暗后悔为什么早点就没想出这么一个巧妙的法子呢!

杨大旦背着人悄悄地掰下几根粗壮的树枝,使劲地横架在背篓中腰,用脚踩实,横杠上面又仿照背篓底用竹篾子编出一个底子来一铺,不经意间根本看不出背篓是做了手脚的。可如此一做,看起来,背篓里装满了矿石,甚至冒了尖,照样是沉甸甸的,可重量却相差甚远了。

杨大旦顿时感到负担成倍地减轻了。虽然背部照样是沉重的背篓,可杨大旦常常有一种说不出的轻松感。他装出很吃力的样子,有时,还故意大口大口地喘着气,一副不堪重负的样子夹在大家伙儿中间,像往日一样,迈着不紧不慢的步子。

这么一来,杨大旦的日子可就好过得多了。肚子里的清汤寡水,不再那么匆匆忙忙地赶着往外跑,眼前出现黑云的时间越来越少了,他渐渐地又有了几分力气。

越是这样,杨大旦越是珍惜这来之不易的幸福日子。他每次都是小心翼翼的,牢记着背完矿石后休息时,把背篓扣过来,自己往顶上一坐,既当凳子,又遮掩了众人眼目。晚上睡觉时,无论如何,他都要想着法子把背篓底部的猫腻取下来,藏在一边,然后才能安心地发出酣畅淋漓的鼾声。

燕子来了。

那是一个晌午,刚刚吃完两碗清汤寡水的菜汤,杨大旦惬意地伸了个懒腰,胃里泛起一股浓浓的野菜味儿,冲冲的,有点儿要吐的感觉。

这时,帐篷外有人喊了声:"杨大旦,有人找你!"

杨大旦还未回过神来,燕子就走了进来。

杨大旦的脸顿时板起来,他冷冷地看了燕子一眼:"你来干啥子?"

燕子不语,泪珠儿吧嗒吧嗒地掉下来了。

杨大旦反感地扭过脸去。

燕子饮泣着,从胳膊窝里挟着的那只花布包袱里取出一件洗得干干净净的棉衣,厚墩墩地往他面前一摆,他的整个身子一下就暖和起来了。

"穿……你穿上。"燕子擦着泪花。

"叫杨二旦穿吧!"杨大旦恶狠狠地压低嗓门说了句,丢下燕子,风一样地走出了帐篷。脚尖一阵钻心的疼痛,使他一个趔趄,倒在了帐篷边。他狠了狠心,咬着牙爬起来,不等燕子赶过来搀扶他,他就把那只尖底背篓往肩上一挎,一瘸一拐地向万丈悬崖走去。

"咋啦?你的腿咋啦?"燕子拼命地追上来,拉住了他的胳膊。

燕子不明真相的追问,深深地刺痛了杨大旦的心。是你,是你!都是你,你是祸根!你是祸水!你是我的克星!杨大旦恨从心头起,恶向胆边生,人生的种种不幸,生活的桩桩磨难,使他把满腔的怨恨,满腹的无奈,一下子找到了发泄口,劈头盖脸地撒向了燕子。

"丢开!"他甩掉燕子的手,仍旧压低嗓门,说出了一句叫燕子更加伤心的话:"当心点,杨二旦看见会吃醋!"他长长舒了口气,心里痛快了许多。

人们好奇地围过来了。

"快回去吧,我好好的!"杨大旦看着越走越近的几个人,向燕子挥挥手,头也不回地走了。

看着燕子痛不欲生的样子,杨大旦痛快极了。他憋在心口的一团窝囊气总算淋漓尽致地吐了出来。他打心底里鄙夷这个女人。他为这个多少年来一直躺在他被窝里,心里却惦记着杨二旦的女人害臊,他为自己的忍辱负重感到羞耻。他挺胸抬头,猛然间觉得自己真可以顶天立地了。

他担忧娘离他远去,可娘还是狠心地走了;他害怕出门,担心离开了亲人,会活活地饿死,可他还是被五花大绑着押出了梨树湾;他把燕子当作唯一的精神港湾,可燕子和杨二旦之间那种不明不白的关系,却深深地刺破了他的心。他无法与杨二旦抗衡,解不了心头之恨。可把对杨二旦刻骨铭心的仇恨撒向燕子,叫燕子代替杨二旦受过,让杨二旦眼巴巴地看着,在一旁干着急,杨大旦做得到。

杨二旦不是喜欢燕子吗?我偏偏折磨燕子!

杨二旦不是心疼燕子吗?我让燕子痛哭流涕!

杨大旦背负着一只轻轻的背篓,装作很吃力的模样,在熙熙攘攘的人群中走着。摆脱了杨二旦带有耻辱性的指使,杨大旦精神上获得了空前的自由,他觉得自己就像一只冲破了笼子的小鸟,展翅在云霄尽情地翱翔!

一瞬间,杨大旦突然产生了一个强烈的念头,那就是盼望苦瓜湾的炼铁场一直这么办下去,哪怕自己是苦死累死,他也心甘情愿地倒在苦瓜湾的炼铁场上,不愿在杨二旦幸灾乐祸的目光中备受屈辱的折磨。

三更时分,杨大旦回到了帐篷,燕子送来的衣服打成一个四方四亭的包袱,放在他草铺上。他身上穿的棉袄,被尖底背篓磨破了,露出了乌云般一团一团的烂棉花,索索系系地披挂在背部。他鄙夷地瞥了一眼,丢进了熊熊篝火中。

"咋啦?你不要啦?"伙伴们惋惜地围过来,不解地睁大一双双眼睛。

杨大旦满不在乎地笑笑,口气淡淡地说:"旧破烂,无法穿了。"

"那……那你也可以铺在草铺上啊。你咋不给我呢?"伙伴们更加惋惜了。

杨大旦躺下了,他的整个身心获得了从未有过的轻松。

他失去脚拇趾的那个地方还在流脓,还在不断地溃烂。杨大旦逢人就打听民间偏方,态度谦恭地请教,认识了不少中草药。他背矿石时,暗暗地把路边发现的中草药记下来,吃完饭顾不得休息,背篓一背,就匆匆忙忙地一路找过去,采下来,揣在怀中,趁休息的时间,赶紧敷在伤口上,用布带子缠紧,伤口疼得额头渗出一颗颗晶莹的汗珠儿,可心里却得到了不少的慰藉。

"哎——等等!"一只袖管空荡荡地甩悠着的牛铁蛋过来了。

杨大旦已倒下矿石直起了身子。他茫然四顾着,不知道牛铁蛋在喊谁。牛铁蛋向杨大旦走来了,杨大旦心虚了,心跳了,胆怯了,冷汗一个劲地冒着,他的双腿微微地打颤了。

"我看看你的背篓。"牛铁蛋开口了。

杨大旦脑袋嗡的一响,三魂吓破了七魄,裤裆热辣辣的一股子液体从两腿间流了下来,他惊慌失措地双手拽住了背篓系,下意识地后退着,后退着,一个趔趄,摔了个仰面朝天。

把戏揭穿了。

整个工地上一片哗然。

杨大旦被抓了起来。晚上他被关在猪圈里,白天背负满满的一尖底背篓矿石,在劳动人民来来往往的必经路口,从日出站到日落,让大家伙儿指指点点地评头论足。

两天后,炼铁场总指挥部做出了果断决定:将杨大旦送县大狱处置。杨大旦傻了,一屁股瘫软在地上,哇哇大哭起来。

"不去!我不去……我罪大恶极,我一定改正!求求领导了,我给你们磕头!……"杨大旦像小孩子一样地痛哭流涕,双膝落地,苦苦哀求着。

杨大旦悔不当初。

杨大旦后悔莫及。

炼铁场虽说苦甲野马河两岸,可它毕竟胜过蹲大狱啊!要是一步迈进了大狱的门,杨大旦就永无出头之日了。

"我的个天爷爷呀!……"杨大旦仰天长叫。他怎么也没想到事情会严重到这么不可救药的地步。

风,怒吼着。

雪,纷飞着。

野马河沉默无语。因为,它结冰了。

杨大旦在炼铁场一阵阵排山倒海的口号声中,在风雪茫茫中,跌跌撞撞地踏上了通往县大狱的路……

四

小麦抽穗时节,杨大旦回来了。

他没有去苦瓜湾炼铁场,而是直接回到了梨树湾。他没有激动,没有感慨,没有热泪,也没有侥幸。他觉得县大狱的四个月时间太短暂了。他一步三回头地走出了监狱的大门。

杨大旦多么想在大狱多待一段日子啊。

他是以万念俱灰的心境来到大狱的,他满认为自己这次即使不死,也得五刑备受,阎王殿里走几遭。可是,错了!杨大旦蹲进大狱不几天,就与同监的犯人一起到农田干活了。虽是行动不自由,劳动也很艰苦,但却不是无休无止地干下去,也没有五花八门的土政策,一天八小时,按时上工,按时收工,饭也不是纯粹照得见人影的清汤寡水,每顿都有一个拳头大小的麦麸面窝窝头,一掰八瓣儿泡在菜汤里,一边喝,一边吃,真是神仙一般的日子啊。

尽管还是饥肠辘辘的,可与苦瓜湾的生活相比,杨大旦确实是一跟头结结实实地跌进了福窝里。更使杨大旦感动的是,狱中医护人员很快就把他伤口感染的左脚治好了。但,这里毕竟不是永久的安乐窝啊。一拨拨的人送进来了,大都同杨大旦一样,属于不老实劳动、调皮捣蛋的坏渣滓,劳教一阵子,就得撅屁股走人,想留也不收。否则,这么多一天一天由各村各寨络绎不绝地押送来的坏分子,还不把县大狱给挤破了?

杨大旦要不是使了个心眼,早就被放回来了。他觉得还没缓过神来呢,他的劳教期就快满了。他不想回到苦瓜湾,更不想回到梨树湾。这里是他一块难得的、宁静的避风港。虽是名声不好听,可杨大旦不在乎。杨大旦要的是那两个窝窝头!于是,杨大旦就故意又捣了一次鬼,偷偷地锄苞谷苗子时,两垄之间留一垄,又使了个此地无银三百两的伎俩,费了好大的劲儿,动了很大的心机,才被公安发现了。为此,杨大旦就多加了一个月刑罚。

"蹲大狱有什么可怕的?"杨大旦一路上,翻来覆去地这么想,也这么说。杨大旦胆正了,气壮了,他心中产生了一种衣锦还乡的自豪感。一趟大狱走出来,杨大旦真有些天不怕地不怕了。他觉得天底下再没有比大狱那样美好的地方了。他不去苦瓜湾,他偏偏就回到梨树湾,他要叫梨树湾人看看杨大旦活得多滋润,他要迎着杨二旦碰上去,他要找杨二旦的茬儿,叫杨二旦把自己再次送进大狱去。

杨大旦走进了梨树湾。

杨大旦走过了大梨树。

杨大旦走进了杨家院。

燕子迎了过来。

杨大旦一眼就看到燕子高高挺起的大肚子。他狠狠地把燕子推到一边去,脸一黑,回过头来,冷笑一声:"有本事啊!野种又种出了一个野种!杨家院的好戏还在后头哩!"

"你……天地良心……"燕子委屈的泪珠儿扑簌簌地一个劲儿往下掉。

杨大旦懒得理她。

杨大旦一心一意要谋自己的大事情。

丁香一看这情形,知道说什么也只能是白费口舌。杨大旦是横着回来的,他一肚子的火药味。但,丁香还是努力地让自己的心情平静下来,她得找机会和杨大旦好好地说一说,她要替燕子辩解,替燕子做主。

突然,门口一黑,杨二旦带着一帮子荷枪实弹的民兵进来了。

"杨大旦!"杨二旦威风凛凛地一声叫。

"咋啦?"杨大旦也毫不示弱地迎上去。杨二旦来得正合时宜,杨大旦还有些巴不得呢。

"为啥子回来?"杨二旦勃然大怒。

"想家呗。"杨大旦慢条斯理的一句。

"还反了你不成?"杨二旦一挥手,民兵们一拥而上。

杨大旦本想痛痛快快地破口大骂杨二旦,杨大旦本想一个饿虎扑食,抓住杨二旦,与杨二旦拼个鱼死网破。可杨大旦一看到杨二旦,一看见民兵们黑洞洞的枪口,就不禁心惊了,胆颤了,力怯了,胳膊和腿都不听自己的使唤了。他又气又恼,但又不甘心就此窝囊地乖乖就范。他无可奈何中,狠狠地一口咬下去,一阵钻心的剧疼,才使他发觉咬在了自己胳膊上。

"杨二旦,你……你这个野种!"杨大旦声音颤巍巍地骂了句。

杨二旦被深深地激怒了。他早已结疤的伤口又被重重地撕裂了,已经远去的耻辱又一次强烈地涌上了心头。他觉得苦瓜湾的苦不足以解他心头的恨,八爷岭上的苦也不能解他心头的恨,想来想去,只有叫杨大旦蹲大狱,才能挽回他失去的面子,才能化解他满腔的愤怒。

杨二旦亲手为杨大旦上绑,以"阶级报复"的罪名,让十二个全副武装的基干民兵把杨大旦押上了通往县大狱的路。

"等着,要去大狱,我也算一个!"燕子腋挟一个小包袱,挺着大肚子匆匆忙忙地赶上来,气喘吁吁地在村口追上了杨大旦。

"没你的事!"杨二旦虎着脸吼了声。

"没我的事?"燕子回过头,一步一步地向杨二旦走来。

杨二旦愣了,他的心狂跳得快要蹦出喉咙了,他的热血又一次涌上了头顶。他眸子发亮了,他殷殷地等待着燕子走过来,低眉顺眼地向他服个软,求个情,他就大大方方地一挥手,放了杨大旦。

"啪!"一记响亮的耳光,重重地扇在了杨二旦四方四棱的脸上。杨二旦一怔，还没等他回过神来，燕子就一头向他撞过来。

"杨二旦，我跟你拼了！"

燕子喊着哭着，抓破了杨二旦的脸，撕烂了杨二旦的衣服，咬住杨二旦的胳膊，死也不松口。

"你……你……"杨二旦被这猝不及防的一招，弄懵了，弄傻了，他结结巴巴地大喊着大叫着。他急得快要发疯发狂了。他束手无策了。

"杨二旦，有种你就让老子坐一辈子牢！"杨大旦得意地仰天大笑，兴奋得两眼发光，有些急不可耐似的，在杨二旦困惑的目光中，神采飞扬地再次向监狱走去……

（节选自长篇小说《野马河苍生·中部》）

长篇小说（节选）

杨大旦与秋儿

一

果然，夏粮刚入库，从县城周围开始，慢慢扩散开来，生产队借给社员人均二分地，只种一季秋庄稼，完后立即归还生产队。社员为这一激动人心的消息愁眉舒展，雀跃欢呼了。

杨耀祖一家五口人，燕子的孩子也赶上了趟，这小家伙是个福蛋蛋，他躲过了柴根树皮都吃不上的日子，呱呱坠地就有了粮。为此，一家伙就拥有了整整一亩地。杨耀祖踩着松软的土地，心里是那么踏实，那么舒坦。

杨耀祖土地还没借到手，心里就暗暗地盘算好了，半亩荞麦，三分秋苞谷，二分萝卜。天有不测风云。杨耀祖留了条后路，万一遇上不规则的天气,要是种成同一种庄稼,可就惨到尽头了。

杨耀祖的地邻是张家院。

菊妹已是九岁零三个月的大孩子了,她跟在娘身后,提着一只小竹篮,蹲在地上挖野菜。她留着一个男孩儿的扇子面头,家里没有男子汉,娘给她的装扮从头到脚都是一个调皮的男孩子。

张玉杰判了个死刑,关在县大狱,秋后就要问斩了。

张红脸因揭发张玉杰有功,被减了三年刑,还在劳改农场异常卖力地表现着要再立一次功。

秋儿过惯了吃饭不管家的日子。猛然间压在她肩头的家庭担子,使她喘不过气来了。和和美美的一大家子人,一瞬间抓的抓,死的死,只留下她和菊妹两个凄凄惶惶、孤苦伶仃地相依为命,这一打击几乎使她一蹶不振了。可看着菊妹那双明亮的大眼睛,她又不能倒下去。她再苦再累,也得把孩子养育大,让孩子吃饱肚子,穿暖身子。她大病一场后,又强撑着身子站起来了。

说真话,秋儿在生产队跟着大家伙儿混日子还能过得去。可要她单枪匹马,独当一面地种出一季庄稼来,那就苦死她了。借给她名下刚刚收割完的四分麦茬地,在白花花的麦茬间探出几缕翠绿的小草。首先要做的是平茬,把地翻一遍。正是初伏时节,太阳火辣辣的要晒昏头。秋儿站在地畔,越看越发愁。这么大的一块地,没借到手时,只恨少,借到手后,要干活时,她却感到分外多。

黑压压的一村子人,披星戴月地挖着,平着,翻着,田间地头充满了欢声笑语。只有秋儿愁眉苦脸的。她带着菊妹,她在前边一镢头一镢头吃力地挖,菊妹跟在她身后,把挖倒的野草一根根地拣出来,丢到地边去。

太阳毒毒地晒着,脸上火烧火燎的。她手里的镢头一时比一时沉重了,胳膊麻了,酸了,软了,脖子也跟着拐起来了。可回头望望挖过的地,还是屁股大的一片子。唉——秋儿泄气地丢掉镢头,就势坐了下来。

头伏的黄豆中伏的荞。收种无二时,过了这个村,可就找不到这个店了。家家户户都恨不得一个人顶两人用,都争着抢着抓住这一季秋庄稼不放松,谁也挪不出空来帮助她,她也不好意思求人家来帮忙。看着看着,秋儿心里着急了,她又站起身来,她不能这么慢吞吞地挖下去。黑压压的一村子人,都是肉身子,同是爹娘生的,人家能种出一季秋庄稼,自己为什么就不能呢?她紧紧地攥着镢把,镢头猛然挥过了头顶。不料,突然间咯叭一声响,手腕脱臼了,软软地垂下来。

秋儿沮丧地又一次坐下来,默默地落泪了。

"娘,你歇口气,我来挖……"菊妹使劲地拿起了镢头,步子踉踉跄跄的,憋红了圆圆的小脸蛋。

这时,秋儿突然听到身后一阵挖地声,向她越来越近了。秋儿惊讶地回头一看,是地邻杨大旦。

杨大旦早就把秋儿母女俩几天来的艰辛尽收眼底。起初,他只是在休憩时有意无意地看。看着看着,他就不由得关心起这母女两人来。孤儿寡母,也怪可怜的,你看秋儿挖地的样子,活脱脱就是五六年前的一个杨大旦!可杨大旦毕竟还是一个男子汉啊,毕竟没有拖儿带女的累赘。

杨耀祖看不下去了。他咳嗽一声,提示儿子该干活儿了。

杨大旦皱皱眉,他本来只是看看,可杨耀祖这么一来,他心里的气就不打一处来。他干脆起身,捞起镢头,大大方方地一步跨过地界,使劲在秋儿地里挖起来。

"好了,好了,你家的地也没挖完哩,我杨爸的年龄大了,一人忙不完,你就……"秋儿感激涕零地阻挡着杨大旦。

这时,地头另一边的杨耀祖说话了:"秋儿,你就叫大旦帮你吧,我忙得过来的。"杨耀祖一瞬间改变了主意,他回想起了张玉杰,回想起了张家院,又联想到杨家院,不禁有些兔死狐悲的伤感来。他想起张玉杰关键时刻替杨二旦说话,救了杨家院,杨家院不能不报这个恩!

"懂事了!我的大旦懂事了!"杨耀祖感慨万端,热泪盈眶。

杨大旦脱掉衫子,就地一丢,朝手心里"呸呸"啐几口唾沫,紧紧地攥住镢把儿,徐徐地舒口气,镢头便闪动着一片银光,上上下下挥舞着,麦茬儿应声而倒了,泥土波浪一样欢快地翻滚着涌过来了。

秋儿也不敢歇下来。她紧跟在杨大旦身后,一边甩着手腕儿,一边不失时机地将杨大旦挖起的土块用榔头打成粉末儿。菊妹跑前跑后的,不时欢欢地叫一声"娘",显出从未有过的活泼来。

小小的四分地,杨大旦不到晌午就挖完了多一半儿。杨大旦擦擦额头的汗水,接过秋儿递来的一瓢水,一口气喝出了一身凉。秋儿又递来一块粗布帕子,叫他抹抹嘴边的水珠儿。杨大旦也接过,胡乱地擦了几下子,还给了秋儿。这时,秋儿才打开竹篮的盖子,取出烙得皮儿焦黄、瓢儿酥得掉渣儿的饼子,掰一大块儿,双手递向杨大旦。杨大旦不好意思地略一犹豫,还是爽快地接过来,狼吞虎咽地没用五六口,就吃掉了一大半。

突然,杨大旦的喉头噎住了,脸憋红了。秋儿适时地倒出一碗温开水,俯身双手打到他嘴边。他毫不客气地喝了一口。就在饼子顺利地涮进肚子的一瞬间,杨大旦突然闻到了一股成熟女性浓浓的气息。他的脸唰的一下,红到了耳根子。

他太不顾自己的形象了,他怎么就在秋儿面前一点也不感到陌生呢?他咋就理直气壮地接受秋儿给他的一切呢?杨大旦窘得抬不起头来。

"吃,你吃呀!"秋儿还在热情地招呼着。

杨大旦一抬头,猛然间一眼就撞上了秋儿胸前薄薄的衫子里,两个大大的奶子,兔子一样欢蹦乱跳着。我的个天爷爷呀!杨大旦羞得面红耳赤。

地挖完了,杨大旦要告辞了。

秋儿千恩万谢的不知说什么好。

"播种时,我还帮你。"

秋儿没吭声。她的泪花已在眼眶里打转了。

"今后有干不了的重活儿,就说一声。我有的是力气!"杨大旦慷慨地说。

秋儿还是没吭声。她的泪珠,再也控制不住地夺眶而出了。

如今,秋苞谷已经挂上了红缨缨,荞麦花儿开放出一片灿烂夺目的绚丽,成群结队的蜜蜂嗡嗡地飞舞着。苍天不负苦心人,一块块借出去的土地里,萝卜叶绿得赛翡翠,苞谷棒大得像棒槌,粉红色的荞麦花儿像锦绣。

农活早就干完了,杨大旦仍然常常到这块地边来。他闭上眼睛也能准确无误地找到他和秋儿喝水吃饼子的那块地方,在齐腰深的荞麦中,在一派清新的芳香中,他孤零零地一站就是大半天。

杨大旦暗暗地奇怪,过去那么长的日子里,他咋就没发现秋儿和自己是这么熟悉,就像左手和右手,就像脚板和鞋子,就像几十年来一直没有分开过的家里人。

对杨大旦来说,偏厦,仅仅是一块吃饭、睡觉的栖息地,他独来独往,沉默寡言,冷冷地、无言地对抗着偏厦里所有的人。自从娘走后,家的感觉就从杨大旦心里消失了。从爹爹和丁香的亲密无间中,杨大旦越想越明白,娘是多余的,自己就更多余了。在燕子面前,杨大旦永远找不到自己的优越感。

可是,杨大旦在这块空旷的土地上,在这块连家的影儿都找不到的仅仅是四分地的空间里,却真真实实地感受到了家的温馨。

回到偏厦,躺在燕子身边,杨大旦回味着那天的情景,渐渐地,一个新颖的、大胆的念头,闪电般地划破了杨大旦迷蒙的心灵。

杨大旦要向秋儿发起猛烈的进攻了。

但是，杨大旦还要牢牢地抓着燕子不松手。

杨大旦就是要叫杨二旦像热锅上的蚂蚁——干着急。

二

俗话说，人活脸，树活皮。张玉杰成了反革命罪犯，张大胡子的什么民主人士也不见了，张家坟被挖了个底朝天，张家院被红卫兵革命小将秋风扫落叶般的翻箱倒柜着，秋儿一遍遍被审问着，辱骂着。张家院在野马河两岸声誉大跌。普天之下，还有什么比张大胡子和张玉杰干的事情更丢人的呢？

本来，鉴于张玉杰认罪老实，态度诚恳，积极与法院配合，被判了个死缓，还是有点希望的。谁知夜长梦多，偏偏北京城有个叫邓拓的在一个只有三户人家的村子（所谓"三家村"）里半夜三更说黑话，对暗号，被抓住了，张玉杰也七拉八扯地牵连进去了。顿时，形势急转直下，张玉杰的脑袋要搬家了。

消息传来，如晴天霹雳，秋儿呆呆地半晌说不出一句话。尽管她早就知道张玉杰犯的是死罪，欠账还钱，杀人抵命，天网恢恢，疏而不漏。可她心灵深处一直在默默地祈祷着，幻想着奇迹的出现，盼望着张玉杰能遇上大赦什么的，即使熬到头发白，胡子长，只要不杀头，就有活着回到梨树湾的希望。如此一来，张玉杰就再也没有生还的可能了，秋儿就成了真正的寡妇了，菊妹就成了真正的没爹的孩子了。

秋儿悲从中来，放声大哭。

死鬼！这死鬼！秋儿边哭边骂。直到现在，秋儿才想出了个眉目来。张玉杰这么多年来，一直与自己同床异梦。她烧着张玉杰几年前劈得四方四楞、码得井井有条的爿子柴，用着张玉杰精心准备的一排排土坯，回想着张玉杰一次次在自己面前的欲言又止,一次次莫名其妙的大惊失色,一夜夜没来由的心慌意乱,辗转反侧,长吁短叹。一切的一切,竟包藏着一个血淋淋的秘密。张玉杰不告诉她,是怕吓着她,并不是不信任她。她谅解张玉杰的一腔苦衷。张玉杰知道这一天迟早会来的,他默默地、早早地为秋儿做了一切他力所能及的事,为的就是自己一旦出事后,秋儿少受苦少受累。他心里有秋儿,他舍不得秋儿啊!秋儿享用着张玉杰着意留下的东西时,心里就难受得不行,泪珠一颗颗地往下滴。

死鬼,这死鬼,你好糊涂啊!秋儿怨不得别人,她只能怨张玉杰。世上的道路千万条,你何必要跟着土匪杀人放火,何况偏偏杀的是农会积极分子马老大!你真是自己给自己找了条死路,丢下我们孤儿寡母的,怎样生活啊?黑压压的一村子人,就张家院里怪事多,一件件都把秋儿蒙在鼓里头,直到窗户纸戳破了,秋儿才与梨树湾的大家伙儿一齐恍然大悟过来。唉——张家院是一团雾,里里外外的人都看不清,摸不透。

秋儿怕极了。

秋儿夜夜都大喊大叫着一身冷汗从噩梦中惊醒。

张家院这间小厢房,一盏孤灯,摇摇晃晃。夜阑人静时分,秋儿心惊胆战地不敢住下去。

张玉杰问斩的日子定在七月初一,正遇上十天一个的逢集日。照习俗,秋儿无论如何也得千方百计为张玉杰做一顿丰盛的美酒佳肴,让张玉杰吃饱喝醉,仗着酒胆上刑场。杨二旦回避了,秋儿也不愿再难为他。张家院本就欠他的太多,张玉杰早就整个身子都掉进污泥里了,再拉一个清白身子的人陷下去,不划算!天大的事秋儿一肩扛,她,本就是一个泥身子,再沾点污泥又何妨?

秋儿先一天就把菊妹送到了娘家。她不能让孩子童稚的眼睛看到那血淋淋的一幕。

张家院土改时沾杨二旦的光，没抄家，更没搜查，张白氏和张玉杰母子俩留了个心眼儿，偷偷把一陶罐银元交给秋儿，让她埋藏在自己炕眼门前的土里面。当时，秋儿接过来，一边埋，一边还挺纳闷，这么重要的东西，按理，婆婆和丈夫需瞒着她干才对啊，可却要她干，并且埋在她自己的地方。这……这种信任，确实太让秋儿感动了。多少年来，秋儿连看一眼的念头都没动过。她要对得起婆婆和丈夫，到时一块不少地交出去。如今，秋儿明白了，原来，婆婆和丈夫早就把后事安排了。这罐子银元就是给她和菊妹两人的……我的个天爷爷呀……秋儿又忍不住哭出了声。

秋儿摸出两块白花花的大洋，铮铮的在手心里响。她揣在衣兜里，在梨花镇从旭日东升转到夕阳西下，肚子饿得前心贴后背了，眼看着夜幕就要降临了，可她还没把这两块银元兑换成现钱。她找不到黑市的接头。这本是一件犯天条的事，她一不敢轻易抛出，二不敢大喊大叫。她只好快快不乐地回到了梨树湾。

银元兑换不成现钱，秋儿就无法给张玉杰做一顿可口饭。一日夫妻百日恩，何况是十几年的夫妻了，秋儿怎么也不能眼巴巴地看着丈夫空着肚子上刑场，她即使砸锅卖铁，也要给丈夫做一顿丰盛的饭菜，让丈夫酒足饭饱，不能当一个饿死鬼！这可是秋儿今生今世对丈夫最后一次尽情尽意了。秋儿一定要做得完完美美，不留一点儿遗憾。

但是，巧妇难为无米之炊啊！秋儿是心有余而力不足。她怀揣着响当当的银元而受穷，急得她嘴唇裂了口，舌头起了泡，转出来又转进去，她真不知怎么办才好。她暗暗地恨自己好无能，她不甘就此罢休，可她一时之间又实在想不出一个更好的办法。

此时此刻，秋儿过去那种衣来伸手、饭来张口的日子造成的恶果才算正式张牙舞爪地向她露出狰狞面目了。她孤立无援，束手无策，确实有些走投无路了。

就在一瞬间,秋儿自然而然地想起了杨大旦。可她紧接着就摇头了。她不能再给杨大旦任何一点麻烦了,她本来就欠杨大旦的太多了。她是个女人,她的心更细,感觉更灵敏。她大杨大旦十一岁,她只是以感激的心情,用女性特有的方式给杨大旦以回报。可杨大旦不这样想,他在接受秋儿的关怀时,也深深地爱上了秋儿。秋儿心慌意乱地步步后退着,苦苦地抵挡着、反抗着,严密地防守着。

即使如此,秋儿还是不得不接受杨大旦一些自己无法克服的帮助。听到菊妹传来杨大旦叫她上猴家坡占荒地的口信时,尽管她感动得热泪盈眶,可她还是没有去,给杨大旦迎头泼了一瓢水。她不能去,她没力气开荒,事情明摆着,所谓占荒地,其实就是要杨大旦帮她开。这份情,她千万不能欠,她也欠不起。杨大旦是个实在人,上有老,下有小,偶尔帮自己一把,还说得过去,可要叫人家白白地送自己一块荒地,即使杨耀祖和燕子不开口,梨树湾的唾沫星子也会淹死人。

秋儿不要荒地,可梨树湾家家户户忙得不可开交,山山岭岭夜里举着火把,镢头叮叮当当。秋儿看着看着,就心酸了,流泪了。把日子过到这个份儿上的,野马河两岸九十九个村子里,只有张家院,只有秋儿。

秋儿心里充满了苦楚。

秋儿把一切希望都寄托在生产队,生产队里杨二旦说了算,他不会给秋儿放为难。生产队的活好干,只需一锨一锄一镢一背篓,只需装模作样地往下混,有别人的,就少不了秋儿的。不料,偏偏刮起了后来批判的"单干风",秋儿母女俩分回五亩地,秋儿愁眉苦脸地在地边转了整整一个晌午,腿迈不动了,胳膊挥不起了,心劲松懈了。这么大一眼望不到边的地,要叫秋儿一镢一犁地种出花一样美丽的庄稼来,可比登天还难。

秋儿怀抱着菊妹,叹了口长气,又叹了口长气。眼泪像断线珠子一样扑簌簌地往下滚。秋儿觉得自己好孤单。娘家的成分与张家院一样高,爹娘和兄弟姐妹都不是自由人,一个个泥菩萨过河——自身难保,哪里还能腾出身子顾秋儿?杨二旦记得的是公公的恩,与秋儿没有一点情。举目四望,秋儿唯一信任的、值得托付的,只有杨大旦一个人。

秋儿多少次暗暗地对天发誓,决不再次打扰杨大旦了。可每逢大事,无可奈何之际,她首先想到的就是杨大旦。她柔弱的身子,太需要一个坚实的肩膀来作为依靠了。可她知道,杨大旦这个肩膀是不属于自己的,一旦靠上去,就骑虎难下了。

秋儿放出了风,她家的土地搞出租,收成四六分。话传出去不到一顿饭,杨二旦就领着工作组找上门来阻挡了。

"这不行!这和过去地主富农的剥削手段有什么两样儿?"杨二旦板着面孔训斥道。

"可……可我没力气,我干不了……"秋儿哭哭啼啼地说。

"……"杨二旦低头不语了。

"你……你可得为我想个法子啊,兄弟,张家院靠你了……"秋儿向杨二旦苦苦地求情。

杨二旦搔头了。

杨二旦没辙了。

杨二旦面有难色地把目光投向了工作组老王的脸上。

"你一个妇女家种这么多地,也确实有困难。我看这样吧,你不要把地租出去就撒手不管,坐在家里等分成。你可以找一个有劳力的人,不说是租,只说是共同种,收成按对半分,你干他也干。行不行?"老王沉吟很久,终于想出了这么一个万全之策来。

秋儿松了口气,她按老王的意思把话传出了张家院。

没想到,找上门来的竟是杨大旦!

秋儿无话可说了。

于是，八爷岭山岔里，秋儿名下的五亩田地里，秋儿和杨大旦成双成对地来回往返着。但秋儿干活归干活，吃的喝的和杨大旦分不出你我来，尽量叫杨大旦肚子饱饱的，口里润润的，决不允许杨大旦向自己越雷池一步。杨大旦也不计较，总是宽厚地对待她，礼貌地与她交往着，一直小心翼翼地依着她的性子来。这又使她很内疚。

杨大旦是个好人！

杨大旦是个实在人！

秋儿口里一遍遍地念叨着，一个劲地怨自己不该亏了好人心。可她下意识中，还是努力地把杨大旦往十万八千里外推。可推着推着，她猛然发觉，她内心深处早已把杨大旦悄然无声地当成了家庭一员。呸！她朝自己啐了口唾沫，脸红到了耳根子。

唉——秋儿长长地叹息着，她眉头一皱，又眉头一皱，在孤立无援的左顾右盼中，突然一咬牙，狠下心来，决定向杨大旦最后一次求助了。她不能叫张玉杰寒酸着肚子走，她顾不得别的了，她要杨大旦帮助她，和她一起倾其所有，让张玉杰狼吞虎咽地吃个饱，体体面面地上刑场。

秋儿又一次说服了自己，找到了请求杨大旦帮助的理由。

可是，秋儿总觉得打心底里难为情。

三

正是七月流火的日子，天长得出奇。杨大旦和秋儿赶了个大早，乘着习习的、清新的晨风上路了。秋儿左胳膊挎着一只篮，里面盛着炖得熟烂的大雁肉，杨大旦怀抱一大坛子高粱酒，手牵着一辆牛拉车，载着一口锯掉四条腿的柜子作棺材，三四个邻居把辕的把辕，搡车的搡车，向县城进发了。

秋儿一路痛不欲生，磕磕绊绊地好几次差点儿软倒在地上。杨大旦接过她的篮子,让她空手走。太阳越升越高,天气越来越热了,沿途的村子里炊烟袅袅。眼看着就要误时了,秋儿还是一步一跤地摔着,急得邻居们面面相觑,手忙脚乱地不知该怎么办。杨大旦牙一咬,二话没说,把怀里的酒坛子、竹篮子往别人手里一塞,不容分说地一把将秋儿抱起来,往车辕上一放,鞭梢儿一挥,喊了声:"呔!"牛车便飞快地跑起来。

晌午时分,他们风急火燎地赶进了山心城。

公审宣判大会在全城最开阔的菜市场举行。赶集的磨面的、卖米的买菜的,东来的西往的,加上专门召集的工农兵学商,山心城万人空巷,菜市场人头攒动,岗哨林立,荷枪实弹。给张玉杰陪审陪判陪斩的呼啦啦一长溜不下三十人,与张玉杰同时执行死刑的听说是一个女特务,利用色相拉下了好几个重要单位的一把手,名为"走后门",搞一些紧俏货物投机倒把,实为刺探我政治、军事、经济情报,和张玉杰如出一辙,意在颠覆新生的人民政权。

到了刑场,秋儿和杨大旦才从周围人无意间的闲聊中得知,张玉杰这样罪大恶极的反革命分子,执行枪决,也和其他罪犯有着明显的区别。行刑人开枪前,先把子弹头在鞋底磨一磨,推上膛,"砰"的一枪打出去,子弹就成了炸子,罪犯的脑袋就炸开了花。我的个天爷爷呀!杨大旦倒吸一口冷气,浑身不禁打了个寒颤,从头凉到了脚跟。

宣判结束了,菜市场一片喧嚣。看见了!秋儿终于看见张玉杰从众多的犯人中间推出来。他身子还是那么笔直笔直地挺着,头颅还是那么高高地昂着,步子还是那么落地有声,一双秋儿至死也难以忘怀的眼睛还是那么生动传神。他蓬乱的头发一直掩盖到了脖颈,一脸拉拉碴碴的胡子,掩饰不了他的一身凛然豪气。他从容不迫,临危不惧,他又无悔无怨,心服口服被五花大绑着推上铁栏囚车。他的嘴被两只破袜子塞着,据说是为防止他临刑前喊什么反动口号。他一眼就从人山人海中认出了秋儿。他的神情异样了,激动了,他的脸向秋儿这边有力地扭过来了。可不容秋儿看清楚,公安就把他的头强制性地扭过去了。

"他爸!菊妹他爸!"秋儿发疯般的扑了上去。

张玉杰的脸又一次猛然转过来了。

秋儿被公安以枪逼住了。

"饭!我是他的老婆,我是给他送饭的呀!"秋儿歇斯底里地喊叫着、反抗着、挣扎着。

"对敌人就是要狠!他是反革命分子,是人民不共戴天的敌人,他没有资格吃人民的饭!"公安们喊道。

秋儿哭得死去活来的,倒在了公安身上。几个公安无可奈何地扶起她,被她撕心裂肺的哭声感动得大动恻隐之心了。其中一个瘦高个告诉她:"别哭了,不顶用,快去野马河东坝子收尸吧。"

囚车从城东门出去了。人们早已摩肩接踵、熙熙攘攘地拥向了东门外的野马河坝子上。野马河在这里跌了个跤,学乖了,收敛了,空白出一片开阔的沙滩来。沙滩上怪石嶙峋,杂草丛生,野狗穿梭,乌鸦低低地飞着,河水浅浅地流着。

老红的太阳一动不动地悬挂在当空,离地面仿佛越来越近了,野草蔫不耷拉地东倒西歪着,沙滩腾起的阵阵灼热,像炉口喷出的火焰一样扑面而来,滚烫的地面透过鞋底,直烧向人的脚心。

一排排全副武装的公安把人群逼出了警戒线以外,一男一女两个犯人被推到沙滩尽头,男犯张玉杰人高马大,威武不屈;女犯"特务"身段苗条,风情万种,一身合体的红衬衫,质地柔软,色彩鲜艳。她早已吓昏了头,是被公安们像一件衣服般的拎到刑场的。

枪响了,声音闷闷的。

所有在场的人都清清楚楚地看到了张玉杰和女特务被炸裂的脑袋,

像两只受惊的乌鸦离开了树桩子,扑扇着翅膀,徐徐地在空中并排平行地飞了一阵子,一个跟斗栽进了野马河,溅起两朵水花,划开一片血水又黑糊糊地浮上了河面。

人群发疯般的扑过去了。

杨大旦跺跺脚,丢了竹篮子和酒坛子,一个猛子扎进野马河,奋力地向那两个一前一后上下浮动着的脑袋游过去。等他提着两个水淋淋又血淋淋的脑袋瓜子赶到刑场时,人群早已散得七零八落了,成群结队的绿头苍蝇嗡嗡地轮番轰击着,一只只野狗瞪着血红的眼睛,伸着长长的舌头,远远地向这里张望。乌鸦低低地飞翔着、哀鸣着,河水轻轻地流淌着、哽咽着。

秋儿伏在张玉杰胸部,早已哭得不省人事了。

杨大旦和秋儿的邻居们七手八脚地为张玉杰换上了新衣服,把他的脑袋凑在脖颈上,打开柜盖,入殓了。

杨大旦把目光投向了女特务。女特务没有家人来收尸,她浑身上下被剥得一丝不挂,雪白的身子在阳光下耀人眼目。枪是朝背开的,她本来和张玉杰一样,应趴在地面。可她被人翻了个个儿,仰面朝天地躺着了,并恶意地把两腿拉向两边,灌满了沙粒的阴道里又加塞了一块鹅卵石。

杨大旦闭上眼睛,两行说不清来由的泪水夺眶而出。他双手颤抖着,把给张玉杰换下来的一件衣服盖在了女特务下身。

一切都准备停当了,牛车就要启程了。秋儿还浑身软软地瘫在沙滩那堆血泊中昏迷不醒。杨大旦抱起她,让她静静地伏在自己怀抱,他腿一偏,坐上了车辕。牛车咯吱咯吱地响着,徐徐启动了。

一阵晃动,秋儿醒了过来。

杨大旦放开她,跳下牛车,松了口气,擦了擦额头上的汗珠子。秋儿哭着哭着,冷不防牛车一晃,摔在了地上。秋儿爬起来,左右环顾着,又左右环顾着,突然扑向杨大旦,紧紧地抱着杨大旦不放了。

杨大旦看了看同行的邻居,难为情地推出了秋儿。

"抱着我,他爸!你别松手,你别丢下我啊,我们要死一起死,要活一起活……"秋儿身子像风中的树枝一样颤动着,两条胳膊,铁索般的把杨大旦越箍越紧了。

牛车颠簸着,秋儿紧紧地伏在杨大旦怀中,一动不动。

烈日炎炎,七月流火,蝉儿躲在蔫不耷拉的树叶间扯着嗓子拼命地嘶叫着。万里无云的蓝天被骄阳烤得白花花的耀眼。杨大旦不停地擦着汗,衣服湿透了,黏黏地贴在身上。秋儿浑身发烧,火一样的烫人,口里断断续续地说着胡话。

黄昏时分,梨树湾遥遥相见了。杨大旦跳下牛车,该给村子里发出信息了。张玉杰回来了,张玉杰的灵魂归乡了。如果梨树湾方向不传来一两声哭声,张玉杰就找不到回家的路,转世不成人,永远是一个孤魂野鬼在茫茫天地间游荡着。

杨大旦点燃了路边准备停当的柴火堆。

一股浓烟冲天而起。

又一股浓烟冲天而起。

远远地,梨树湾方向接二连三地升起了一股股飘忽不定的烟柱。传来了张家伙子几声男女混合的哀嚎。

牛车又徐徐地启动了。

梨树湾家家户户门前燃起了一沓沓黄表纸,火光冲天,青烟袅袅。男女老少手托香盘,倾村而出,静静地肃立在村边的柿子树下,迎接着张玉杰的亡灵。

张玉杰是少丧,按风俗,进不了村,也埋不进张家坟,只能葬在乱石岗的万人坟。当年刘家伙子吊了杨二旦的这株柿子树下,成了张玉杰的临时灵堂。几张桌子,香纸齐备,蜡烛摇曳,棺材四周篝火熊熊。秋儿和菊妹披麻戴孝，一身素白守在棺材两边。

秋儿脸色煞白，嘴唇青紫，木头一般的任人支使。她眼神黯淡，像一片轻轻的树叶，悄然无声地被安葬礼俗摆弄着。家有千百口，主事只一人。柿子树下人来人往，川流不息。杨大旦自觉地挑起了主办丧事的大梁，里里外外一把手。秋儿神思恍惚，好多事都问不出个所以然，杨大旦就自作主张，千方百计把张玉杰的丧事办得体体面面。

三天后，张玉杰在万人坟安葬了。

秋儿在村子里几个婆娘的搀扶下，高一脚低一脚地回到了张家院，无力地瘫软在炕头，抽抽噎噎地哭泣着。

杨大旦和张家伙子的男人们忙进忙出地收拾完杂乱无章的琐事，天已擦黑。屋子里一盏孤灯，光焰摇曳。秋儿披头散发，呆若木鸡。人们不安地、三三两两地来着，又三三两两地走着。一个个脸上都充满了深深的关切之情，一个个都欲言又止的，找不出一句恰当的话来实实在在地安慰秋儿被悲苦麻醉了的心。

杨大旦三天三夜没合眼，累得上下眼皮直打架，一坐下来，整个身子就稀泥一样地向凳子瘫开来。可他不放心秋儿，他硬撑着精神，陪同着络绎不绝的父老乡亲们。

夜深了，闷热的屋子里凉爽下来了。喧闹的蚊子也安静下来了。屋子空旷起来，一片寂静死一般的笼罩着，灯焰也仿佛累了，明亮的光焰越来越暗，整个屋子在昏暗不定中晃动着。

杨大旦不安地望了望秋儿，又不安地望了望秋儿，她神情呆呆的，似睡似醒，如醉如痴。杨大旦轻手轻脚地走出了屋子，轻轻地拉上了门子。

院子里一片静谧，黑沉沉的夜幕繁星点点，墙角响着几声虫子颤巍巍的低鸣。杨大旦走了几步，又不放心地回过头，向屋子张望。这时，窗口的灯光突然分外地一亮后，油尽灯灭了。屋子陷入浓得化不开的一团漆黑中。

"啊——"屋子里骤然传出秋儿一声万分恐惧的惊呼。

杨大旦大吃一惊,转身向屋子里跑去。

门子推开了,披头散发的秋儿一下子扑过来,紧紧地抱住了杨大旦,浑身哆嗦着,头一个劲地向杨大旦怀里钻,嘴里呻吟般的说着:

"怕!我……我害怕,我看见菊妹他爸了,他开了花的脑袋瓜子,血滴滴地向我飞来了,他的眼珠子鼓得大大的,他手里还提着一颗人头……你看,他来了,他来了……"秋儿的身子在杨大旦怀中越缩越小,惊恐万状的声音,令人毛骨悚然。

"别害怕,有我呢!我……"杨大旦口里说着,可心里却怯了,寒潮一个接一个地从身上流过。他脱下鞋子,倒扣在炕头拍打着,口里呸呸地啐着,抵挡着张玉杰的阴灵。

秋儿脸贴在他宽厚的胸脯上,双手紧紧地箍得他喘不过气来了。他情不自禁地抱紧了秋儿,他浑身火一般的燃烧,心中开水一样的沸腾了。他再次深深地、清晰地闻到了一股成熟的、亲切的女性味。他抱起秋儿,在黑暗中,找到了秋儿冰冷的嘴唇,用他滚烫的、颤抖的嘴唇,轻轻地吻起了秋儿。

秋儿静静地让他一遍遍亲吻着。

秋儿身子触电般的颤栗起来了。

秋儿哭出了声。

秋儿轻声地呻吟起来了。

秋儿的全身火一样的燃烧起来了。

秋儿复苏了。她大叫一声,一口把杨大旦的嘴唇咬出了粒粒血珠子。

(节选自长篇小说《野马河苍生·中部》)